사람이 ──
사람에게,

사람의
말을
── 이어
갑니다

사람이 ————

사람에게,

사람의 말을

———— 이어갑니다

강성은 외 67인 지음 · 304낭독회 엮음

이렇게 모여,
우리는 사람의 말을 이어갑니다

우리는 모두 각자 잃어버린 것들을 지니고 있습니다.

그 대상이 물건이든, 사람이든, 관계이든 우리가 살아온 시간들은 동시에 우리가 잃은 것들로 이루어진 시간이기도 합니다. 잃어버린 것들을 기억해내 기록하는 일은, 그러므로 내가 여기에 이르기까지 있었던 것들의 흔적을 복기하고, 그러나 지금은 없는 그(것)들의 의미를 구성하여, 없음과 있음 사이의 다리를 놓는 일입니다. 그 다리를 딛고 건너면서, 내가 겪었던 상실과 상실의 고통과 슬픔을 애도의 과정으로 전환하고 애도 이후에야 가능한 미래의 장소로 건너가는 일이기도 합니다. 이때 우리가 닿을 그곳에 쏟아지는 빛은, 과거를 무의미의 암흑으로 지우는 차갑고 냉엄한 광선이 아니라, 과거와 현재를 둥글게 감싸면서 새로 태어나는 여린 순과 같은 존재들에게 온기를 전하는 따스한 미래의 볕일 것입니다.

우리는 2014년 4월 16일, 모두가 함께 크나큰 상실을 겪었습

5

니나. 진도 앞바다에서 침몰해가는 세월호를 지켜보며, 다 같이 염려했다가 고통스러워했으며 분노했다가 절망했습니다. 그 고통과 절망의 크기가 같다고는 말할 수 없지만, 상실의 과정만은 모두 함께 겪어야 했습니다. 그러나 규명되지 않는 진실의 부서진 조각들 앞에서, 슬픔을 모욕하는 믿기 어려운 목소리들 속에서, 애도로 나아가기 위한 정당한 요구는 묵살되고 잃어버린 이들을 기억하는 일의 고통조차 충분히 나눌 수 없었습니다. 구조가 필요할 때 부재했고, 책임을 져야 할 때 회피했고, 규명을 해야 할 때 은폐했던, 국가와 법의 시스템은 사회적 애도를 불가능하게 만들었습니다. 그리하여 우리 사회와 사회에 속한 한 사람의 나-주체들이 상실 이후에 나아갈 장소를 상상할 수 없게 했습니다.

304낭독회는 이 불가능의 감각 속에서 힘겹게 시작된 것이기도 합니다. 문학이 오래 전부터 해온 것은, 불가능해 보이는 것들 안에 있는 가능을 발견하고, 금지된 꿈들 속에 꾸는 꿈의 모양을 그려내는 일이었습니다. 문학을 지속해온 사람들로서 우리는, 현실의 체제와 정치가 최대한 많이, 가능한 빠르게 삭제하고자 했던 참사의 경험이 우리에게 남긴 것들을 고통스럽게 기록하고자 했습니다. 잃어버린 이들의 이름을 호명하고, 유가족의 말에 귀 기울이고, 그럼으로써 국가와 법의 명령으로도 결코 소거할 수 없는 우리 내면의 목소리를 무의미의 캄캄한 심연 속에서 길어 올리고자 했습니다. 이 목소리들이 정치와 권력과 경제의 불의한 논리 속에 가만히 사라져가지 않도록 해야 했기 때문입니다.

　2014년 9월의 첫 낭독회에서 우리는 광화문광장에 둥글게 모여 섰습니다. 다른 이가 쓴 문장들을 자연스레 합류한 또 다른 이가 읽으며 곁에 선 사람에게 자신의 목소리를 건네주었습니다. 이것은 우리의 용기였습니다. 깨어지고 훼손되어 침몰한 듯이 보이는 우리라는 공동체를 깁고 연결하여 복원하려는 가느다란 용기.

　304낭독회는 이 끊이지 않는 가느다란 용기에 의해 매달 열려왔습니다. 광화문광장에서, 어린이대공원에서, 독립책방들에서, 홍대 두리반에서, 전태일기념관에서, 옥바라지 골목에서, 작은도서관들에서, 안산에서, 제주에서, 파리에서, 광주에서……. 10년간 4시 16분에 모여들어 시를, 편지를, 소설을, 이야기를 낭독해왔습니다. 슬픔을 나누는 일은 우리의 용기를 확인하는 일이기도 했으며, 용기 없음을 고백하는 일은 그럼에도 지금의 현실과 비참을 이대로 수락하지 않겠다는 다짐이었습니다. 그 시간들 속에서 유가족들의 슬픔이 존엄한 저항으로 나아가는 과정을 함께 목도했으며, 그 싸움이 다만 그분들만의 것일 수 없음을 잊지 않았습니다.

　세월호참사 이후에도 많은 죽음들이 이어져왔음을 우리는 기억하고 있습니다. 304낭독회에 모여들면서 우리는 이 죽음들을 개인의 것으로, 가족과 친우의 것으로, 고립시키고자 하는 지배 정치와 체제의 논리에 저항하고자 합니다. 참사 이전의 사회적 재난과 참사 이후의 사회적 죽음을 연결하고, 끊어진 듯 보이는 사람과 사람의 유대를 다시 잇고, 기억과 애도가 갖는 힘에 대한 믿음을 되살려내려 합니다. 그리하여 애도 후의 삶을, 그 삶이 지닐 수 있는 미래를 상상해보고자 합니다.

304낭독회의 '여는 글'은 낭독회를 꾸리는 이들에 의해 조금씩 고쳐지고, 덧붙여집니다. 백열 번째 낭독회의 여는 글은 "우리가 함께 모여 만드는 이 시간이 떠난 이와 떠난 이를 잇고, 떠난 이와 남은 이를 잇고, 남은 이와 남은 이를 잇는 자리가 되기를 희망합니다. 앞으로도 사회적 참사를 생각하는 서로의 목소리가 공명하여 더 크고 넓게 울려 퍼질 수 있도록, 지금 서 있는 시간으로부터, 슬픔과 분노로 멈춘 우리의 시계가 다시 움직일 때까지, 계속 읽고, 쓰고, 행동하겠습니다"라는 문장으로 끝을 맺습니다. 이것이 우리가 서로에게, 그리고 스스로에게 보내는 희망의 편지이며, 우리가 달고 있는 노란 리본에 담겨 있는 빛의 의미입니다. 이 목소리에 부디 귀 기울여주기를, 당신의 목소리를 덧붙여주기를 바랍니다. 언젠가는 함께 낭독회 후에 읽어 내려가는 다음의 문장들을 같이 읽을 수 있기를 바랍니다.

이렇게 모여, 우리는 사람으로 돌아가는 꿈을 꿉니다.
목숨이 삶으로, 무덤이 세상으로, 침묵이 진실로 돌아가는 꿈을 꿉니다.
이렇게 모여, 우리는 사람의 말을 이어갑니다.

떠오르도록, 떠오를 수 있도록, 사람이 사람에게, 사람의 말을 이어갑니다.

2024년 봄,
304낭독회 일꾼들의 마음을 담아,
하재연이 썼습니다.

차례

낭독회 여는 글

○ 번째 낭독회를 시작하며

오늘은, 4월 16일입니다. 이렇게 우리가 모인 오늘은, 여전히 2014년 4월 16일입니다. '가만히 있으라'는 무책임한 명령 앞에 희생된 304명의 이름을 떠올리며, 우리는 계속해서 오늘에 그날을 포개어놓습니다.

우리는 기억합니다. 기울어진 배 위로 떠오른 '전원 구조'라는 자막에 안도했던 마음을. 가슴을 쓸어내리게 했던 보도가 오보로 밝혀졌던 순간을. 하나둘 배 밖으로 나온 사람들을. 그리고 끝내 그 화면 속에 나타나지 않았던 것들도 기억합니다. 국민을 구조하지 않은 국가를. 사라진 대통령의 시간과 구조되지 못한 사람들을. 진실이 드러나는 것을 막기 위해 갖은 수단을 동원했던 정부를. 그리고 남현철, 박영인, 양승진, 권혁규, 권재근. 돌아오지 못한 이들의 이름과 함께 사라져버린 언어에 관해 우리는 생각합니다.

2018년 9월 3일, 전남 진도군 임회면 팽목항에 설치되었던 세월호 희생자 분향소가 철거되었습니다. 설치된 지 1,329일 만의 일입니다. 광화문에 설치되었던 분향소도 1,797일 만인 2019년 3월 18일 모두 철거되었습니다. 세월호 침몰과 관련한 진실이 온전히 밝혀지지 않은 상태에서 분향소 철거를 지켜봐야 했던 유가족들의 마음을 헤아려봅니다.

죽은 사람을 제대로 대우하지 않는 나라에서는 산 사람의 존엄 역시 위태롭다는 것을 우리는 알고 있습니다. 삶과 죽음이 존중과 애도로 이어질 때, 삶이 온전히 삶일 수 있고 죽음 또한 온전히 죽음일 수 있을 것입니다.

그리고 2022년 10월 29일, 이태원에서 참사가 반복되었습니다. 우리의 다짐도 고통스러운 현실 앞에서 무너져 내렸습니다. 하지만 우리는 이럴 때일수록 믿을 겁니다. 계속 읽고 쓰고 듣는 행위에 담긴 힘을. 더 자주 서로의 곁을 살피며 각자의 문장으로 이 모든 과정을 지켜볼 겁니다. 우리의 기억이 더 많은 이의 언어로 퍼져나가도록 애쓸 겁니다. 잊지 않고 지켜볼 것입니다.

매달 진행되는 304낭독회는 우리가 함께 모여 만드는 이 시간이 떠난 이와 떠난 이를 잇고, 떠난 이와 남은 이를 잇고, 남은 이와 남은 이를 잇는 자리가 되기를 희망합니다. 앞으로도 사회적 참사를 생각하는 서로의 목소리가 공명하여 더 크고 넓게 울려 퍼질 수 있도록, 지금 서 있는 시간으로부터, 슬픔과 분노로 멈춘 우리의 시계가 다시 움직일 때까지, 계속 읽고, 쓰고, 행동하겠습니다.

* 이 글은 매회 낭독회가 시작될 때 읽는, 여는 글입니다.

낭독 작품

낭독회 회차 순서로 작품을 정리했다.

그날 이후

진은영

아빠 미안
2킬로그램 조금 넘게, 너무 조그맣게 태어나서 미안
스무 살도 못 되게, 너무 조금 곁에 머물러서 미안

엄마 미안
밤에 학원 갈 때 핸드폰 충전 안 해놓고 걱정시켜 미안
이번에 배에서 돌아올 때도 일주일이나 연락 못 해서 미안

할머니, 지나간 세월의 눈물을 합한 것보다 더 많은 눈물을
흘리게 해서 미안
할머니랑 함께 부침개를 부치며
나의 삶이 노릇노릇 따뜻하고 부드럽게 익어가는 걸 보여주
지 못해서 미안
아빠 엄마 미안
아빠의 지친 머리 위로 비가 눈물처럼 내리게 해서 미안

아빠, 자꾸만 바람이 서글픈 속삭임으로 불게 해서 미안

엄마, 가을의 모든 빛깔이 다 어울리는 우리 엄마에게 검은 셔츠를 계속 입게 해서 미안

엄마, 여기에도 아빠의 넓은 등처럼 나를 업어주는 포근한 구름이 있어

여기에도 친구들이 달아준 리본처럼 구름 사이에서 햇빛이 따듯하게 펄럭이고

여기에도 똑같이 주홍 해가 저물어

엄마 아빠가 기억의 두 기둥 사이에 매달아놓은 해먹이 있어

그 해먹에 누워 또 한숨을 자고 나면

여전히 나는 볼이 통통하고 얌전한 귀 뒤로 머리카락을 쓸어넘기는 아이

제일 큰 슬픔의 대가족들 사이에서도 힘을 내는 씩씩한 엄마 아빠의 아이

아빠, 여기에는 친구들도 있어

이렇게 말해주는 친구들도 있어

"쌍꺼풀 없이 고요하게 둥그레지는 눈매가 넌 참 예뻐"

"너는 어쩌면 그리 목소리가 곱니,

어쩌면 생머리가 물 위의 별빛처럼 그리 빛나니"

아빠! 엄마! 벚꽃 지는 벤치에 앉아 내가 친구들과 부르던 노래 기억나?

나는 기타를 잘 치는 소년과 노래를 잘 부르는 소녀들과 있어

음악을 만지는 것처럼 부드러운 털을 가진 고양이들과 있어

내가 좋아하는 엄마의 밤길 마중과 내 분홍색 손거울과 함께
있어

거울에 담긴 열일곱 살, 맑은 내 얼굴과 함께, 여기 사이좋게
있어

아빠, 내가 애들과 노느라 꿈속에 자주 못 가도 슬퍼하지 마

아빠, 새벽 세 시에 안 자고 일어나 내 사진 자꾸 보지 마

아빠, 내가 여기 친구들이 더 좋아져도 삐치지 마

엄마, 아빠 삐치면 나 대신 꼭 안아줘

하은 언니, 엄마 슬퍼하면 나 대신 꼭 안아줘

성은아, 언니 슬퍼하면 네가 좋아하는 레모네이드를 타줘

지은아, 성은이가 슬퍼하면 나 대신 노래 불러줘

아빠, 지은이가 슬퍼하면 나 대신 두둥실 업어줘

이모, 엄마 아빠의 지친 어깨를 꼭 감싸줘

친구들아, 우리 가족의 눈물을 닦아줘

나의 쌍둥이 하은 언니 고마워

나와 함께 손잡고 세상에 와줘서 정말 고마워

나는 여기서, 언니는 거기서 엄마 아빠 동생들을 지키자

나는 언니가 행복한 시간만큼 똑같이 행복하고

나는 언니가 사랑받는 시간만큼 똑같이 사랑받게 될 거야,
그니까 언니 알지?

아빠 아빠

나는 슬픔의 큰 홍수 뒤에 뜨는 무지개 같은 아이

하늘에서 제일 멋진 이름을 가진 아이로 만들어줘 고마워

엄마 엄마

내가 부르고 싶은 노래들 중 가장 맑은 노래

진실을 밝히는 노래를 함께 불러줘 고마워

엄마 아빠, 그날 이후에도 더 많이 사랑해줘 고마워

엄마 아빠, 아프게 사랑해줘 고마워

엄마 아빠, 나를 위해 걷고, 나를 위해 굶고, 나를 위해 외치고 싸우고

나는 세상에서 가장 성실하고 정직한 엄마 아빠로 살려는 두 사람의 아이 예은이야

나는 그날 이후에도 영원히 사랑받는 아이, 우리 모두의 예은이

오늘은 나의 생일이야

* 이 시는 진은영 『나는 오래된 거리처럼 너를 사랑하고』(문학과지성사 2022)에 실렸다.

잘 가라, 아니 잘 가지 말라

황현산

벌건 대낮에 푸른 댓잎 같은 생명들이 우리의 눈앞에서 물속에 잠겨들었다. 물속에서 숨을 거두는 순간까지도 아이들은 어른들을 믿었다. 그 어른들이 바로 우리라는 것이 이제는 벌써 황당한 일조차 아니다. 그 참상에 가슴을 때리며 저 자신이 거대한 악 속에 침몰해 있음을 뒤늦게 깨달은 어른들이 이제 무슨 말을 한들 그 죄에서 벗어날 수 있을까. 이 비통함이 잊힐 것이 두렵고, 또다시 번들거리는 얼굴로 웃게 될 것이 두렵다. 죄악의 구렁텅이에 더 깊이 잠겨들며 죄악이 죄악인 줄도 모르고 마음이 무디어질 것이 두렵다.

우리는 또다시 아이들을 줄 세우고, 결국 따지고 보면 너는 줄을 잘 서야 한다는 뜻으로 요약될 말로 훈계를 할 것이다. 우리는 또다시 '예능'을 찾아 채널을 돌리며 우리가 잘 살고 있다고 흐뭇해할 것이다. 천년 숲이 불도저에 형체도 없이 무너져도 다른 숲이 아직 많다고 말할 것이며, 개펄에 둑을 쌓아 생명의 땅으로 사막을 만들고도 지도를 바꾸었다고 자랑할 것이다. 저 높은 크레인 위에서 한 인간이 목에서 피가 넘어오도록 소리 질러도 우리는 땅만 내려다보고 걸을 것이며, '희망퇴직'을 당하고 목매단 사람이 내 가족도 내 친척도 아닌 것을 우선 먼저 확인할 것이다. 제 삶의 터전을 지키려던 사람들이 불에 타 숨졌을 때도, 불타지 않은 사람들이 붙들려 가 중형을 선고받았을 때도 우리는 그 사람들이 내가 아닌 것을 다행으로 여기지 않았던가. 서해페리호가 넘어진 것이 그제 일이고, 삼풍백화점이 무너진 것이 어제 일이다. 우리는 또다시 시대의 악을 세상의 풍속으로 여길 것이고, 거기서 오는 불행을 운 없는 사람들의 횡액으로만 치부할 것이며, 참화는 또다시 일어날 것이다.

무슨 말이 이 무서운 망각에서 우리를 지켜줄까. "그동안 가난했으나 행복한 가정이었는데, 널 보내니 가난만 남았구나." 단원고의 한 학부모가 이런 말을 써서 팽목항에 내걸었다. 이 짧은 말의 밑바닥에 깔려 있을 절망감의 무한함까지 시간의 홍진 속에 가려지고 말 것이 두렵다. 우리는 전란을 만난 것도 아니고 자연재해에 휩쓸린 것도 아니다. 싸워야 할 적도, 원망해야 할 존재도 오직 우리 안에 있다. 적은 호두 껍데기보다 더 단단해진 우리의 마음속에 있으며, 제 비겁함에 낯을 붉히고도 돌아서서 웃는 우리의 나쁜 기억력 속에 있다. 칼보다 말이 더 힘센 것은 적이 내부에 있을 때가 아닌가. 죽은 혼의 가슴에 스밀 말을, 짧으나마 석삼년이라도 견딜 말을 어디서 길어 올리고, 어떻게 만들어낼 수 있을까.

ㄱ들이 다른 세상으로 떠난 지 벌써 여섯 달이 넘었다 ㄱ들

을 어떻게 보낼 것이며, 그 죽음을 잊지 않기 위해 어떤 말로 어떤 노래를 불러야 할 것인가. 이 처참한 죽음을 어떻게 다른 죽음과 구분할 것인가. 질문에 답이 없다. 함께 울자고 말할 수도 없고 편히 가라고 말할 수도 없다. 가슴에 묻자니 가슴이 좁고 하늘에 묻자니 하늘이 공허하다. 이 언어의 무능함과 마음의 무능함이 대낮에 두 눈을 뜨고 그 수많은 생명들을 잃어버린 한 나라의 무능함과 같다. 잘 가라, 아니 잘 가지 말라. 이렇게 쓰는 만사(輓詞)가 참으로 무능하다. 잘 가라, 아니 잘 가지 말라.

---

* 이 글은 황현산 『우물에서 하늘 보기』(삼인 2015)에 실렸다.

손, 전화기

김나영

말은 어떻게 해야 하는 것일까. 글은 왜 써야 하는 것일까. 이런 근본적인 물음 앞에 오래도록 앉아 있었습니다. 무슨 말이라도 해보겠다고 자처한 것은 나 자신이지만, 정작 꺼낼 말을 찾아보자니 자신이 없어졌습니다. 모든 어려운 시간이 나에게로 몰려드는 느낌이 들었습니다. 내가 차마 알 수 없는, 헤아릴 수도 없는 시간이 나를 힘들게 했습니다. 그러면서 나는 점점 이전의 나로부터도 멀어지는 듯했습니다. 도대체 나는 무슨할 말이 있어서, 무슨 말을 하겠다고 이 쉽지 않은 지면을 허락받았을까요. 그리고 이 지면 앞에서 길을 잃은 아이처럼, 내가처한 곤경의 근거조차 파악하지 못하는 채로 울고 싶은 마음일까요.

아직도 선명합니다. 그날 손바닥 속에서 보았던 그 장면은 떠올리지 않아도 문득 떠오릅니다. 떠오른다는 말이 무색하게 두 ㄱ 장면은 완전히 물속에 가라앉은 채로도 자꾸만 떠오르는 기력이 핍니다. 나는 그날도 어김없이 손에 쥔 전화기 화면 속에서 파도를 타고 있었습니다. 그러다가 문득, 나의 의지와는 상관없이, 그 장면을 보았습니다. 수많은 사람들이 탄 커다란 배가 검푸른 바다 한가운데 모로 누워 있었습니다. 수많은 문장들이 속보의 이름으로 계속해서 업로드되고 있었습니다. 어딜 가나 사람들은 제 손바닥 위의 화면을 바라보며 탄식을 터트리고 있었습니다. 그 와중에 침묵하며 가라앉는 것은 단지 그것뿐인 듯했습니다.

그날 처음으로 뼈저리게 실감했습니다. 글자와 말의 무력함을, 문장을 내 삶의 중요한 방도라고 믿었던 자신의 어리석음을 또한 깨달았습니다. 반성 없이 화면 위로 솟아오르는 무수한 속보들, 그 속보의 파도를 타고 넘는 거짓된 약속과 희망을 보았습니다. 차라리 입을 다물 수밖에 없었습니다. 나라도 말을 말아야겠다고 생각했었습니다. 세월호가 수면 위에 작은 타원으로 보이다가 끝내 보이지도 않게 되기까지 그저 지켜보았습니다. 내 손바닥 속의 그 화면에서, 그 화면 속의 타원에서 다만 눈을 뗄 수가 없었습니다.

며칠이 지난 다음에는 자신이 끔찍하게 느껴졌습니다. 내가 그토록 절실하게 보려 했던 그 장면이 무엇인지를 다시 생각하게 됐기 때문입니다. 내가 본 것은 생사람들, 달고 따뜻한 숨을 내뱉던 그 사람들이 숨 막히는 물속에서 차갑게 식어가는 비참하고 잔인한 시간이었습니다. 그것뿐이었습니다. 그것 외에는 모든 것이 가로막혀 있었습니다. 게다가 나는 그 시간을 목도하고도 너무나 멀쩡했습니다. 뜨겁게 그 장면을 내게 보여주던 핸드폰이 차갑게 식은 채로 내 손에 들려 있었습니다.

살아서 내리지 못한 세월호의 승객들, 이제 겨우 십 몇 년을 착하게 살아온 아이들. 그들이 마지막으로 마주했던 것도 이 핸드폰이었을 거라는 생각이 들었습니다. 몇 제곱센티미터의 작은 화면을 더듬으며 어느 때보다도 간절하게 손가락을 움직였을 것입니다. 더 있다가는 말하지 못할 것 같다며, 마지막일 것 같다며 물 밖의 사람들에게 그들이 다급히 전하고자 했던 말은 '사랑해'라는 세 글자였습니다. 이 세 글자를 말하기 위해서 긴 말을 동원하지도 못하고, 아마도 망설이고 지우며 그 이외의 말들은 생략했을 것입니다.

다시, 무슨 말이라도 해야겠다고, 어떤 문장이라도 적어봐야겠다고 마음을 먹었습니다. 그들이 생략할 수밖에 없었던 그 말들, 그렇지만 그들의 가족이 벌써 다 읽어내고도 남았을 그 말들을 생각합니다. 그 세 글자를 만들기 위해 여섯 번 두드렸을 핸드폰 화면을 생각합니다. 누구도 원망하지 않고, 자신에게 남은 시간 동안, 마음이 부르는 대상을 향해서, 가장 순한 고백을 전하려 했던 아이들을 생각합니다. 어린 딸에게 자신의 구명조끼를 입히고 그 딸의 손을 낯선 이의 손에 맡겼던 아버지의 손을 생각합니다. 사랑한다는 말을 너무나 쉽게 하고, 그렇기에 유치하다고까지 말하는 물 밖의 손들도 생각합니다.

그런 생각들을 손에 쥐고 다니며 받고, 밝히고, 두드리고, 써 보려 합니다. 아직은 여전히 미안하고 미안한 마음뿐입니다. 이 다짐과 미안함으로 어떤 시간을 써보려 합니다. 세월호에서 내리지 못한 모든 분들과 여전히 뭍으로 돌아오지 못한 양승진, 고창석, 조은화, 허다윤, 남현철, 박영인, 이영숙, 권재근, 그리고 고작 여섯 살인 권혁규 님의 명복을 빕니다.

* 2024년 3월 현재, 남현철, 박영인, 양승진, 권재근, 권혁규 다섯 명은 끝내 돌아오지 못했다. 미수습자 다섯 명의 가족들은 그들의 유해 대신 그들의 유품을 태워 참사 1,312일 만인 2018년 11월 18일 장례를 치렀다.

슬픔을 시작할 수가 없다

이영주

슬픔을 시작할 수가 없다
너의 몸을 안지 않고서는
차갑고 투명한 살을
천천히, 그리고 오랫동안
쓸어보지 않고서는

일 년 동안
너는 바다 속에서 물처럼 흘러가고 있다
너는 심연 속에서 살처럼 흩어지고 있다
발이 없어서 우는 사람

오래전부터 바다는 잠을 자고 있어서
죽음을 깨우지 못한대
너는 묘지도 없이 잠 속에서 이빨을 갈며 떨고 있다
너는 죽음을 시작할 수가 없다

산 자들은 항상 죽은 자 주위로 모여든다고 하는데
우리는 슬픔도 없이 모여 있다
진정한 애도는 몸이 없이 시작되지 않는다

모든 비밀은 바다 속에 잠겨 있다
바다에서 죽지 않는 손이 올라온다
그 손을 잡아끌어 올려야 한다

김이 나는 라면을 끓여 먹는 순간

김성규

분식집에서 라면을 사 먹고 집으로 돌아오는 길이다. 눈송이가 내린다. 언덕을 올라오며 나는 지나간 시간을 떠올린다. 어릴 적에는 눈송이가 내리면 늘 기쁜 마음이었다. 그러나 지금은 눈이 내리면 허전하고 쓸쓸하다. 그동안 내가 살아오면서 무엇을 얻었을까. 얻은 만큼 잃어버린 것들이 많아서 내 마음이 쓸쓸한 것인가. 수많은 죄를 짓고 살아야 해서 이렇게 허전할까. 고개를 들어 하염없이 쏟아지는 눈을 바라본다.

세월호 이후 살아남은 사람들, 살아야 하는 사람들은 어떻게 살아가야 하나. 라면을 먹을 때, 밥상 앞에 앉아 밥을 먹을 때, 일을 하다가 전화를 하고 싶을 때, 매 순간 자식의 빈자리를 느낀다는 것은 얼마나 큰 슬픔일까. 교복을 입고 지나가는 고등학생을 볼 때, 아이돌 가수가 나오는 TV를 볼 때, 세월이 지나 20년 30년이 지나도 '내 자식이 살아 있다면 저런 어른이 되었을 텐데, 내 자식이 살아 있다면 저런 어린 손자가 있었을 텐데, 내 자식이 살아 있다면 이제 늙은 나를 찾아올 텐데' 이런 생각

벌인가. 누가 인간에게 이런 형벌을 내릴 권리가 있을까. 이 세상 누구도, 신도 인간에게 이런 고통을 내릴 권한이 없다.

어느 순간 우리 앞에 모습을 나타낸 재앙은 누구의 잘못일까. 그런 상황에서 우리에게 어떤 구원의 손길이 내려올까. 손길이 내려오지 않는다면 우리는 스스로 무엇을 할 수 있고 해야 할까.

우리 기억에 강제로 새겨진 사건들. 사람들은 너무나 쉽게 지나간 것들을 잊어버린다. 잊어버림의 행위야말로 우리를 평안에 이르게 하는지도 모른다. 잊지 않고 살아가야만 하는, 잊으려고 해도 잊을 수 없는, 감당하기 쉽지 않은 기억들이 있다. 망각은 우리의 양식이다. 그러나 망각하려 해도 되지 않는 것들이 있다.

내가 예전에 쓴 시 중에 명절에 대한 시가 한 편 있다. 명절에 고향에 내려가지 않고 누나랑 제사를 지내고 고기를 먹는 내용이다. 경험과 상상을 더해서 쓴 시인데, 집과 누나와 음식은 모두 똑같고 다만 명절에 부모님이 안 계시다면, 그리고 고향으로 가지 않고 서울 집에 있다면 어떤 마음일까 상상을 해본 것이다. 시를 쓰는 순간, 상상하는 순간도 너무 괴로웠고, 나중에 내 모습이 그렇게 될까 두고두고 시를 읽으면 마음이 침울해졌다. 가족을 잃은 슬픔은 평생 잊히지 않는다. 매 순간 살아 있으나 이미 죽은 마음으로 사는 것이다.

이제 명절이 한 달도 남지 않았는데 사랑하는 자식을 잃어버리고 명절을 맞아야 하는 가족들의 심정은 어떨까. 밥상 앞에 함께 앉아 있던 자식의 빈자리를 느끼며 하루하루 살아야 하는 부모들의 찢어지는 심정을 이 세상 누가 알 수 있을까. 일상에서 느껴야 하는 고통, 생일, 크리스마스, 명절, 남들이 기뻐할 때 더욱 고통스러운 시간을 어떻게 견뎌야 할까.

이 재앙이 왜 일어났을까. 누군가가 의도적으로 일으킨 것인가. 아니면 단순한 사고로 침몰한 것인가. 수없이 많은 의혹들이 있는데 아무것도 드러나지 않고 있다. 왜 일어났는지 모르는 재앙을 어떻게 설명해야 할까. 이 설명은 하루아침에 설명되지 않을 것이다. 10년 혹은 20년, 더 오랜 시간이 지나야 재앙의 원인이 밝혀질지도 모른다. 우리는 무엇을 해야 할까. 답은 없다. 무엇을 해야 하는 명확한 답이 아니라 무엇이라도 해야 한다. 도움이 된다면 각자 자기가 할 수 있는 것 무엇이든 하면 된다. 그러나 사람들에게 왜 아무것도 하지 않느냐고 비난하지는 말자. 각자 자기가 할 수 있는 일을 할 뿐 비난하지 말자. 그러면서 세월을 견디는 것이다. 큰 일 아니어도 작은 일이라도 하면서 견디고 도움이 된다면 돕고 그렇지 못하다면 자기 일을 하면서 할 수 있는 것을 하는 것이다. 브레히트의 시가 생각난다. 나는 아직 자식이 없지만 자식을 가진 부모들의 심정을 잘 나타낸 것 같다.

그녀가 죽었을 때, 사람들은 그녀를 땅속에 묻었다.
꽃이 자라고 나비가 그 위로 날아간다.
체중이 가벼운 그녀는 땅을 거의 누르지도 않았다.
그녀가 이처럼 가볍게 되기까지,

얼마나 많은 고통을 겪었을까.

― 「나의 어머니」(1920년)

뒤집어쓴 얼굴

이여경

영문을 모르고
날로 시들어가는 식물을
속수무책으로 바라보는 심정이 있다

사물은 움직이지 않고
심정이 자라났다

불가능과 가능 사이
희박과 범람 사이
돌이킬 수 없는 것들을 돌아본다

그럴 수 있다면,
열차가 강 위를 지날 때
어깨 너머로 보이는 먼 강물이 아름답다고 말하고 싶었다

굴설른 가반이
빗물을 받아내고 있다

거듭 태어나고 사라지는 동심원들 너머
너의 얼굴이 있다
그 너머에 또 얼굴이, 그 너머에,
너, 너의 얼굴, 너머의 너의 얼굴, 너머의…

이름을 부르는 사이
꽃이 시든다

하얗게 허물어지는

나는 너를 뒤집어쓴다
그곳에 오래 머문다

어떻게들, 지내십니까

황정은

마치 없는 사람들인 것처럼

없는 일인 것처럼

세월을 만성으로 삼켜버리고 만 일상에 잠겨 있습니다. "어떻게 지내십니까." "어떻게들, 지내십니까."

일상의 수면은 얼핏 잠잠하지만 기포처럼 부글거리며 질문들이 올라옵니다. "어떻게 지내십니까." "어떻게들, 지내십니까." 이따금 탁, 터져버리고 다시 얼핏 잠잠한 수면으로 돌아가지만 깊은 곳에 이토록 무겁고 또렷하게 가라앉은 것이 있기에 언제든 다시 부글거릴 수밖에 없는, 일상입니다.

잊지 않겠다고 말하지 못합니다. 기억하고 있다고 말하지 못합니다. 기억하겠다고 각오할 것도 없이, 그것이 이미 있습니다. 웃고 먹고 자고 싸고 일을 하고 마시고 달걀을 먹고 산책을 하고 읽고 쓰고 농담을 듣고 농담을 하고 좋아하고 싫어하고 미워하고 분노하고 다시 음악을 듣고 나는 춤을 추고 웃고 먹고 자고 울고 사람을 만나고 농담을 하고 농담을 듣고 좋은 것을 고르고 슳지 않는 깃을 주머니에 넣고 기운을 내고 책을 읽고 헛소리를 하고 노래를 부르고 생각하고 그리워하는 이 몸, 이것에 이미 그것이 있습니다. 세월호에 갇힌 304명의 질문, 그것이 가라앉아 있습니다. 그것이 이미 있는 이 몸을 가급적 건강하게 유지해야 할 의무가 내게는 있습니다.

304명은 몇 명입니까. 도대체 몇 명입니까.

어디에나 있습니까. 전철에서 백화점에서 학교에서 공연장에서 거리에서, 사람을 세고 또 세다 보면 304명쯤을, 우리는 간단하게 셀 수 있습니까. 그러나 모든 사람은 단 한 번, 죽지 않습니까. 모든 죽음은 단 한 번, 일어나는 일이 아닙니까. 304 라는 것은, 한 달에 한 번, 단 한 번인 이름, 그 유일무이한 죽음을 호명하는 데 26년이 걸리는 무엇입니다. 그러므로 할 수 있는 것이 없다고 생각할 겨를이 없습니다. 좌절에 잠겼다가도 무기력에 빠졌다가도 다시 웃고 먹고 듣고 말하고 온갖 것에 관해, 생각합니다. 그것이 이미 있는 이 몸을 가급적 건강하게 유지해야 할 의무가, 내게 있습니다.

만나서 반갑습니다.

집으로 돌아가는 길에 맛있는 것을 드시기 바랍니다. 이것저것 보고 이것저것을 읽고 듣고 그리고 부디, 숙면하시기를. 산책도 하고 운동도 하고 사랑도 하고 분노도 하고 즐거운 것도 빠짐없이, 해주시기를. 그것이 이미 있는 그 몸을 소중하고 건강하게, 유지해주시기를. 그리하여 "어떻게 지내십니까." "어떻게들, 지내십니까." 기포가 올라와 우리의 수면 위로 탁, 터질 때 그것을 예민하고도 세심하게, 들어주시기를.

아무리 오랜 세월이 걸리더라도, 대답을 해주시기를.

팽목항에서

임선기

엄마가 새끼에게
밥을 먹이고 있다

부두도 눈이 부어 있다

맹골수도 바람은 세고
바다는 하염없이 끌려간다

바람도 바다도 제 존재를 괴로워한다

사람들은 영혼을 말하고
오래된 눈물을 흘리고 있다

나부끼는 리본들은
하늘에 있는 것 같다

말은 살아남은 자처럼
말이 없다

모든 비유가 열리고 닫힌다

초록이 너무 푸르다

일 년

김사인

1.

일 년은 별 하나가 태어날 시간 한 우주가 태어나 피었다가
사라질 시간
　나무마다 수천의 새잎 돋고 흰 감꽃 사이로 수백의 어린 감
들 이쁜 푸른 엉덩이를 내밀 시간
　수천 마리 벌 나비 앙앙거리고 뾰족한 주둥이 꽃가루 칠갑을
하고 어른이 될 시간, 되어 다시 제 새끼를 낳을 시간

　수백만 마리 개미들 하루 한 알씩 모래를 물어 날라, 그것으
로 굴뚝만 한 집 한 채를 올릴 시간, 그 집 다시 허물어질 시간
　갓난애기가 일어나 걸을 시간, 방긋 웃다가 엄마! 하고 첫소
리가 터질 시간
　아아, 일 년은
　슬픔 깊어져

깊어진 슬픔이 새로 슬픔의 자식을 밸 시간 슬픔의 손주며느
리를 볼 시간

죽은 친구 죽은 아내 죽은 나조차 까마득히 잊을 시간, 잊고
도 남을 시간, 일 년은.

2.

낙타도 새끼 묻은 자리를 평생 우느니,
더는 바라지 않아요.
우리를 울게 해주세요.
시끄럽다고 말하지 말아주세요.
— 당신의 딸 아들
당신의 조카 당신의 손주들

마음 놓고 울 수 있게만 해주세요.
창자가 끊어지도록
울다가 숨이 넘어갈 때까지
실컷 울게 해주세요.
이것은 당신의 딸과 아들
당신의 손자 손녀들을 우는 통곡

봄꽃 고와 섧고 또 섧은 우리를
바람만 불어도 울음이 나는

밥을 먹나가고, 꿈을 누나가고 울음에 떠시는 우리를
지겹다고 말아주세요.
제발 돈으로 모욕하지 말아주세요.
— 당신의 딸 아들
당신의 조카 당신의 손주들

3.

곁에 있어주세요 못다 핀 꽃들을 위해.
돌아오지 못한다면 떠날 수라도 있게 해주세요 울어주세요.
이 굴레를 벗게 해주세요. 길을 일러주세요.
하기조차 싫은 생각을 그래도 마주하도록 용기를 주세요.

지는 꽃잎들이 한없이 무겁고 슬픈 계절
내 마음을 바로 보는 것은 너무 아프고,
길은 어디에도 보이지 않고,
말은 이루어지지 않고,
지난 봄의 민들레 씨앗들이 돌아오게 해주세요.
별이 다시 반짝일 수 있게 해주세요.
달이 다시 차오르도록 해주세요.

★ 시를 쓰는 과정에 동덕여대 문창과 시교실의 2학년 학생들이 함께 참여했습니다(『한겨레』
2015.4.17. [세월호참사 1주기 추모시]로 게재).

수인囚人
─ 죽은 시간 속에서

이민하

눈을 떠요 엄마, 나를 좀 깨워줘요
교복을 다려줘요 노란 리본도 달아줘요
어둠에 갇힌 친구들이 돌아올 수 있게
다락방에 쌓인 동화책 속에서 램프를 꺼내줘요 양탄자도 깔
아줘요

두 눈을 떴는데도 몸은 왜 묶여 있나요
가위눌린 거라면 토닥토닥 자장가를 불러줘요
나쁜 꿈을 꾼 거야 너도 그렇지?
혼자서 앓지 말고 일어나 얘기해봐요

애야, 오늘은 일요일이란다 마음껏 자렴
미소라도 지으며 둘러대봐요
거짓이라도 지어서 속삭여줘요

아이들이 필성에 있나 죽음의 교과서를 펼치고 있어요
손을 잡아주세요 시를 읽어주세요
악기도 없이 반복되는 침묵의 연주를 멈춰주세요
아이들이 강당에 남아 끝이 없는 왈츠를 돌고 돌아요

눈을 떠요 엄마, 오후가 지나갔어요
정수리에 피딱지가 앉을 수 있게 석양이라도 쐬세요
등뼈가 기우는 엄마 옆에서 곁눈질하는 해바라기 씨처럼
볕 좋은 창가에 뿌려지고 싶어요

멈춰 있는 달력을 넘겨줘요 장맛비가 와도 사월의 수요일
슈퍼문이 겉돌다 가는 추석에도 死月의 水요일
창유리엔 청얼음이 깔리고 있는데
이제 그만 눈꺼풀을 덮어줘요

물방울 같은 내 눈을
물보라 치는 내 심장을
물거품 이는 내 발꿈치를

그림자 속에 담아두지 말아요
기억하는 건 내가 할게요 엄마가 늙어가는 새벽이면 사진 속
으로 돌아와
우는 건 내가 할게요 마르지 않는 물이 되어

얼굴을 씻는 아침마다 그릇을 닦는 저녁마다
수도꼭지만 틀면 흘러나오는 긴 물소리, 그건 나의 노래
갈라 터진 가슴을 축이는 한 모금의 물, 그건 나의 입맞춤

눈을 떠요 제발, 누워 있지만 말고 차라리 울기라도 하세요
책상 위의 금붕어들을 버려두지 말아요 피고 지는 눈물로
어항 속에 고인 피를 갈아주세요
금붕어들이 깨물 때마다 물의 혀처럼 일렁이는 물풀들
자를 수 없는 물빛, 그건 우리의 숨결

* 이 시는 이민하 『세상의 모든 비밀』(문학과지성사 2015)에 실렸다.

가라앉은 빙

박연준

단 하나의 눈동자
단 하나의 입술
단 하나의 얼굴이
죽어 있는 방
누군가 값진 것들만 훔쳐 달아나고,
남겨진 방
텅 비어 가득찬 방
부러진 오후처럼 다리 한 짝이
기대 서 있는 방
둥근, 귀, 두 조각이
떨어져 있는
방
떨어지다 들킨 방
한없이 더, 떨어져야 하는 방
기다릴 수 없는 방 심장이 간지러운 방 손톱이 엉켜 있는 방

머리카락이 끊어진 방 아무것도 견딜 수 없는 방 아무것도 가
릴 수 없는 방
　얼굴을 잃은 빗방울들이 모여 문둥이처럼 흐려지는 방
　가닿지 못한 이름들이
　기름처럼 떠 있는 방
　가라앉은

　4월, 마이너스 십칠, 1997, 유령, 직각, 2014, 거대한 물살, 스
무 번도 못 셌어요, 19, 죽어라, 죽는다, 이런 씨발 것들, 죽을
까, 죽었잖아, 죽인 걸까, 안 들리나 봐, 나는 아냐, 바로 들어,
들고 있어, 조용히 해, 됐다, 아니야, 가만히, 나는 몰라, 가만히
있어, 지나간다, 견뎌, 가만히, 들고 있어 죽음, 죽음, 죽음을

　부러진 시간들이 초로 꽂힌 방

　똑똑히 보세요
　우리가 풍경으로 박히는 것을
　찰칵,

　문 열 수 없는 방
　나올 수 없는 방

　나는 결코 위로하지 않을 것이다

* 이 시는 박연준 『베누스 푸디카』(창비 2017)에 실렸다.

안산 순례길에 부쳐

심보선

국가가 만들고 국가가 버리는 삶. 아니 버리기 위해 국가가 만들고 만들기 위해 국가가 버리는 삶. 아니 이 모든 국가의 폭력 속에서 가까스로 이어지는 삶. 이 진술은 안산시의 과거와 현재를 잘 요약하고 있는 것 같다. 그러나 이 진술은 여전히 추상적이다. 좀 더 구체적으로 말해보자.

산업도시 건설이라는 국가의 계획에 따라 1970년대 말부터 추진된 안산시의 개발은 '부수적 피해(collateral damage)'를 동반하였다. 고향 땅에서 태어나 자란 원주민은 자신의 터전에서 추방됐고 미래를 꿈꾸며 이주한 시민들은 약속받았던 삶의 질을 얻지 못했다. 해외에서 온 이주노동자들은 값싼 노동력으로 휩쓸려 들어왔고 또 휩쓸려 나갔다.

하지만 안산의 시민들은 어떻게든 잘 살기 위해, 함께 잘 살기 위해 애를 쓰고 있다. 서해안 산업벨트의 중심이라는 새로운 목표를 바라보며 생산 활동에 매진하고 있고, 이주노동자들과 지역 주민들은 다문화특구에서 음식과 웃음을 나누며 공존

하려 한다.

그러던 와중에 세월호 사건이 일어났다.

국가는 버려져야 할 노후한 배를 운영하게 했다. 1914년 4월 16일 세월호라는 이름의 이 배를 탄 304명의 생명들이 말 그대로 죽게 내버려졌다. 가라앉는 배를 눈앞에 두고 국가는 구조의 책임을 방기했다. 그냥 방기한 것이 아니라 거짓말을 하며, 최선을 다하고 있다고 거짓말을 하며 책임을 버렸다.

그 버려진 304명의 생명들 속에는 250명의 안산시 단원고 학생들과 11명의 교사들이 포함돼 있었다. 그날 이후 유가족들과 실종자 가족들은 구조와 진상규명을 위해 국가와 싸워야 했다. 자식들이, 가족들이 왜 죽어야 했는지, 왜 구조되지 못했는지 알기 위해 국가와 싸워야 했다. 그들의 죽임이 헛되지 않도록 안전한 사회를 함께 만들어가기 위해 싸워야 했다.

그런데 진상규명과 안전사회 건설이라는 이 당연한 요구가 왜 국가와의 싸움이라는 형태로 표현되어야 하는가?

국가가 생명의 희생을 반복적으로 불러온 자신의 과오를 인정하고 책임지려 하지 않기 때문이다. 국가는 산업쓰레기로 처분됐어야 했을 배를 저급의 관광상품으로 유지했다. 그리고 그것을 엉망으로 관리했다. 그 결과 수많은 목숨이 희생됐다. 마치 1970년대 말 안산시에 부적격 공장들이 계획적으로 배치되고 재활용된 것처럼, 그 과정에서 수많은 부실과 졸속이 야기된 것처럼, 그로 인해 수많은 비참과 절망이 양산된 것처럼 말이다.

과거에 안산시민들은 국가와 싸우기보다 새로운 희망을 추구하는 길을 선택했다. 그러나 이번에는 그럴 수 없다. 경제특구와 문화특구라는 해법이 적용될 수 없다. 수많은 억울한 희생 앞에서 새로운 희망과 미래를 말할 수 없다. 우리는 차라리 죽음을, 고통 속에서 죽음을 마주해야 한다. 이 죽음과 연루된 모든 잘못을 밝혀야 한다. 이것은 복수가 아니다. 죄의 앙갚음이 아니라 죄의 씻어냄이다. 그래야만 우리는 비로소 애도할 수 있다. 그래야만 비로소 산 자와 죽은 자는 서로를 품을 수 있다. 그래야만 비로소 우리는 미래로 나아갈 수 있다.

그러나 이 미래조차도 슬픔에 잠긴 미래이다. 우리가 천국의 해변에 다다를 수 있을까? 만약 그렇다면 그것은 지옥의 기억들이 죽은 조개껍질처럼 쌓이고 또 쌓여 이루어진 천국의 해변일 것이다. 우리에게 유토피아가 허락될까? 만약 그렇다면 그것은 피로 오염된 유토피아일 것이다. 그리고 이것들조차 지난한 싸움 없이는 우리에게 주어지지 않을 것이다.

희생자 가족들은, 그리고 우리는 요구하고 있다. 국가여, 정치적 제스처로 자신의 죄를 은폐하지 말라. 국가여, 죄의 씻김에 동참하라. 국가여, 차가운 기계가 아니라 슬픈 사람이 되어라.

'안산 순례길'은 이 죄의 씻김에 참여하는 하나의 방편이리라. 기획자가 나에게 참여를 요청했을 때, 나를 설득시킨 것은 사실 기획자의 취지나 의도가 아니었다. 차라리 그 요청은 하나의 명령으로 다가왔다. 기획자의 명령이 아닌 다른 누군가의 명령으로. 순례란 무엇인가? 그것은 '종교적 의무 또는 신앙 고취의 목적으로 하는 여행'을 뜻한다고 한다. 그러나 나는 종교인이 아니다. 나에겐 섬겨야 할 신이 없다. 그렇다면 나에게 순례에 참여하라는 명령을 내린 사람은 누구인가? 나에게 죄의 씻김에 동참하라는 명령을 내린 사람은 누구인가?

순례길을 먼저 떠난 사람들이 있다. 바로 희생자 가족들이다. 어떤 분은 아들의 시신을 건진 어부를 찾아 감사의 말을 전하기 위해 섬을 찾았다. 그분은 거기서 진상규명을 위한 여행을 시작했다. 진도 부근의 조도, 동거차도, 서거차도를 돌아다니며 아이들을 구해줬던 어부들을 만났다. 무엇보다 희생자 가족들은 특별법 제정 서명을 받기 위해 전국을 돌아다녔다. 희생자 가족들은 전국 곳곳에서 열리는 간담회에 참여하여 시민들과 대화를 나누고 진상규명에 동참할 것을 호소하고 있다. 이 모든 행보를 순례라 부를 수 있다는 생각이 든다. 진상규명이라는, 죄의 씻김이라는 숭고한 목적을 위한 여행이기 때문이다.

그렇다면 정작 안산은 어떤가? 아이들의 기억과 삶이 가장 많이, 가장 오래, 가장 깊게 깃들어 있던 안산에서 죄의 씻김을 위한 의례는 이루어지고 있는가?

단원고 2학년 6반 신호성 학생의 어머니 정부자 씨는 세월호 유가족의 목소리를 담은 『금요일엔 돌아오렴』에서 이렇게 말한다.

전국을 다녀보니까 '제발 그만했으면 좋겠다'는 분위기가 안산이 더 심한 거 같더라고요. '안산' 하면 공단, 외국인노동자, 사건 사고 많은 곳이라는 이미지가 강했는데 이제 거기다가 세월호까지 얹어진 거예요. 여기 사는 사람들은 그게 싫은 거야. 그럴 수 있을 것 같아요.

그래도 여기가 우리 애들 시험 끝나면 조잘대면서 걸어 다니고, PC방 가고, 노래방 가고, 떡볶이 사 먹던 동네잖아요. 그럼 하다못해 단골집도 많았을 텐데, 우리가 이렇게 소리를 쳐도 그분들은 안 나오시더라고요. 그분들 나오면 손잡고 '우리 애들 어땠어요?'라고 물어보고 싶은데. 그분들도 다른 지역 사람들처럼 이 일을 기억하고 싶지 않은 걸까요? 지금도 그 아이들이 혼이 되어 바글바글 돌아다닐 것 같은데, 여기는 하루하루 먹고살기 바빠서 마음의 여유가 없어요. 안산이 너무 아파요. 안쓰러워요.

정부자 씨는 이제 그만하자는 이웃들을 탓하지 않는다. 자신 또한 안산에 사는 시민이기 때문이다. 호성이가 살았던 안산에 여전히 살고 있기 때문이다. 그렇기 때문에 말하는 것이다.

"안산이 너무 아파요. 안쓰러워요."

안산은 예전부터 자주 아팠던 곳이었다. 그렇게 아팠어도 안산시민들은 어떻게든 살아보려고, 희망을 버리지 않으려고 애를 썼다. 옛날 공장들이 버티면 새 공장이 들어와 활력을 더했다. 노동자들은 열심히 일했고 서울에 집을 구하지 못한 이들은 안산에 보금자리를 마련했다. 그러나 이번엔 감당할 수 없는 아픔이 안산을 덮쳤다. 용서할 수도 복수할 수도 없는 죄, 모두가 죄인인 죄, 죗값을 치르기 위해서는 서로가 서로의 죄를 씻어낼 수밖에 없는 죄가 안산과 나라 전체를 거대한 아픔에 잠기게 했다.

나를 포함해 순례길에 참여한 작가들은 이 거대한 아픔의 부름에, 죄씻김의 요청에 응답한 것인지도 모른다. 이 아픔은 감히 위로의 말을 건넬 수 없을 정도로 거대한 것이다. 아픔의 한가운데 있는 당사자만이 "안산이 너무 아파요. 안쓰러워요"라고 말할 수 있다. 그렇다면 우리가 뭘 할 수 있을까? 다만 그 아픔 곁을 맴도는 것, 아픔의 목소리에 귀 기울이는 것, 그 목소리에 화답하는 것, 그것 말고 우리가 뭘 할 수 있을까? 그러나 그것이라도 해야 하지 않는가? 그렇게라도 죄의 씻김에 동참해야 하지 않는가?

그러나 작가들은 예술의 이름으로 그 아픔의 무게를 어찌 감당해야 할지, 그 아픔에 대해 어찌 말해야 할지 난감하다. 어떤 작가들은 너무 크게 생각하지 않고 개인 작업으로 여기겠다고 말한다. 그러나 이 작업이 어떻게 개인 작업이 될 수 있는가? 어떻게 안산의 역사와 세월호참사를 말하는 이 작업이 감히 '나의 작업'이 될 수 있는가?

하지만 오히려 그렇게 생각함으로써 작가들은 순례길에서 떠나지 않고 머무를 수 있다. 도망치지 않기 위해 가장 최소치의 목표를 설정하는 것, 그것이 우리들의 비겁함이자 용기이다. 예술은 우리의 비겁함을 감추는 도구이자 우리가 용기를 내는 도구가 될 것이다. 그러나 우리는 여전히 무엇을 해야 할지 계획을 세우지 못한다. 그저 안산을 걷고 또 걷는다. 몇 가지 작업 아이디어들이 떠오르지만 그것은 곧 다른 생각들에 휩쓸려버린다.

우리는 안산의 아픔을 계속 떠올린다. 호성이 엄마인 정부자 씨가 그랬던 것처럼 우리가 들렀던 떡볶이집의 단골 중에 한둘은 사라진 아이들이었을지도 모른다고 생각한다. 단원고 앞의 공원 평상에 앉았을 때, 바로 이 자리에 사라진 아이들 몇몇이 앉아 깔깔 웃으며 수다를 떨었을지도 모른다고 생각한다. 한 작가는 말한다. "순례길을 걸을 때, 내 곁에 가족이 함께 걷고 있다고 생각하겠다."

그리고 다른 생각들도 있다. 작업에 대한 생각보다 지난 4월 16일과 4월 18일 광화문광장에서 일어난 일에 대한 생각이 앞선다. 경찰들에 둘러싸이고 잡혀가는 유가족들의 절규와 호소가 자꾸만 떠오른다. 우리는 생각한다. 우리의 작업이 도대체 이 현실 속에서 무슨 역할을, 무슨 의미를 가질 수 있는가? 예술이 뭐가 그리도 중요한가? 예술로 감히 무엇을 할 수 있단 말인가? 한 작가는 내게 고백했다. "사실 두렵다. 하지만 두렵다고 말하지 않는다. 그래야 작업을 할 수 있기 때문이다. 내가 사람들 앞에서 두렵다고 공개적으로 말한다면, 그때는 이미 못하겠다는 마음을 굳힌 다음일 것이다."

소설가 한강은 5·18 광주민주화운동 과정에서 공수부대에게 죽임을 당한 한 중학생의 이야기를 『소년이 온다』라는 소설로 썼다. '동호'라는 이름의 그 중학생은 실존 인물이었다. 한강은 동호의 형님에게 동생 이야기를 소설로 써도 되겠냐며 허락을 구했다. 그러자 형님이 말했다. "허락이요? 물론 허락합니다. 대신 잘 써주셔야 합니다. 제대로 써야 합니다. 아무도 내 동생을 더 이상 모독할 수 없도록 써주세요." 한강에게 이 요청은 얼마나 엄정한 것이었을까? 한강에게 이 요청은 소설을 쓰게 하는 힘이었을까, 쓰지 못하게 하는 힘이었을까?

물론 순례길에 참여한 작가 중 누구도 이런 요청을 받은 적이 없다. 그러나 우리는 마치 환청처럼 그 요청이 귓가에 어른거리는 것을 느낀다. 우리는 그 요청에 자신 있게 답할 수 없다. 그러나 우리는 그 목소리를 귓전에서 떨쳐낼 수도 없다.

아도르노가 "아우슈비츠 이후 시를 쓰는 것은 야만이다"라고 말했을 때, 그는 덧붙여서 이런 말을 했다. "문화적 지성은 자족적 명상에 머무르는 한 현대의 야만을 감당할 수 없을 것이다." 나는 아도르노의 말을 계속해서 떠올린다. 그의 말은 내게 이 시대를 물들인 죄의 검은 물결에서 예술이 결코 자유로울 수 없음을, 예술의 이름으로 죄를 사하겠노라는 선포 자체가 추악한 야만의 목소리가 될 수 있음을 상기시킨다.

그렇다면 우리는 예술을 가지고 무엇을 하려고 하는가? 두 가지 다른 대답이 가능하다. 프리모 레비는 작가가 아니었다. 그러나 그는 아우슈비츠를 증언하기 위해 작가가 되었다. 반면에 오에 겐자부로는 작가였다. 그러나 그는 3·11 이후 일본의 야만과 싸우기 위해 절필을 했다. 한 사람은 펜을 들었고 한 사람은 펜을 꺾었다. 둘의 목표는 다르지 않았다. 야만을 증언하고 야만과 싸우는 것이 그들이 펜을 들거나 꺾은 이유였다.

그러니 우리는 순례라는 죄씻김의 길에서 예술을 할 수도 있고 못 할 수도 있다. 우리는 목격하고 증언하기 위해 작가가 될 수도 있고 목격하고 증언하기 위해 작가를 그만둘 수도 있다. 우리는 예술의 도구를 내려놓는 듯하다가 부여잡을 것이고 부여잡는 듯하다가 내려놓을 것이다. 우리는 예술의 도구를 손에 쥐고 혼란스러워할 것이다. 이 혼란은 아주 오래갈 것이다. 그리고 이 혼란을 숙명처럼 감수해야 한다는 것을 알게 될 것이다.

우리는 마치 순례자의 지팡이처럼 예술을 대하게 될 것이다. 순례자의 지팡이가 그의 순례길에 특별한 상징인 동시에 그의 걸음을 돕는 유용한 도구에 불과한 것처럼. 순례자의 지팡이에 푸른 싹이 돋는 죄씻김의 기적이 일어날 때까지, 그 다다를 수 없는 장구한 시간 동안, 그것은 그저 죽은 나무로 만든 볼품없는 지팡이에 불과한 것처럼.

---

* 이 글은 <안산순례길2015> 공연 프로그램북에 실렸다.

들리세요? 제 목소리!

신미나

엄마, 저예요. 순영이!
저 지금 어디 가고 있게요?
언젠가 엄마가 말했잖아요.
제가 뱃속에 있을 때
빨간 고추, 초록 고추가
주렁주렁 매달린 태몽을 꿨었다고.
저 지금 엄마가 꿈속에서 보았던
길을 지나가고 있어요.
태양이 눈부신 길을 걸어가고 있어요.
진짜 신기하죠?

엄마, 저는 다른 세상을 향해 가고 있어요.
제 몸은 빛이 되었다가, 물이 되어 흐르다가
여러 가지 색으로 변하기도 해요.
엄마, 제 몸이 점점 투명해지고 있어요.

풍선처럼 기분 좋게 떠오르고 있어요.

그런데 엄마,
저는 이렇게 가벼워지려는데
너무 멀리 와버려서 심부름도 못 하는데
된장국 끓이다가 두부가 없을 때 어떻게 해요?
심부름 하나는 자신 있었는데
천 원씩 심부름 값 모으는 재미가 쏠쏠했는데
우리 엄마 심부름은 누가 대신 하지요?
그런 생각하면 눈물이 고여서 소매로 눈가를 꾹 눌러요.
엄마가 무심코 내 이름 부르다가
씽크대 앞에 털썩 주저앉아 울까 봐.

엄마, 그럴 땐 저를 생각하세요.
예전에 제가 씻고 나와서 수건 한 장만 달랑 걸치고
엄마 앞에서 실룩실룩 춤췄던 거 기억 안 나요?
그때 환하게 웃던 엄마가 그리워요.

그리고 아빠!
또래 친구들이 자전거 타고 지나가는 것만 봐도
가슴을 쓸어내리는 아빠.
물속에서 배고프지 않을까, 춥지 않을까.
캄캄하게 떨며 울고 있지 않을까.
답답해서, 돌덩이를 삼킨 듯이 가슴이 답답해서

가슴을 치며 우는 우리 아빠.

괜찮아요. 저는 이렇게 가볍고 환한 걸요.

아빠도 알고 있었죠? 제 인생 계획!

30대에 결혼해서 가정을 꾸리고

40대에 외국에서 사는 거였잖아요.

그 모습 못 보여드리고 먼저 가서 미안해요.

그렇지만 저요. 여기서도 건강하고 씩씩한 걸요!

아빠, 요즘 병원에 다니는 것도 힘드시죠?

저 없다고 집에만 있지 마시고

밖에 나가서 새로 핀 꽃도 보고 신선한 공기도 마셔요.

저랑 같이 산책하던 길도 가보세요.

엄마랑 거기 가서 차도 좀 드시고요.

아빠가 건강하셔야 저도 마음이 놓여요.

저처럼 운동도 하고 바람도 자주 쐬러 나가겠다고

새끼손가락 걸고 도장 찍고 약속해요!

누나야!

이름만 불러도 뭉클한 나의 누나야!

누나도 바쁜데 빨래도, 설거지도, 청소도

더 많이 도와주지 못해서 미안해.

엄마 아빠 병원에 가계실 때

제일 많이 아껴주고 보살펴주던 누나였는데

마귀할멈이라고 불러서 미안해.

그렇지만 누난 내 마음 알지?

마귀할멈이 아니라 수호천사라고 생각한다는 거!

쑥스러워 말 못 했어.

내가 얼마나 누나를 그리워하는지.

나 때문에 울지 말라고

지금 이 순간에도

내가 얼마나 누나의 뺨에 뽀뽀해주고 싶은지.

누나가 나를 지켜준 만큼 이제는 내가 누나를 지켜줄게.

힘들 때마다 누나 곁을 지키는 수호천사가 될게.

엄마, 아빠, 누나, 매형, 선생님, 그리운 친구들아!

모두 잘 지내고 있니?

모두 안녕하세요?

제가 아는 사람들 한 명, 한 명, 이름 부르고 싶어요.

반갑게 손 흔들며 인사하고 싶어요.

지금 생각하니 더 잘해줄걸 아쉬워요.

매형한테도 오므라이스 위에 케첩으로 하트 그려서 만들어

줄걸.

부모님이랑 더 자주 영화 보러 갈걸.

아 맞다! ADHD 친구들한테 캐리커처도 못 그려주고 왔는데

같이 있을 때 더 많은 추억을 남기고 올 걸.

지금은 손이 닿지 않는 곳에 있지만

서로 얼굴을 만질 수 없는 곳에 있지만

모두들 너무 걱정 마세요.

저는 하늘 높이 올라서

구름이 되고 바람이 되고 흙이 되어

여러분 곁에 있을게요.

늘 다니던 동네 슈퍼, 운동장, 학원 근처에서

생생하게 웃으며 안녕, 하고 인사할게요.

노란 리본을 묶어주신 분들.

생일 모임에 와주신 분들.

이렇게 따뜻한 생일상 차려주셔서 감사해요.

오늘을 행복하게 기억할래요.

여러분 덕분에 외롭지 않아요.

사랑해요. 모두. 제가 더 많이 사랑해요.

— 2015년 5월 12일 순영이의 생일에

　　그리운 목소리로 순영이가 말하고 시인 신미나가 받아 적다

＊ 이 시는 곽수인 외 『엄마. ! 나야.』(난다 2015)에 실렸다.

꽃이 해마다 피어나듯이

권여선

봄 여름 가을 겨울이 지나고, 다시 봄과 여름이 지나가고 있습니다. 이 슬픔과 고통이 언제 끝날지 몰라 다가올 모든 계절이 두렵게만 느껴지는 요즘입니다.

우리는 어떻게 세월호의 아픔과 유가족의 슬픔을 우리의 것으로 느낄 수 있을까요? 우리는 정말 그 아픔을 느낄 수 있을까요? 우리를 가두고 있는 이 두터운 개인의 철벽을 뚫고 그들의 고통에 다가갈 수 있을까요? 이것이 세월호 이후 저를 사로잡고 있는 의문입니다.

그동안 많은 일들이 있었습니다. 곡기를 끊은 유족 앞에서 피자와 치킨을 먹는 이들도 있었고, 누구를 위한 것인지 알 수 없는 경제를 살리자고, 이제 그만하라고 유족을 다그친 이들도 있었습니다. 세월호의 진실만을 요구하는 유족에게 천금과 진실을 바꾸자고 유혹한 이들, 그 유혹을 거부한 유족을 오히려 천금을 노리는 시체 장사꾼으로 몰아댄 이들도 있었습니다. 이제 그들은 세월호가 조용히 잊히기만을 기다리고 있습니다.

우리는 정말 자신의 고통 외에 다른 사람의 고통은 절대 이해할 수 없도록 생겨먹은 존재일까요? 아무 거리낌 없이 타인의 고통을 조롱하고, 잊기를 강요하는 무서운 존재일까요? 결국 고통은 각자의 몫이고, 우리는 절대 타인의 고통에 공감할 수 없는 것일까요?

그렇지 않다고 말하겠습니다. 사람들이 그토록 비정하고 해괴한 짓을 해온 까닭은, 그들이 자신들의 고통을 그렇게 부정적으로밖에, 음각으로밖에 표현하지 못하고 살아왔기 때문일 것입니다. 너무 오랫동안 삶의 음침한 그림자만 보고 살아왔기 때문일 것입니다.

이 시대에 영웅은 없다고 하지만, 저는 견디기 힘든 고통을 겪고, 그 고통의 진실을 알기 위해 싸우는 분들에게서 진정한 영웅을 봅니다. 그분들이 영웅인 까닭은, 진실을 용납하지 않는 시대에, 그분들이 고립과 소외와 망각을 무릅쓰고, 모욕과 조롱과 음해를 감수하며, 진실을 향한 싸움을 그만두지 않기 때문입니다.

저는 다만 그분들의 고통 위에 제가 지금껏 살면서 겪어온 고통을 조금 겹쳐놓을 수 있을 따름입니다. 누구나 살면서 아픔을 겪습니다. 아직 겪지 않은 사람은 곧 겪을 것이고, 이미 겪은 사람은 다시 겪을 것입니다. 이 삶을 그만둘 때까지 고통은 우리 곁을 떠나지 않고 맴돌 것입니다. 저 또한 그런 고통을 겪으며 살아왔고, 그 작은 고통의 힘이 저를 일으켜 이 자리에 서게 했습니다.

잊지 않겠다는 말, 그것은 제게 세월호참사로 죽어간 이들과 가족의 고통 위에 채 평생의 고통과 슬픔을 가만히 겹쳐놓는 일입니다. 그 포개진 고통의 무늬가, 이제껏 일면식도 없이 살아왔던 우리를 하나로 만들 것입니다. 그 겹쳐진 슬픔의 갈피가, 세월호의 진실을 찾아가는 우리 모두의 지도가 될 것입니다. 어쩌면 우리는 오랫동안 더 슬프고 고통스러워야 할지 모릅니다. 그러나 고통은 연대가 되고, 슬픔은 지혜가 되어, 세월호의 진실을 낱낱이 밝히는 기적의 에너지가 될 것입니다. 저는 그것을 볼 것이고, 지금 이 자리에서 이미 보고 있습니다.

오늘의 편지

서윤후

문학협력교사로 일하고 있는 일산 백마고등학교에서 2학년 친구들에게 문장을 빌려왔습니다. 짧은 시간이었지만, 함께 어깨동무를 두르는 마음으로, 마음을 주고받을 수 있었습니다. 잊지 않아야 한다는 침묵의 약속, 그런 것들은 서서히 녹아가고 있겠지만 등하굣길 아이들의 가방에 매달린 노란 리본을 자주 볼 수 있었습니다. 잊지 않으려는 노력이 햇살에 반짝이고 있었습니다. 아주 훌륭하고 멋진 문장은 아니겠지만, 우리가 함께 가슴 깊이 묻어두고자 하는 문장들을 전하고자 합니다.

"처음에는 믿기지 않았던 일이 벌어진 지 벌써 1년이 넘어갔다. 하지만 아직도 나는 마음 한구석이 아프고, 생각이 난다. 희생자들의 안타까운 죽음이 다음 생에는 세상에서 가장 행복한 햇살이 되었으면 좋겠다." (김○지)

"아직 한 번도 날개를 펴보지 못하고 떠난 언니오빠들, 그날의 일을 생각하면 한없이 고개가 숙여집니다. 제 필통에 딜린 노란 리본처럼 항상 마음속으로 기억하겠습니다. 다음 생에 꼭 다시 태어나 그 날개 펼칠 수 있기를 항상 기도하겠습니다." (김○진)

"우리가 기억하고 있는 이상 사라지지 않는 거야. 미안해." (신○호)

"얼마 전 우리 학교에서도 친구가 사고로 세상을 떠났다. 잊지 말아야 하는데 일상의 달콤함이 기억을 자주 갉아먹는다. 4월 16일." (문○빈)

"수많은 아이들이 별이 되었다. 까만 하늘 속 깊이 박혀 은은히 빛을 내는 별이 되었다. 아이들은 수억 개의 별이 되어 광활하고 넓은 은하수가 되겠지. 그곳에서 아름답게 빛을 낼 것이다." (김○영)

"내 가방 고리에 달린 노란 리본처럼, 내 등에 업혀 아직 다 못 가본 곳 함께 가자. 기억할게." (이○진)

"저 바다는 우리가 항상 우러러보는 하늘, 우주와 같이 숨막히게 깊고 어둡다. 나는 그들에게 말하고 싶다. 당신은 우리가 항상 우러러보는 하늘에 존재한다고, 매일 밤하늘에 우리 마음속에 떠오르는 희망찬 별이라고." (오○경)

"얼마나 좋을까요? 모두의 간절한 따뜻한 애절한 바람이, 그들을 차갑고 어둡고 우울한 곳으로 몰고 갔던 몹쓸 바닷바람을 사르르 녹일 수 있다면. 늦어서 미안해요." (최○빈)

"푸른 바다에 묻힌 나와 별다를 것 없이 아름다울 꿈들에게. 내가 그런 일을 당했으면 어땠을지 깊이 생각해보고 나서야 그 당시 너희가 얼마나 두려움에 떨었을지 만 분의 일이라도 짐작해본다. 어느새 많은 사람들이 너희들의 비극을 잊어가고 있다. 너희들을 마음속에서 지우지 않는 고마운 분들이 이 위로를 전달할 수 있게, 또 새겨갈 것이다."(김○민)

"푸른 바다 속에 가라앉은 노랑나비들아, 지금은 어디를 날고 있니? 이제는 바다를 거닐지 말고 기다리는 사람들에게 날아가렴. 그리고 널 기억시키렴. 눈물은 마르지만 기억은 마르지 않는단다." (안○빈)

"노란 리본으로 꼭 매듭진 그날을 잊지 않고 살아야 한다는 장래희망이 생겼다." (김○윤)

기억을 통로로 두고, 각자의 방에서 켜둔 불빛이 자꾸 어두워지려는 순간들을 붙잡습니다. 잊지 않아야 한다는 그 작은 안간힘이 오랜 파동을 남기며 멈추는 일을 두려워하게 만들면 좋겠습니다 아이들이 부내온 문장이, 희생자들을 마음에 아로

새기게 됩니다. 더는 이런 슬픈 일로 차오르는 일이 없길 바랍
니다. 기억에서 기억으로 전해져 끝내 잊히지 않을 것입니다.

이상한 계절

김선재

돌아누울 곳이 없는 밤입니다

모닥불은 꺼지고
부풀어 오르는 구름들이
점점
먼 곳으로 흘러갑니다

찢어진 하늘에 매달린 맨발들을 따라가면
이 길 끝에는 비에 젖은
섬들의 무덤

사실은 그렇습니다

버려진 신발에 발을 넣어보는 일은
어제로 조금 다가가보는 일

나의 생에 당신의 먼 생을 포개보는 일

잃어버린 말과 잊지 못할 이름들 사이에 서 있습니다
영영 가지 않는 어제와 오지 않을 내일 사이에서
아직 내게 남은 부위를 확인하는 밤입니다

점점
달은 차오르고
발목을 자르고 흘러가는 구름들

우리의 시간은 콕콕 소금을 찍어 먹듯 간결해졌습니다

사실은 그뿐입니다

떠난 적 없는 사람들이 내내 돌아오지 않는,
이상한 계절입니다

새벽

박시하

문득 골똘하게

죽은 사람을 생각한다

춥고 가만하다

너희들은 왜 죽었니

누가 죽었니

어린 피들에게 묻는다

죽은 사람들의 세계에도 새벽이 있니

그 새벽도 춥니

가만한 아이들에게 묻는다

이게 죄일까

사람은 죽은 사람을 단단한 땅에 묻고 살아간다

이미 묻힌 죽음은 어떻게 또 묻을까

맑은 빛이 창으로 들어와 고인다

꽃잎들은 숨 쉬었을까

검은 물속에서

검기만 한 불속에서

누군가 기지개 켜는 소리가 난다

그래도 당신이 살아 있으면 좋겠다

산 사람의 죄를 짓는다

* 이 시는 추후의 보완을 거쳐 박시하 『무언가 주고받은 느낌입니다』(문학동네 2020)에 실
렸다.

죄 없는 사람들의 도시

김이정

신을 믿는 사람들을 죽음으로 몰아넣은 그 신이란 도대체 무엇인가. 신에게 정의가 있고 신도들을 사랑한다면 어떻게 죄 없는 사람들을 이토록 비참하게 죽음으로 몰아넣었는가… 모든 불행의 시작이 신의 권위라는 이름으로 자행된 만행이라면 나는 신을 믿지 않겠다.

— 볼테르

붕괴의 시작은 근대철학사 수업이 있던 그 봄날부터였다. 그날 나는 계몽주의비판이란 발제를 맡아 다른 날보다 일찍 학교에 갔다. 미세먼지가 아침부터 거리를 뿌옇게 점령해 나는 마스크를 쓴 채 도서관으로 들어가 열람실로 직행했다. 자리에 앉자마자 습관처럼 스마트폰을 켰다. 속보가 떠 있었다. 수학여행을 가는 고등학생들을 태운 배가 진도 앞바다에서 사고가 났지만 전원 구조되었다는 소식이었다.

그러나 발제를 끝내고 다시 휴대폰을 켜자 뉴스가 달라져 있

있다. 전원 구조라 했던 뉴스가 실종으로 바뀌어 있었다. 구조
된 건 몇 명 되지 않았고 수많은 학생들이 안에 갇힌 채 배가 침
몰됐다는 소식이었다. 아니 그사이에 사망자와 실종자 수가 계
속 달라지고 있었다. 뉴스는 뒤집혀 꼬리만 남은 배를 반복해
보여주었다. 기자들은 골든타임과 에어포켓을 반복해 외쳤지
만 구조되었다는 소식은 들려오지 않았다. 화면을 계속 보고
있자니 배 안에 300명이 넘는 사람들이 갇혀 있다는 게 실감나
지 않았다. 재난영화의 한 장면처럼 비현실적으로 비쳐질 뿐
배 안을 상상할 수 없었다. 아니 상상하고 싶지 않았다. 그제야
비로소 나는 그녀에게 전화를 해야겠다는 생각이 들었다.

　급성백혈병이라는 그녀의 병명을 처음 들었을 때 나는 침몰
하는 배 안에 갇힌 기분이었다. 학생들을 태운 채 바다로 침몰
한 배의 승선자가 되어 나는 깊이깊이 가라앉고 있었다. 짙은
어둠과 깊은 침묵 속으로 들어가 입을 닫았다. 밖으로 나가야
한다는 생각도 들지 않았다. 학교에 들어갈 무렵부터 아버지이
자 엄마였으며 누이였던 그녀가 나와 다른 세상으로 떠날 수도
있다는 명백한 고지였지만 나는 이해가 되지 않았다. 아니 이
해보다는 억울함이 먼저였다. 왜 하필 그녀인가?

　어느새 호시우 광장 앞이었다. 나는 허둥지둥 길을 건너 광
장 분수 앞에 앉았다. 아프리카 남녀 아이들 예닐곱 명이 북소
리에 맞춰 춤을 추고 있다. 유전자에 밴 리듬이 아이들의 몸을
타고 흘렀다. 춤추는 아이들을 멍하니 바라보다 나는 광장 바
닥의 물결무늬로 시선을 돌렸다. 현기증이 이는 게 일렁이는

바다 한가운데 있는 기분이다. 타일로 만든 물결무늬 역시 지진의 기억을 새겨 넣은 것이라 했다. 해일이 몰려와 모두 휩쓸려갔던 대지진의 기억을 잊지 말라고 광장의 바닥을 물결무늬로 만들었다고, 내게 칼사다 포르투게사라는 이름을 알려준 사내가 말했다. 이 도시는 지진의 기억을 곳곳에 새겨놓고 잊지 않으려 애를 쓰고 있었다. 잊으면 재난이 다시 찾아온다고 목이 쉬도록 외치는 것 같았다.

1755년 11월 1일 오전 9시 30분, 수많은 리스본 사람들이 이곳에서 만성절 예배를 드리고 있었다. 경건한 목소리의 사제가 신의 말씀을 전하기 위해 성경을 펼치는 순간 땅이 흔들렸으리라. 세상을 뒤흔드는 강력한 진동이 신을 향한 경건한 마음으로 앉아 있던 사람들의 몸 한가운데를 관통했다. 처음에 사람들은 그것이 무엇인지 미처 알아채지 못했을 것이다. 하지만 곧이어 다시 두 차례의 여진이 몰려왔다. 어디선가 신의 음성 같은 굉음이 들려오며 성당의 기둥에서 돌조각들이 떨어져 내렸다. 감사기도를 드리기 위해 단정히 무릎 꿇고 있던 허벅지 위로 금물을 칠한 천장의 대리석 상판이 떨어졌다. 한 여인이 안고 있던 아이의 머리 위로 돌로 만든 십자가가 덮쳤다. 지붕이 제단 위로 내려앉고 돌기둥에서 떨어져 나온 조각들은 기도를 드리던 사람들의 숙인 머리 위로 쏟아졌다. 여자와 아이들이 돌에 맞아 피투성이가 돼 쓰러지고 사내들은 비명을 지르며 그 위로 엎드렸지만 다시 무너져 내리는 돌무더기에 압사했다. 어쩌다 운 좋게 의자 밑으로 몸을 숨긴 사람들은 신의 이름을 무틀 새노 없이 다시 찾아온 진농에 뛰쳐나가지도 못한 채 즉 사했고, 기도하던 손은 잘려 나가 피투성이가 되었다. 나는 속 절없이 무너져 내렸던 대지진을 상상하며 공포감에 떨었다. 잔 인한 신의 성전이었다.

그녀의 신은 잔인했다. 골수이식을 했지만 외삼촌의 골수는 그녀에게 쉽게 안착되지 못했다. 그녀의 골수와 외삼촌의 골수 가 서로를 거부하고 있는 모양이었다. 몸 안의 치열한 전투에 그녀는 속수무책이었다. 그녀는 미음도 입에 대지 못하고 영 양제로 버티고 있었다. 홀로 버티던 몸이 허물어지면서 정신이 혼미해지기 시작했다.

살아남은 사람들은 너도나도 떼주강 변으로 도망쳤다. 건물 이 없는 곳이니 최소한 돌더미에 깔리지는 않을 수 있었고 물 이 있는 곳이니 불길에 휩쓸리지도 않을 곳이었다. 운이 좋으 면 정박해 있는 배를 잡아 타고 지옥의 도시를 벗어날 수도 있 었다. 리스본 곳곳의 지옥에서 도망쳐 온 사람들이 강가로 모 여들었다. 순식간에 강변은 발 디딜 틈도 없이 사람들로 꽉 찼 다. 축일을 맞아 결혼식을 준비하던 신부와 잔해에 깔린 엄마 손을 놓친 채 사람들에게 떠밀려 거기까지 온 여자아이도 있었 다. 강가에 닿자 아이가 비로소 울음을 터뜨렸다. 놓친 엄마 손 의 온기가 여전히 아이의 손바닥에 남아 있지만 엄마는 보이지 않았다. 아이의 울음소리가 공포에 떠는 사람들을 더 불안하게 만들었다. 그때였다. 대서양으로 이어진 강 저 멀리서 흰 이빨을 드러낸 한 무리의 적군들이 진군해오기 시작했다. 해일이었다. 지진의 여파로 대서양 바닷물이 리스본을 향해 돌진이라도 하듯 몰려왔다. 무질서한 가운데서도 몇몇의 사람들이 나서 먼저 아이들과 여자들을 배에 태우고 있었다. 범선에 한 발을 걸치고 배에 오르던 여섯 살짜리 사내아이, 막 강변에 당도하여 안도의 숨을 내쉬던 부인과 피가 멎지 않는 다리를 소금기 섞인 강물에 씻던 사내를 향해 해일이 몰려왔다. 순식간이었다. 사람들은 해일에 휩쓸려 강 한가운데까지 끌려가 처박혔다. 비명을 지를 새도 없었다. 난파한 배와 사람들의 시체가 드넓은 떼주강을 뒤덮었다.

그날 저녁 면회시간엔 그녀의 코가 허물어지기 시작한다는 걸 알아챘다. 한 생명이 소멸하는 마지막 순간까지 보여주려는 그녀의 신이 잔혹하기 짝이 없었다. 나는 그녀의 손을 잡고 이마에 입을 맞추었다. 작별인사였다. 다음 날 아침, 그녀가 마침내 마지막 숨을 놓아버렸다. 나는 중환자실에서 소멸과 부패가 동시에 진행돼가는 한 인간의 마지막을 지켜보았다. 그녀의 말대로 그것이 정녕 뜨거움이라면 그녀의 생은 화염에 휩싸인 듯 장엄했다.

그녀의 관을 싣고 화장장으로 가면서 나는 리스본에 가야겠다고 마음먹었다. 키가 큰 그녀가 남긴 희고 길쭉한 무릎뼈를 받아들고 나는 대지진이 났던 이국의 도시를 맹렬히 그리워했다. 분쇄돼 나온 그녀의 분골을 안고 납골당에 가는 길에 나는 거리에서 노란 리본을 나눠주고 있는 사람들을 보았다. 그녀가 뜨거운 생의 마지막을 보내는 사이 배와 함께 침몰했던 사람들은 주검으로 겨우 돌아왔지만 9명은 그날까지 돌아오지 못하고 있었다. 한 어머니는 매일 아침 돌아오지 않는 딸의 밥상을 차려놓고 바다를 향해 밥을 떠 넣어주고 있다고 했다. 그들에 비하면 그녀의 죽음은 차라리 행운이었다.

마침내 떼주강에 당도하였다. 나는 물이 찰랑거리는 강변과 주위를 둘러보았다.

죽음의 흔적은 보이지 않는다. 엄마 품에 안겨 젖을 먹던 아이들이 부서져 내리는 대리석더미에 깔려 흘린 핏자국도 보이지 않는다. 만성절 날, 목욕재개하고 경건한 마음으로 성당에 모여든 이들이 신에게 감사의 기도를 드리느라 켠 촛불이 넘어져 도시를 다 태우는 동안 내질렀던 비명과 원망도 들리지 않는다. 왜 지은 죄 없는 내게 이런 가혹한 벌을 내리는가. 그들은 무엇보다 그것을 묻고 싶었을 것이다. 왜 하필 나인가? 도둑과 살인자들, 사기꾼들이 득실거리는 이 도시에서 어째서 그들이 아닌 나인가?

가지런히 재정비된 4층짜리 건물들과 다시 태어난 아이들이 젖을 먹고 살아가는 이 도시에서 나는 그들의 못다 한 절규를 듣고 싶었다. 어느 날 느닷없이 병원에 들어가 끝내 죽음으로 나온 그녀와 영문도 모른 채 배 안에서 죽어간 학생들과 아직도 배 안에서 나오지 못하고 있는 아홉 명의 몫까지, 나는 소리쳐 묻고 있었다. 도대체 왜?

*　이 극은 초흔이 부감을 거쳐, 김이정 『네 눈물은 민기 마』(간 2021)에 신렸다.

우리가 아이를 잃는다면*
― 경빈 엄마에게

김경인

우리가 아이를 잃는다면
울며 울며 슬픔의 굽이를 따라가다
강어귀에 다다라
끊어지는 애를 갖게 될 것입니다

우리가 아이를 잃는다면
입을 열 때마다 그 피가 꽃처럼 쏟아져
천년 캄캄한 골목과도 같은 얼굴을 갖게 될 것입니다

우리가 아이를 잃는다면
끈질긴 시간의 넝쿨 위로 칼 대신 피어나는 봄꽃을 의아해할
것입니다.

아침에 왜 눈을 뜰까, 나는
왜 아직 사람인가,

어리둥절해할 것입니다**

당신처럼
우리가

아이를 잃는다면
아무것도 비유하지 않으려 세상의 모든 저녁은 모조리 저물
것입니다

'다면'은 참으로 잔인한 말
'처럼'은 참으로 비겁한 말

내가
물, 진실, 기억 따위 몇 개의 단어를
한없이 도망치는 마음에다 쾅쾅 박는 동안
아주 조금만 피 흘리도록 요령껏 아름답게 박아놓는 동안

아이를 잃고
당신은,
바다 쪽으로 기운 섬처럼 웅크려
휘몰아치는 폭설을 기쁘게 맞으며
당신들은,
두리번거리듯 하염없이 나부끼는 겨울 나뭇잎들을 보며 말
하네요

"애늘이 엄마 온다고 좋아하네"

우리는 겨우 한 번 만났지만
생각보다 더 먼 곳에 있을지도 모르지만
아니, 아직 못 만난지도 모르지만
"경빈이가 엄마를 닮아 피부가 참 희네요."
나는 어리석게도 그런 말밖에 못 하지만

오래오래 슬픔의 찹쌀을 굴려 빚은 목소리가 있음을 알게 되
듯이
세상의 모든 비유가 새로 쓰이는 순간을
침묵 속에서 지켜보게 될 것입니다

아이를 잃어서 우리는
죽은 원숭이 어미의 창자를 꺼내듯
우리를 꺼내어
토막 난 진실을 잇는 동안

내내 펼쳐 있을 슬픔의 첫 페이지 위에
사과를 가득 매달고 드리워지는 나뭇가지를 보게 될 것입
니다.

슬퍼하는 이는 복이 있나니
슬퍼하는 이는 복이 있나니

슬퍼하는 이는 복이 있나니

슬퍼하는 이는 복이 있나니

슬퍼하는 이는 복이 있나니

슬퍼하는 이는 복이 있나니

슬퍼하는 이는 복이 있나니

슬퍼하는 이는 복이 있나니

우리가 영원히 슬플 것입니다.***

* 팟캐스트 방송 〈416의 목소리〉, '시그널'에서.

** "우리가 아이를 잃는다면 당신처럼 나는 아침에 왜 눈을 뜰까, 유령인가, 아직도 사람인가, 어리둥절할 것입니다."(팟캐스트 방송 〈416의 목소리〉, '시그널'에서)

*** 윤동주 「八福」을 변주함.

비의 나라

황인찬

마른 그릇들이 부엌에 가지런히 놓여 있을 것이다 찬장에는 말린 식재료가 담겨 있을 것이다 식탁에는 평화롭게 잠든 여자가 있을 것이고

"상황이 좀 나아지면 깨워주세요"
그렇게 적힌 쪽지가 있을 것이다

여행에서 돌아온 너는 이 모든 것이 옛날 일처럼 여겨질 것이다 밝은 빛이 부엌을 비추고 있고, 먼지들이 천천히 날아다닐 것이다 그런 평화가 찾아오는 것이다

무슨 일이 여기에서 일어났는지
너는 모를 것이다 선하고 선량한 감정들이 너의 안에서 솟아오를 것이다

기쁨 속에서 너는 국을 끓일 것이다 멸치와 다시마를 넣고
국물을 우려낼 것이다 흰 쌀밥에서 흐린 김이 피어오를 것이다

그리고 모든 것이 완벽하다고 느껴질 때, 너는 무심코 만지
는 것이다
평화롭게 잠든 사람의 부드러운 볼을

너는 흠뻑 젖어 있다
너는 돌아오지 않을 것이다

* 이 시는 황인찬 『희지의 세계』(민음사 2015)에 실렸다.

전깃자리 위에서 스무 살이 된 예은'에게

진은영

> 슬픔은 가장 사랑스런 보석일 거요,
> 모든 사람이 그리 아름답게 슬픔을 착용한다면.
> ― 셰익스피어『리어왕』

너와 만났다면
가을 하늘에 대해 이야기 나누었을 거야
서정주나 셰익스피어, 딜런 토마스
너와 같은 별자리에서 태어난 시인들에 대해
종이배처럼 흘러가버린 봄날의 수학여행과
친구들의 달라진 옷맵시에 대해

나뭇잎이 초록에서 주황으로 빠르게 변하는 그늘 아래
우리가 함께 있었다면
너는 가수가 되는 꿈에서 시인이 되는 꿈으로
도에서 라로, 혹은 시에서 미로

건너뛰었을지도 모르지
노래에서 노래로, 삶에서 삶으로

그것들은 서로 가까이 있으니까
누군가의 손으로 흩어졌다
그 손에 붙들려 한곳에 모여드는 카드 패들처럼

그러면 흰머리가 많이 늘어난 아빠는
네가 2학년 3반이었는지, 4반이었는지 잘 기억나지 않아
얘야 그때 네가 몇 반이었더라,
허허 웃으며 계속 되물으셨을 텐데
예은아 이쪽의 흰머리 좀 뽑아다오, 웃으셨을 텐데

너는 이제 다 커버렸는데
그때나 지금이나 우리는 똑같다
바뀐 그림 하나 없이

어린 소녀에서 어린 청년으로
아이에서 농민으로
바다에서 지하도로, 혹은 공장으로
너무 푸른 죽음의 잎들
가을인데, 떨어지지 않고 전부 붙어 있다

그렇지만 네가 사는 별,

모른 것이 세때에 시는 법을 배우는 거기에서
애야, 너의 시인들은 여전히 아름다운 시를 쓰고 있겠지?
바람소리로 귀뚜라미의 은반지로 침묵의 소네트로

예은아 거기서도 들리니? 아빠의 목소리가
"얘들아, 어서 벗자 이건 너희들이 입기엔 너무 사이즈가 큰
슬픔이다"
예은아 거기서도 보이니?
모두에게 제대로 마른 걸 입히려고 진실의 옷을 짓는 엄마가

너와 네 친구들의 얼굴이
맑은 물 돌돌 밑
은빛 물고기처럼 숨어 있다 나타난다
모두 알고 있다 안 보이지만 너희가 거기 있다는 걸

예은아, 진실과 영혼은 너무 가볍구나
거짓됨에 비해,
진실과 영혼은 너무 가볍구나
모시옷처럼
등 뒤에 돋은 날개처럼

양팔 저울의 접시에 고이는 네 눈물
너의 별 쪽으로 더 기울어지려고
광장 위 가을 하늘이 자꾸만 태어났다 쏟아진다

깜빡임

이장욱

네가 없는 듯하다가 거기
처음부터 있었다고 느끼지.
보이다가 무수히
보이지 않는

너는 골목 모퉁이를 돌아서 깜빡
사라졌구나.
내가 없는 곳에서 문득
태어났구나.
다른 사람이 되었다.
그건 방금 일어난 일.

눈꺼풀이 파르르
떨리는 중이지. 어둠이었다가
순식간에 동이 트는 세계.

잠깐 뒷모습을 놓쳤다가
다시 만나지 못하는.
갑자기 시들어버린 공기를 이해하고
죽은 이의 목소리를 듣는.

밤이 오면 천천히 눈을 감았다.
여기서 네가 살고 있구나.
깜빡임도 없이.
내 인생의 가장
가까운 곳에서.

슬픔 수제로 살아가기

은유

세월호 1주기를 앞두고 내가 진행하는 글쓰기 수업에서 『눈 먼 자들의 국가』를 읽었다. 이 책은 '세월호를 바라보는 작가의 눈'이라는 부제가 달린, 시인·소설가·평론가의 글 모음집이다. 우리는 돌아가며 마음에 남는 문장을 읽고 이야기를 나누었다.

"고통받고 있는 사람들에게 연민을 느끼는 한, 우리는 우리 자신이 그런 고통을 가져온 원인에 연루되어 있지는 않다고 느끼는 것이다. 우리가 보여주는 연민은 우리의 무능력함뿐만 아니라 우리의 무고함도 증명해주는 셈이다. 따라서 연민은 어느 정도 뻔뻔한 반응일지도 모른다."

수전 손택의 『타인의 고통』에 나오는 내용을 진은영 시인이 자신의 글에 인용했다. 이 대목을 한 학인이 읽었다. 세월호를 대하는 자신의 태도가 그러했던 것 같다는 말과 함께.

또 다른 학인은 황정은의 「가까스로, 인간」의 일부를 읽었다.

"얼마나 쉽게 그렇게 했는가. 유가족들의 일상, 매일 습격해 오는 고통을 품고 되새겨야 하는 결심, 단식, 행진. 그 비통한 싸움에 비해 세상이 이미 망해버렸다고 말하는 것, 무언가를 믿는 것이 이제는 가능하지 않다고 말하는 것은 얼마나 쉬운가."

목소리가 점점 작아지더니 지이잉 떨려왔다. 이 대목이 자기 얘기라서 뜨끔했다는 이십 대 후반인 그는 낭독을 마치고 마저 훌쩍였다. 무에 그리 서러웠을까. 잠시 침묵하다가 입을 뗐다. 자기는 이제 '어른들은 왜 그래요'라고 말할 수 없는 나이가 되어가고 있다고. 가해자 덩어리에 어느새 속해 있더라고. 그게 슬프고 미안하다고 했다.

대안학교 교사인 한 학인은 아이들과 '그 사건'에 대해 말하는 것이 힘들고 어려워서 피하고 싶었다고 했다. 1년이 지났는데 뭐가 달라졌느냐고 학생들이 물을 때 또다시 응답할 수 없는 고통으로 이 봄을 견뎌야 할 것이라고 글을 써 왔다.

갑작스레 찾아든 봄볕에 마음 설레는 3월 토요일 오후 2시 우리는 죄인처럼 고개를 숙이고 세월호 이야기를 나누었다. 저마다 양심의 침몰, 느낌의 침몰을 고백했다. 우리는 어떻게 할 것인가, 라는 물음에 가닿았다. 유가족이 일상을 살 수 있도록 우리가 대신 싸워야 한다고 누군가 주장했다. 남의 아픔을 어떻게 대신 싸우느냐고 그건 불가능하다고 다른 이가 조심스레 고개 저었다. 수업 후 한 학인이 후기를 남겼다. 세월호 1주기에 어디서 이렇게 가슴속 깊은 이야기들을 마음껏 꺼내놓고 슬퍼한 수 있을까요, 글쓰기 공부가 우리를 우리답게 하네요, 라고. 나 역시 글을 읽고 말을 나눠 후련하게 슬픔을 흘려보냈고, 그 과정에서 존재의 편안한 열림을 경험했다.

다시 야속한 시간이 흘렀다. 세월호 2주기를 보내고 지난여름, 글쓰기 수업에서 세월호 유가족의 육성기록 『금요일엔 돌아오렴』을 읽었다. 학인들은 약속이라도 한 듯이 이구동성 말했다. 책은 진즉에 사두었지만 못 읽고 있었는데 이번에 읽었다고. 그동안 왜 못(안) 읽었느냐고 물었더니 "마음이 아플까 봐 두려워서"라고 했다. 책을 읽고 난 후 우리는 또 말을 나눴다. "지하철에서 읽는데 눈물이 쏟아져서 혼났다. 창피한데 책을 놓을 수 없었다" "휴지를 옆에 놓고 읽었다. 읽을 땐 마음이 아팠는데 읽고 나니 이상하게 힘이 났다"고 고백했다. 세월호 유가족이 자신에게 닥친 비극적인 상황에 두 손 놓고 있는 게 아니라 참사의 진실을 알리기 위해 적극적으로 나서는 그 실천력에 자신도 용기를 얻었다는 것이다. 얼마 전 첫 조카가 태어났다는 한 학인은 이런 글을 써 왔다.

"이렇게 축복으로 태어났을 295명의 아이들이, 한날한시에 사망했다… 그리고 현재까지 9명은 실종 상태다. (…) 책을 통해 유가족들을 만나면서 눈물은 주룩주룩 흘렸고, 내가 부끄러워졌다. 그 슬픔은 유가족의 슬픔이었고, 부끄러움은 세월호 뉴스 자체를 외면했던, 침묵하던 나 자신에 대한 반성이었다."

그는 이어 책을 펼쳐 자신의 마음을 찌르고 생각을 다잡아준 문장을 낭독했다.

"부모들은 많은 변화를 겪었다. 더 이상 전과 같은 생활로 돌아갈 수 없었다. 먹고사는 문제 때문에 외면했던, 사회적으로 고통받는 사람들이 실은 자신의 모습이었다는 진실을 통렬히 깨닫는 시간이었다. 부모들이 평범한 자신의 삶에 대해 '성찰'하기 시작한 것이다. 이 사회의 문제를 외면할 때 결국 화살이 돌아오는 곳은 자기 자신이었다. 정의롭지 못한 사회에 침묵하는 건 다른 누구도 아닌 스스로에게 벌을 내리는 것이었다."

그날도 눈물로 어룽진 수업을 마쳤다. 글쓰기 수업을 하면서 매주 한 권씩 다양한 책을 읽지만, 세월호 관련 책을 읽을 때면 어김없이, 존재는 눈물을 흘린다. 앞서 학인들이 고백했듯이 '마음이 아플까 봐' 묶어두었던 감정을 허락한다. 이러한 풍경을 겪으면서 나는 생각한다. 마음이 아프면 왜 안 되는가. 우리는 왜 평소에 마음 놓고 슬퍼하지 못할까. 슬퍼하는 시간은 왜 금지당하는가. 별도의 시간을 마련해 모아두었던 슬픔을 방류해야 하는가.

그것은 애도의 시간이 생산의 시간이 아니(라고 느끼)기 때문일 것이다. 나 역시 슬픔에 잠겨 있을 때 '아무것도 하지 못했다'고 말한다. 일이 손에 잡히지 않는다고 말하면서 쫓기는 사람처럼 초조해한다. 그러나 슬퍼하는 건 중노동이다. 슬픔이 과하면 탈진한다. 그 엄청난 감정-정서-육체 노동에 임하면서도 그것은 '일'로 인정받지 못한다. 자본주의 사회에서 상품화되지 못하고 교환가치를 갖지 못하는 것들에 할애하는 시간은 그저 쓸모없는 낭비일 뿐이므로 그렇다.

그렇게 온전한 슬픔조차 허락되지 않는 사회이기에 슬픈 일이 자꾸만 생기고, 슬픈 일이 자꾸만 생기는데도 그 슬픔을 온전히 살아내지 못해서, 슬픈 일이 끝나지 않고 있구나 생각하는 사이 세월호 천 일이 다가온다. 봄이 오면 세월호 3주기다. 어떻게 하면 슬픔이 마치 밥과 잠처럼 일상의 일부로 자리 잡을 수 있을까. 그것이 세월호 천 일 이후를 살아갈 내게 주어진 삶의 과제다.

가려진 시간 속 열여덟 살 친구들과 함께 쓴 이야기

유현아

그곳은 섬이라고 했다. 들어가기는 쉽지만 나오기는 쉽지 않은 그런 곳이라고 한 소설가는 나직이 얘기한 적 있다. 내가 사는 서울 당고개역에서 안산 고잔역까지는 마흔두 개 역, 아이들과 만나는 그곳까지 쉬지 않고 가면 2시간 30분 정도 걸린다. 내가 안산을 이렇게 자주 들락거릴 것이라고는 생각도 못했는데 말이다. 여전히 안산 어느 곳을 서성거리며 친구들을 만나고 있으니 말이다. 나는 가려진 아이들에 대해 이야기하려한다.

열여덟 봄 어느 날 갑자기 친구들이 사라졌다. 어른들은 쉬쉬했고 사라진 친구의 다른 친구는 안부를 묻고 싶었지만 어느 어른에게 물어야 할지 몰랐고 대답을 해주는 어른도 없었다. 나머지는 어른들이 할 테니 공부만 하라는 이야기만 숱하게 들었다. 친구 이름을 입으로 내뱉는 것조차도 눈치를 봐야 했다. 울 수도 없었다. 과도하게 명랑하게 과도하게 아무렇지 않게 엥능하고 틸했나. 그렇게 슬픔을 슬픔답게 슬퍼할 수 없던 나날들이 계속되었고 고등학교 2학년 열여덟 살 친구들은 그게 정상이겠거니 당연하게 생각했다. 가끔씩 올라오는 뜨거운 울컥거림이나 아무 이유 없이 화가 난다거나 어쩌다 갑자기 말이 없어지는 현실을 애써 감추고 있었다. 그렇게 하루하루 견디면 나아질 줄 알았다. 그리고 나아지고 있다고 어른들은 믿었다.

"우리는 이제 열여덟 살이고 아직 어린데 왜 참아야 하나요?" 한 소녀가 울면서 항의하듯 물었다. 소녀는 사라진 친구의 이름표를 가방에 달고 다녔다. 처음 봤을 때 깔깔거리며 웃던 명랑한 소녀였다. 괜찮다고 했다. 그러던 소녀가 한참 친구 얘기를 하다 울어버렸다. 나는 어떤 이야기도 해줄 수 없었다. 소녀는 스스로 되묻고 스스로 슬픔을 토해내고 스스로 친구와의 이야기를 끄집어냈다.

2014년 봄 250명의 아이들이 수학여행을 떠났다 돌아오지 못했다. 억울한 죽음이었다. 제대로 슬퍼할 겨를도 없이 가족들은 진상규명을 위해 거리로 나섰다. 기억할 겨를도 없이 온갖 소문에 시달리며 억울한 죽음을 밝혀내기 위해 겨우겨우 살고 있다. 그렇기에 가족들은 이 죽음이 잊히는 것이 두렵고 아이 이름이 지워지는 것이 두렵다. 학교에서 어떤 아이였는지 궁금했고 어떤 친구와 지냈는지 어떤 이야기를 했는지 어떤 꿈이 있었는지 어디를 자주 갔는지 궁금했지만 누구에게 들어야 하는지 알 수가 없었다.

별이 된 친구를 기억하는 친구들을 만나 친구에 대해 쉼 없이 이야기하고 이야기가 마무리되면 별이 된 친구의 가족들에게 편지 쓰는 일을 함께했다. 살아 있는 친구들은 죄책감으로 힘들어했다. 갑자기 사라진 친구에 대한 미안함이 대단했다. "그건 너의 잘못이 아니야"라고 위로해도 그것은 헛헛한 공명으로 들릴 뿐이었다. "이런 얘기하면 뭐 해요?" 그러게. 곁에 없는 친구를 기억하면 뭐가 달라지나. 하지만 우리는 만나면 친구 이야기를 했다. 아이들의 반응은 대개 무심하게 말을 하지 않거나 때로는 귀찮아하거나 과하게 명랑했다. 처음부터 슬픔을 표현하는 아이는 극히 드물다. 아니 내가 만난 아이들 중 처음부터 슬픔을 표현했던 아이는 한 명도 없었다. 그것이 더 슬펐다. 어떤 만남인지도 모르고 무작정 찾아온 아이도 있었다. 답답한 마음에 무엇이라도 하지 않으면 안 될 것 같아 찾아온 친구는 당장 편지를 쓰고 가려고 했다. 하지만 이야기하다 보면 아이들은 한 번 더 만나고 싶어 했고, 그 한 번을 다시 만나면 또 한 번을 만나고 싶어 했다. 별이 된 내 친구에 대해 이야기하고 싶어 했다. 내 친구와 같이 갔던 패스트푸드점 늘 같은 자리에 앉은 이야기를, 집으로 가는 길 편의점에서 아이스크림을 먹던 이야기를 들려주었다. 함께 갔던 악기점에 대해 이야기했고 함께 먹었던 비빔밥에 대해 들려주었다. 웃음을 기똥차게 웃던 이야기를, 꿈에 대한 이야기를 들려주었다. 친구가 바로 곁에 있는 것처럼 환하게 이야기를 했다. 만나는 횟수가 많아질수록 아이들은 친구에 대한 자세한 기억을 떠올려냈다. 억지로 입을 닫았던 아이들이 친구에 대한 이야기를 풀어놓음으로 자신을 위로했다. "힘들면 이야기하지 않아도 돼. 쓰기 싫으면 편지는 쓰지 않아도 좋아"라고 나는 말했다. 어떤 아이는 '사랑해'라는 세 글자를 써놓고 더 이상 쓰지 않았다. 그 모든 것이 다 '그럴 수 있는' 사실들이었다.

내 친구, 소중한 내 친구, 열여덟의 가장 중심이었던 친구에 대해 아무도 궁금해하지 않았다. 내 친구가 죽었는데 아무도 내 친구를 물어보지 않았다는 사실이 이 아이들을 더 슬프게 했다. 엄청 친했던 내 친구에 대해 할 얘기가 많은데 아무도 관심을 두지 않았다. 관심 밖 아이들이었고 가려진 아이들이었다. 내가 하는 일이라곤 갑자기 친구를 잃은 친구의 이야기를 함께 들어주는 것이 고작이었다. 그리고 함께 쓰는 것, 기억의 한 방법이며 친구에게도 별이 된 친구의 가족들에게도 작은 위로가 된다는 것 고작 그뿐이다. 때로는 한 명의 친구가 때로는 여러 명의 친구가 별이 된 친구에 대해 이야기했다.

친구들과의 만남을 마무리하는 날은 삼겹살을 먹으러 갔다. 그들과 난 고기를 구우면서 아무렇지도 않게 별이 된 친구에 대해 이야기했고 즐거워했고 깔깔거렸으며 고기를 맛있게 먹었다. 그리고 함께 울었다. 친구 이야기를 맘껏 할 수 있다는 것, 그것으로 아이들은 행복했다. 내 친구, 소중한 내 열여덟 기억 속 친구에 대해 점점 더 자세히 기억난다고 했다. 이야기를 하면 할수록 더 기억난다고 했다. 억눌렸던 슬픔을 끄집어내어 함께 슬퍼하는 것, 그리고 많은 시간을 온전히 친구에 대한 이야기로 채우는 과정을 통해 아이들은 답답했던 마음을 조금 풀어놓았다. 편지를 받은 가족들은 조금 기뻐했을 것이고 더욱 그리워할 것이고 친구들에게 고마워했다. 그러나 이 과정이 나에겐 힘들고 외롭고 슬펐다. 죽은 친구들이 돌아오는 것도 아니고 억울한 죽음의 의문이 풀리는 것도 아니다. 집으로 가는 지하철 속에서 마흔두 번 흔들림을 겪는다. 겨우 몇 명의 친구들을 만났을 뿐인데, 아무것도 않고 고작 들어주는 정도인데 나는 늘 고민하고 후회하고 절망한다. 그럼에도 불구하고 계속해서 아이들을 만날 것이고 함께 울 것이고 함께 슬퍼할 것이고 함께 기뻐할 것이다. 그리고 또 '이게 다 무슨 소용이람' 이란 말을 웅얼거릴 것이다. 더 외로워지는 아이들이 있을 것이고 더 슬퍼지는 아이들이 있을 것이고 더 후회하는 아이들이 있을 것이다.

다시 봄이 온다. 올 것 같지 않던 봄이 왔다. 지난달에 친구들을 만났다. 그들은 이제 스물한 살이 되었다. 대학에 다니는 아이도 있고 일을 하는 아이도 있고 다른 공부를 하는 아이도 있다. 2014년의 봄에 대해 희미해진 기억을 기억하지 않을 수 있다. 그들 기억 속 친구는 여전히 열여덟 살이고, 여전히 아무것도 명확하게 밝혀진 사실이 없다는 게 마음 아프고 화가 날 것이다. 그리고 조금씩 목소리를 내고 있다. 십 대를 넘어 이십 대가 된 그들을 나는 무조건 응원할 것이다. 나는 그것이 다만 잊지 않고 기억하는 하나의 상상력이라 말하고 싶지만 의문투성이 나날들이 계속되고 있기에 여전히 흔들리고 있는 것이다.

기억의 한 방법
/ 그 일이 일어났을 때 나는 뭘 하고 있었는가

은희경

작가로 살아온 지 22년째인데, 언제나 써야 할 글이 있었다. 일을 많이 한 거냐면 꼭 그렇지도 않다. 일하는 데에 시간이 너무 많이 걸린 탓이다. 인생 전체로 봐서도 나는 효율적이지 못한 사람이고, 일하는 시간보다 일에 대해 두려워하거나 비관하며 보내는 시간이 몇 배 더 많다. 그런데도 쓰겠다는 꾸준한 욕망을 포기하지 않았다는 건, 역설적이지만 자랑이 아닐 수 없다.

그날도 나는 그 비관과 꾸준함의 어중간한 지점에서 끙끙대고 있었다. 충청도에 있는 21세기 작가 집필실이었는데 오전 내내 한 일이라고는 얽히고설킨 잡념 사이사이에 점심시간을 기다린 것뿐이었다. 입주 작가들은 그곳 공장에 딸린 식당에서 직원들과 함께 밥을 먹었다. 나는 소설가 K와 같이 줄을 서서 접시에 밥을 담다가 음소거 상태인 텔레비전에 흘끗 눈길을 주었다. 수학여행 가던 배가 가라앉았는데 전원이 구조되었다는 자막이 떠 있었다. 뭐 저런 일이 다 있어. 다 구조됐다니 그나마 다행이네. K와 나의 대화는 그리 길지 않았다.

그런 다음 우리는 마감을 하기 위해 잠시 제 발로 세상사를 등진 사람들답게 반찬과 산책에 대해 가벼운 이야기를 주고받았던 것 같다. 자세히는 기억나지 않는다. 실은 그 얘기를 나눈 상대가 희곡작가 H인지 소설가 K인지도 분명히 기억하지 못한다. 왜냐하면, 나에게 그 시간은 무심히 흘려보내는 일상 속 한순간이었을 뿐이기 때문이다. 그러나 같은 시각에 수백 명의 사람이 바닷물에 잠기고 선체에 갇혀 죽음과 대결해야 했다. 사회가 보호한다는 명분 아래 미성년자로 이름 붙여진 고등학생들이 대부분이었다.

　재앙과 비극은 세계 도처에서 끊임없이 일어나며, 운 좋게 그것을 비껴나 살아가는 사람들이 윤리적 책무를 질 필요는 없을 것이다. 그렇다면 그 배에서 가라앉던 사람들의 시간과 내가 생업을 이어가며 무심히 보내버린 일상적 시간과는 아무 접점이 없는 것일까. 지금 내가 단지 운이 좋아서 살아 있을 뿐이라는 걸 증언하는 주검들에게 나의 나머지 인생이 빚을 지지 않았다고 말할 수 있는 것일까.

　나는 SNS를 통해 올라오는 소식을 보느라 저녁밥 시각까지 휴대폰을 손에서 놓지 못했다. 다시 식당에 마주 앉은 K는 내게도 아이들이 있기 때문에 더욱 감정이입이 되는 모양이라고 다독거렸다. 그때까지만 해도 우리는 이 일이 단순한 사고이고 21세기의 휴머니즘과 사회 시스템과 기계 문명이 승객들을 구할 거라고 굳게 믿었다. 분노보다는 안타깝고 조마조마하고 간절한 마음 쪽에 가까웠다.

　하지만 싸늘한 봄밤이 점점 깊어갔지만 구조 소식은 없었다.

잠을 이룰 수가 없었다. 구하는 모습을 보기 위해서 텔레비전을 지켜보았다. 하루하루가 지날 때마다 이대로 아무도 바다 위로 올라오지 못하리라는 사실이 믿어지지가 않았다. 나 자신도 정확히 무슨 뜻인지 모른 채로 머릿속에 미안하다는 말만 되풀이되었다. 단편소설을 쓰던 중이었는데 잘 안 풀리던 글이나마 결국 덮고 말았다.

그런데 쓰겠다는 욕망에 더해서 나 자신의 마감 능력을 과대평가한 탓에 또 하나의 마감이 남아 있었다. 공동 프로젝트라서 펑크를 낼 수 없는 일이었다. 그 일을 어떻게든 마무리 짓고 진도에 내려가고자 했다. 어떤 계획이나 약속이 있었던 건 아니다. 위로하거나 도울 만한 깜냥도 못 되었다. 가서 바다 쪽을 오래 바라보고 서 있으면 덜 미안해질까 싶었을까. 급한 마음과 달리 원고에 집중할 수 있을 리 없었으므로 6월이 돼서야 겨우 남쪽으로 차를 몰았다. 나는 심한 근시인데 어떤 연유로 한쪽 눈만 교정수술을 받아 심각한 짝눈으로 살고 있다. 한쪽 눈에만 끼던 콘택트렌즈를 그 무렵 안구건조증이 심해져 낄 수 없었다. 가뜩이나 밤눈도 어두운데 그런 부정확한 시력을 갖고, 게다가 울먹이는 얼굴로 다섯 시간 넘게 운전을 했으니 조수석에 앉은 남편은 긴장을 풀 수가 없었을 것이다.

노란 깃발들이 나부끼는 팽목항에 도착했을 때는 날이 이미 어두워지고 있었다. 우리는 무섭도록 넓고 검고 무심하게 움직이는 바다와 슬픈 사람들의 무리를 보았을 뿐이었다. 천막들 안에는 가족의 소식을 애타게 기다리던 사람들이 기진해 있었다. 유족들이 있는 실내체육관으로 갔지만 거기에서도 나는 아무것도 할 수 없었다. 문 앞에서 머뭇대다가 누군가 문을 열었을 때 얼핏 체육관 안을 보게 되었다. 바닥에 침구와 짐들이 흐트러져 있는 그 임시거처는 너무나 넓었다. 너무나 거대한 일이 일어나버린 것이었다. 어쩐지 틈입해서는 안 될 신성한 슬픔의 자리 같아서 나는 그 문 앞에 오래 머물 수가 없었다.

접수처에 가서 며칠이나마 봉사를 할 수 있는지 알아봤지만 '고령'에다 생활에 관해 무능하고 제대로 된 쓰레기 분류법마저 얼른 숙지하지 못하는 나는 여러 면에서 미달이었다. 나의 생활 무능은 그뿐이 아니었다. 저녁을 먹은 뒤에 인터넷 검색이 가능한 범주 안에서 스무 군데 가까운 여관에 전화를 걸어봤지만 숙소를 잡을 수가 없었다. 세월호와 관련돼 외지 사람이 몰려들었으니 예상을 해야 했는데 내게 그런 용의주도함이 있을 리 없다. 바가지요금으로 가까스로 낡은 여관방이나마 얻은 것도 다행이었다.

이제 그날 그 여관방에서 꾸었던 꿈 이야기를 하려고 한다. 사실은 그 이야기를 하기 위해 나는 이 자리의 발언권을 얻은 것인지도 모르겠다. 지금까지의 이야기가 그냥 나라는 개인이 겪은 세월호 이야기라면 그 꿈은 분명 작가로서의 내가 꾼 꿈이라고 생각하기 때문이다.

그날 잠자리에 들기 전에 남편과 나는 아주 큰 결심을 했다. 이런 일은 전에도 없었고 앞으로도 결코 일어나지 않을 일인데, 한결같고 뻔뻔스러운 술꾼인 우리가 술을 마시지 않고 잠들기로 합의했던 깃이다. 다음 닐 아침 깨끗한 심신으로 다시 팽목항에 가기 위해서다. 9시 뉴스가 끝난 뒤 억지로 잠을 청했고 긴장과 긴 운전 탓인지 곧 잠이 들었다.

나는 어떤 낯선 숙소의 마당에 들어서는 참이었다. 누군가 손님이 찾아왔다고 전해주었다. 손님이 나를 기다리고 있다는 방문 앞에 섰는데 순간 공포로 몸이 덜덜 떨렸다. 어디서 나오는지 모를 습기가 훅 끼쳐 왔다. 너무나도 무서웠다. 아마 나는 그 손님이 누구인지 알고 있는 듯했다. 그리고 맹렬히 도망치고 싶었지만 절대 그럴 수 없다는 것 또한 알고 있었다. 알 수 없는 거대한 어둠이 나를 덮쳐 오는 듯한 극심한 두려움 속에 문고리를 잡는 순간 잠이 깼다. 아직 깨어 있던 남편에게 꿈 이야기를 하자 그가 굳은 목소리로 '그 애들이 왔던 걸까'라고 말했다.

그들이 왔었던 걸까. 모르겠다. 그런 얘기가 아니다. 다만 너무나 두렵지만, 그 문을 열고 그곳에 있는 존재와 맞닥뜨려야 한다는 생각이, 그래서 내가 그 문을 열려고 손을 뻗었다는 생각이 머릿속을 떠나지 않았다. 언젠가 나는 내가 문맹률 70%인 나라의 작가라고 해도 앞장서서 문맹 퇴치 운동을 벌일 만한 용기는 없을 테니 겨우 삶의 조건이 제한된 어둠 속의 사람들 이야기를 소설로 쓸 거라고 말한 적 있다. 또 언젠가의 나는 소설 속에서 질문만 던질 뿐 어떤 답을 제시할 수 없다고 말했다. 그 두 가지 생각 모두 변함이 없다. 여전히 나는 사회문제에 직접 발언하기를 원하지 않으며, 현재의 시점에서 찾아낸 임시 답안을 진실이라고 공고히 할 마음은 없다. 그럼에도 나는 그날 밤 그들의 방문을 절대 잊을 수 없다. 작가로서 내가 어떻게 변할지 혹은 변하지 않을지 알 수 없지만, 어쨌든 나는 세월호 이전의 그 작가와 똑같지는 않다.

이 글을 쓰면서 그동안 잊고 있었던 기억이 하나 떠올랐다. 연년생 아이들을 재운 뒤 밤늦게 집 안 정리를 마치고 식탁 위에 아르바이트로 하던 교정지를 펼쳐놓고 앉았다가 그대로 엎드려 잠들어버렸던 시기가 있었다. 고단하고 외롭고 스스로가 하찮게 여겨졌던 그 시절에 그나마 나의 존엄을 지켜준 건, 책이었던 것 같다. 박몽구의 『끝내 물러서지 않고』를 읽고 내 밥그릇을 위해 싸워주는 작가들에게 고마움을 느끼는 것이 내 지성이었고, 양귀자의 『원미동 사람들』에서 나의 초라함의 맥락을 이해받는 것이 내 윤리였다. 그 기억이 왜 떠올랐는지는 모르겠다. 혹시라도 내 책을 읽을지 모를, 그때의 나처럼 고단하고 외로운 누군가가 오답에 적응하려고 애쓰거나 거짓 위안에 길들지 않도록 막아주고 싶다는 생각만은 강하게 든다. 내가 읽어온 작가들이 나에게 해주었듯이 말이다.

잊는 것이 완전한 애도라는 서양 속담을 읽은 적이 있다. 잊혀지는 데에는 조건이 있다. 밝혀지지 않은 일을 어떻게 잊을 수 있는가. 오해받는 채로 잊혀지는 건 새로운 죽음이다. 완전한 애도를 위해서는 사건이 진실에 입각해 완결되어야 한다. 그 전까지는 우리 모두 잊지 않을 것이다. 한 사람이 가진 하나씩의 세계, 304개의 세계를.

구두 속에 새가 잠들어 있다

주민현

성당에서 손을 모으고 잠든 너는 꿈을 꾼다
목요일의 종이 울리면
지난 일들이 꿈결 같다고 생각하게 된다

"어둠 속을 걸어가는 사람은 자기가 어디로 가는지 모른다"*
잠에서 깬 너는 문득 중얼거리게 된다

흔들리는 종은 단지 잠시 숲을 흔들 뿐이라고,
그러나 불 꺼진 초에 귀를 대면
여전히 희미한 종소리가 났다

눈을 감으면 눈앞에 펼쳐지는 것은 온통 흰 밭,
돌아보면 발목이 굳은 나무들뿐

* 『요한복음』 12장 35~36절.

총이 잘못 발사된 어린 군인은 나뭇잎을 덮고 잠들어 있고
그 군인 곁의 작은 개도 무덤으로 갔다

오래전 칠판을 만들던 사람도, 백묵을 만지던 사람도
운동장에서 침묵을 뭉쳐 던지던 아이들과
책상과 걸상, 야구배트를 옮기던 선생도 모두

성당에서 손을 모으고 잠든 너는 꿈을 꾼다
볼 수 없는 사람들이 하나하나 돌아오는 꿈을

흔들리다 기우뚱 기울어지는 세계 속에서
비치볼을 던지는 두 사람이 공원에 해변을 만들고 있다

종이를 펼치면 날아오는 얼굴들
젖은 페이지마다 목소리가 적히기 시작한다

직전의 문과 직전의 교실들
우당탕탕 소리가 나지 않는 교실 안으로
흰 빛의 그림자가 모여든다

기도하는 얼굴은 평온하고
기도를 듣는 얼굴은 조각조각 갈라져 있다

구두 속에 새가 잠들어 있다

구두를 털면

바다와 같이 먼 곳에서부터 너는 불어오기 시작한다

우리의 눈이 마주친다면

윤해서

오빠, 기억나?

뭔가 재미있는 걸 알게 되면, 물론 그게 오빠한테만 재미있는 거였다는 건 알고 있지? 오빠는 꼭 나한테 질문을 하곤 했어. 무슨 수수께끼 놀이라도 하는 것처럼.

한번은 나한테 물었지.

생각하다가 동사게? 형용사게?

나는 그때 한참 몸 만들기에 심취해 있을 때라 아마 스쿼트 운동 중이었을 거야. 내가 허리에 잔뜩 힘을 주고 헉헉거리며 앉았다, 일어났다 하는데 오빠가 물었어.

꺼져.

내가 그랬지.

그럼 믿다는?

꺼지라고.

그럼 사랑하다는?

야!

나는 스쿼트를 그만두고 오빠를 발로 차버렸지. 기억나?

그때 오빠가 오빠 방으로 도망치면서 그랬어. 이 흔하디흔한 세 가지 단어가 사람의 인생을 바꾼다고. 그러므로 물론, 셋 다 동사라고.

안 물어봤다고.

내가 언제 궁금하다고 했냐고. 나는 너한테 고래고래 소리를 질렀지.

그런데 오빠를 똑 닮은 지웅이가 꼭 어린 시절 오빠처럼 나한테 이것, 저것 질문을 해. 정말 몰라서 물어보는 것도 많지만 꼭 오빠처럼 퀴즈를 내듯이 물어보는 거야. 그렇다고 오빠한테 했던 것처럼 지웅이를 발로 찰 수는 없잖아. 나는 언제나 열심히 대답하지. 그때마다 오빠를 약 올리던 게 생각이 나. 한 번이라도 궁금해해줄걸. 지금 이렇게 내내 궁금할 줄 알았으면 그때 더 많이 궁금해할걸. 너에게 장난을 걸고 싶다. 나는 하루에도 몇 번씩 생각해. 아니, 사실은 하루 종일 한 번도 네 생각을 하지 않는 날이 더 많은데.

오늘 오후에 학교에 다녀온 지웅이가 물었어.

엄마, 우리나라 헌법이 지향하는 최고의 가치가 뭐게요?

나는 멍한 표정으로 식탁 모서리를 바라보고 있었지. 모르긴 몰라도 아버지는 베란다에 계셨던 거 같아. 요즘 군자란에 꽃들이 활짝 피어서 아버지는 한참씩 베란다에 나가 서계시곤 했거든. 다른 짐들은 다 예전 그 집에 그대로인데 화분들만 하나

둘 가지고 와서 지금은 우리 집 베란다가 예전에 우리가 같이 살던 그 집 베란다를 그대로 옮겨놓은 모습이야. 오빠가 그 윤리 선생님에게 첫 선물로 받아 왔던 선인장 기억나? 그 선인장이 지금 얼마나 많은 새끼들을 쳤는지, 아마 오빠도 보면 깜짝 놀랄 걸.

엄마,

엄마.

지웅이가 내 어깨를 흔들어서 그때서야 나는 지웅이가 나한테 뭔가 말하고 있다는 걸 알았어.

오늘 사회 시간에 헌법에 대해 배웠어요.

그랬구나.

지웅이는 정말 나보다, 김 서방보다 여러 면에서 오빠를 더 많이 닮았어. 살갑고 다정해서 학교에 다녀오면 그날 있었던 일, 그날 배운 것들을 묻지 않아도 한참씩 이야기해주곤 해.

엄마도 우리나라 헌법이 지향하는 최고의 가치가 뭔지 알아요?

지웅이가 묻더라.

오빠라면 잘 대답해줬겠지. 나는 사실 고민도 해보지 않고 모르겠다고 했어. 몰라.

지웅이가 자랑스럽게 말해주더라.

인간의 존엄과 가치.

나는 그 말이 너무 낯설게 느껴져서 지웅이에게 되물었어.

뭐라고?

인간의 존엄과 가치, 지웅이가 제법 엄숙하고 진지하게 말

115

했어.

슬픈 말이구나.

내가 말했대. 나는 그렇게 말해놓고도 몰랐지. 지웅이가 뭐가 슬픈 말이냐고 물어서 그때서야 내가 그렇게 말한 걸 알았어.

그런데 엄마 존엄이 뭐예요?

지웅이가 묻더라. 지웅이는 정말 꼭 오빠 같아. 이해가 될 때까지 열 번이고 스무 번이고 왜냐고 묻지. 그건 왜 그래? 그건 뭐야? 지웅이가 지금보다 더 어렸을 땐 지웅이의 질문에 대답하다 보면 하루가 다 가고 그랬어.

인터넷에 찾아봤는데 무슨 말인지 더 모르겠어.

지웅이가 정말 모르겠다는 얼굴로 나를 바라보더라.

오빠, 나는 그때 왜 오빠를 떠올렸는지 모르겠다. 지웅이에게 아무 말도 해줄 수가 없어서였을까. 오빠라면 좋은 대답을 해주었을 텐데. 오빠는 좋은 선생님이었으니까.

엄마, 그게 뭔지 몰라도 그건 인간 스스로 완성해가야 하는 거래요.

그래서 나도 나 스스로 완성해가고 싶은데.

그런데 나는 또 그게 뭔지 모르니까.

오빠, 나는 끝까지 지웅이에게 아무 말도 하지 못했어.

그리고 도망치듯이 여기에 왔다.

오빠 방은 여전해. 나는 아빠가 하루에도 몇 시간씩 이 집에 와계신다는 걸 알아. 아빠가 이 집을 매일 쓸고 닦는다는 것도 알아. 아빠와 나는 서로 다른 시간에 몰래 여길 다녀가지. 우리는 한 번도 여기에서 마주치지 않아. 이 집에 감도는 향초의 향으로 아버지가 오래 머물다 가셨다는 걸 어렴풋이 느낄 수 있어. 초는 보이지 않지만 아버지가 오빠 방에, 엄마가 자주 앉아 있던 식탁 의자에 한참씩 머문다는 걸 느낄 수 있다. 그런데 그곳에서도 시간이 갈까? 그곳에도 시간이라는 게 있을까?

엄마, 인간이라는 말은 모든 사람을 포함하는 거죠? 살아 있는 사람들과 살았던 사람들 모두요?

내가 지금까지 완성하려고 노력해보았던 거는 찰흙 만들기, 종이 접기, 그림 그리기. 그런 것들이었어. 그런데 사실 그것들도 얼마만큼이 완성된 것인지는 모르겠어요.

내가 아무 대답 없이 일어서는데 지웅이가 혼잣말처럼 이렇게 말했어. 그리고 다시 묻더라.

엄마, 내가 모두의 존엄을 완성하기 위해 무엇을 할 수 있어요?

오빠,

나는 여전히 아무 대답도 할 수 없었다.

오빠의 얼굴이 계속 아른거려서 그대로 서 있을 수가 없었어.

엄마, 얼굴이 왜 그래요?

지웅이가 물었어.

엄마 얼굴이 어떤데?

숲속에 혼자 있는 나무 같아.

그렇게 말하는 지웅이 얼굴이 꼭 울 것 같았지.

그래서 나는 도망치듯이 집을 빠져나올 수밖에 없었다

그런데 오빠, 그거 알아? 궁금하다는 말 속에 마음이 안타깝다는 뜻이 들어 있는 거. 궁금하다는 건 알고 싶어서 마음이 안타까운 거라는 거.

* 윤해서 「우리의 눈이 마주친다면」, 『문예중앙』 2016년 여름호 중 일부.

등대로

김이강

성훈이가 걸어간 길을 잊을 수 없다. 가벼운 그 애가 나를 업고 걸었던 길. 모래사장은 없고 부두만 이어지는 바닷가 마을. 그가 말했다. 면접관이 키틀러를 히틀러로 오해했어. 키틀러를? 히틀러로? 말도 안 돼. 그가 고개를 끄덕였다.

면접관을 내가 죽여줄까? 그가 웃는다. 정말이야. 응? 말해 봐, 너의 말. 그가 웃는다. 나는 그의 등에서 내려가야 한다고 생각한다. 그의 웃음은 어떤 것일까. 그러나 내려가지 못한 채 바다가 멀어지고 있다.

성훈이가 걸어간 길을 잊을 수 없다. 나래의 생일 꽃다발을 들고 있던 날. 나래의 엄마가 된 정은이의 손을 잡고 오래 멈추어 있던 길. 벌써 벚꽃이 지려나 봐.

나래 나래 하며 걷는다. 그가 말한다. 나래 나래. 내가 말한다. 나래 나래. 그의 어깨에서 정은이의 머리칼 향기가 나래의 향에 섞여 들어온다. 눈길에 후드득 떨어지다, 그런 것을 사람들이 오래 바라본다.

사람들이 오래 바라보는 일을 잊을 수 없다고 그가 말한다. 그가 나를 업고 걸어가는 길.

우리가 걷는 길. 결국 면접관을 죽이러 가게 될 것이다. 면접관이 피 흘릴 것이다. 돌을 매달아 멀리 던져버리자. 그가 웃는다. 부두에 바람이 불어 내 머리칼들이 성훈이를 자꾸만 간질인다. 그가 웃는다. 가벼운 그 애의 등에 대고 말한다. 그러자 그도 말한다. 바다가 넓어지고 있다.

여름을 밀어내고 봄이 바다가 되었습니다

김훈비

2014년 4월, 몸에 피주머니를 달고 있었습니다. 의미심장한 날짜와 '피주머니'라는 비일상적인 단어의 연결 때문에 어떤 종류의 비유처럼 들릴지도 모르겠습니다만, 실제로 저는 '배액관'이라고 부르는 피주머니를 달고 4월의 그 뉴스를 보고 있었습니다. 살면서 처음으로 받아본 크다면 큰 수술과 일주일의 입원 끝에 퇴원을 했고, 병원 올 때를 제외하고는 최대한 몸을 움직여서는 안 된다는 의사의 당부로 회사도, 여타의 사회생활도, 꾸려가던 일상도 전부 중단한 상태였습니다. 태어나서 그 어느 때보다도 가장 '가만히 있어야' 했던 날들에 방 한구석에 앉아 그 뉴스들을 보고 있었습니다. 이제 얼굴만 봐도 저분은 누구의 어머니이고, 이름만 들어도 그 아이는 몇 학년 몇 반인지 알 수 있을 정도로 봄이 지나가는 내내 그 뉴스들만 보고 있었습니다.

2014년 4월, 저는 살아남은 사람이 되었습니다. 의미심장한 날짜와 '살아남은 사람'이라는 단어의 연결 때문에 이 또한 어띤 공류의 비휴처럼 들틸시노 모르쌌습니다만, 실제로 사망의 가능성이 다소 있었던 여섯 시간의 수술을 마치고, 그 가능성에 대해 고지를 받았던 그날부터 "혹시"에 딸려 오는 불길한 생각들을 떨치지 못해 불안에 떨어왔던 친구 중 하나가 눈물을 터뜨리며 말했습니다. "너는 이제부터 우리에게 살아남은 사람이야." 코앞까지 다가왔던 "혹시"를 떨쳐낸 지 며칠 안 지나서부터 이번에는 어떤 "혹시"들이 믿을 수 없는 사실이 되어가는 걸 계속 지켜봤습니다. 아무리 그래도 국가 시스템이라는 게 있는데 아무리 그래도 구조하겠지, 라는 생각이, 아무리 그래도 수습을 잘 하겠지, 아무리 그래도 진상규명을 제대로 하겠지, 아무리 그래도 책임을 지겠지, 아무리 그래도 애도는 하겠지, 아무리 구조할 능력은 없었어도 구조할 의지는 있었겠지로 계속 변해갔고, 그 모든 "아무리 그래도"는 변함없이 깨어져나갔습니다.

엄청난 슬픔과 분노와 무력감이 밀려들었다 나가는 자리마다 미안함이 항상 남아 있었습니다. 비슷한 시기에 살아남은 자로서의 미안함과 얼마 안 되는 돈들을 보내고 서명을 하고 노란 리본을 곳곳에 다는 것 정도밖에 하지 못하는 것에 대한 미안함, 살아남아서 피주머니를 매단 채 몇 주를 그것만 내내 지켜봐왔으면서도 점점 잊어가는 것에 대한 미안함. 물론 이 사건과 이 사건 주변에 산산조각 난 채 흩어져 있는 수많은 "아무리 그래도"들은 절대 잊지 못하겠지만요. 그 무력하고 무책임하게 깨져나간 조각들은. 하지만 어느 순간부터 저 얼굴이 누구의 어머니였는지, 누가 몇 학년 몇 반이었는지 바로바로 기억나지 않습니다. 유가족들이 처음으로 청와대를 향해 밤새 걸었던 그날, 막아서는 경찰들에게 그들이 다칠까 봐 차마 돌을 던지지 못하고, 잔디밭에서 풀을 뜯어 모으고 바닥에 떨어진 잎사귀를 긁어 모아 있는 힘껏 집어던지는 게 전부였던 그분들의 얼굴을 눈물을 펑펑 쏟지 않고도 떠올릴 수 있는 게 가능해지기 시작했습니다. 경찰을 향해 욕하는 시민들에게 "쟤들도 그냥 시키는 대로 하는 것뿐이니까, 가만히 있으라고 시키는 대로 했던 애들처럼 쟤들도 그냥 말 잘 듣는 애들일 뿐이니까"라고 가만가만히 말렸던 그분들의 말을, 경찰들 위에 내 아이들을 겹쳐 떠올리는 그 심정을, 앞으로는 계속 맞닥뜨리게 될 그 '겹침'의 순간마다 그분들이 느낄 헤아릴 수 없는 분열적 고통들을 헤아려보려 노력하며 아파하는 시간들이 줄어가고 있었습니다.

작년 여름 여행길에 배를 탔다가 '조타실'이라는 글자를 보고 울음을 터뜨렸습니다. 살면서 '조타실'이라는 단어를 가장 많이 들어본 게 언제일까요. 하지만 그렇게 울고 나서 세 시간도 안 돼서 바다 한가운데서 카약을 타고 노를 저으며 한가롭게 저녁을 보냈습니다. 지난달 동대문을 우연히 지나다가 전태일 열사의 동상에 매어진 자주색 목도리에 노란 리본이 걸려 있는 것을 보고 울음을 터뜨렸습니다. 겨울이라고 동상에 목도리를 둘러주고 노란 리본을 걸어주는 사람은 누구였을까요. 하지만 그렇게 울고 나서 두 시간도 안 돼서 식당에 앉아 맥주를 마시며 즐겁게 저녁을 보냈습니다. 슬픔에서 일상으로 돌아오는 데 걸리는 시간들이 줄어가고 있었습니다.

작년 롬 광장에서 열린 3주기 주모미사에서도 미안했습니다. 2주기까지는 차마 엄두가 나지 않아 떼지 못했던 발걸음인데, 그 발걸음의 무게가 줄어들었기에 올해부터는 참석할 수 있었다는 걸 마음 한쪽에서는 알고 있었기 때문입니다. 미수습자 다섯 분의 장례식이 있던 11월의 어느 주말, 안산병원과 아산병원 장례식장을 다녀오면서도 미안했습니다. 끝내 돌아오지 못한 다섯 분과, 유가족이 되고 싶다는 그 슬픈 소망을 이루지 못한 유족분들이 눈에 밟혀 가야만 했던 기저에는 이렇게라도 다시 한번 더 되새겨야만 한다는 강박 또한 있었다는 걸 마음 한쪽에서는 알고 있었기 때문입니다. 안산병원에 붙어 있는 커다란 전지에 "잊지 않겠습니다"라고 쓰면서도 미안했습니다. 되새겨야 한다는 강박을 갖는 것, 잊지 않겠다고 다짐하는 것에는 잊어가고 있다는 저의 상태가 이미 들어가 있기 때문입니다.

하나의 같은 사건이 사람들에게 가닿을 때는 제각각 다른 모양의 그릇이 되고, 모양 따라 흘러 담기는 마음도 다릅니다. 제가 가진 그릇은 그다지 깊지도 견고하지도 못해서 시간이 흐를수록 어딘가로 마음이 조금씩 새어 나가는, 담긴 마음의 눈금이 천천히 줄어드는 그릇입니다. "잊지 않겠습니다"라는 기약을 믿음직하게 품을 수 있는 모양과 강도의 그릇을 가지고 있지 못한 제가 그나마 다짐할 수 있는 기약이 있다면, "잊지 않도록 발버둥 치겠습니다" 정도일 것입니다. 이 발버둥에는, 어느 날 문득 줄어든 눈금을 발견하고 "내가 또 이만큼이나 잊고 있었구나"를 대면하고 죄책감에 빠지는 것도, 그래서 황급히 무언가를 그릇 안에 부어 넣어 다시 채우며 "이렇게라도 해야지만 잊지 않을 수 있다니"라는 자괴감에 빠지는 것도 다 포함되어 있을 것입니다. 이 사건을 제 안에서 깊고 견고한 그릇으로 만들어내지 못해서 미안합니다. 그래서 생각날 때마다 그제야 채워 넣어야 해서 미안합니다.

이제 한 달이 더 지나 다음번 낭독회가 열릴 때쯤은 봄이 오고 있을 것입니다. 언젠가부터 봄은 바다처럼 밀려듭니다. 바다는 여름에나 떠올리는 것이었는데 언젠가부터 여름을 밀어내고 봄이 바다가 되었습니다. 그 봄에도 계속 미안해하며 계속 채워 넣으며 연대해야 하는 어떤 순간순간들에 반도 안 찬 그릇을 내미는 일이 결코 없도록, 잊지 않도록 발버둥 치겠다는 것만큼은 잊지 않겠습니다. 이 정도밖에 다짐할 수 없어서 정말 미안합니다.

나의 거인

박소란

너는 조금씩 작아지고 있다
어제는 앉은뱅이책상만큼 오늘은 책상 서랍만큼
서랍 속에 숨어 숨죽이고 있다

나는 종일 책상 앞에 있다
너를 잃고 싶지 않아서

작은 것들을 궁리하고 있다
보일 듯 말 듯한 글자, 글자와 글자 사이 희미하게 찍힌 점 같
은 것

언젠가 너는
내가 알지 못하는 어떤 책 속에 살게 될까
너를 찾기 위해 나는 그 미지를 모조리 찢어버릴지도 모른다

그래, 나는 전전긍긍하고 있다
작아지고 작아져서 무엇으로도 머물지 않을 너를
내가 사랑할 수 있을까

내가 기억할 수 있을까

그럴수록 나는 조금씩 커지고 있다
거인이 되고 있다 더는 네 앞에 설 수 없는 흉측한 몰골이 되어
너를,

너를 닮은 것들을 붙들고 쉼 없이 달아나려는 그것들을
책상 곳곳에 묶고 가두며

나는 종일 책상 앞에 있다
책상은 조금씩 낡고 있다

그럴수록 나는 조금씩 커지고 있다, 나의 거인은
빈 책상을 지금 맹렬히 사랑하고 있다

＊ 이 시는 박소란 『한 사람의 닫힌 문』(창비 2019)에 실렸다.

사월

문동만

강아지가 무심히 바라보는 창밖에
사철 목련이 살구꽃이 지지 않는
사월 같은 천국이라도 있을 것만 같네
잠깐 나도 흰자위 보이지 않는
동공 속에 살고 싶어지네
구름이나 바람 연애 같은 것,
부질없는 것들의 꼬리나 잡으며

강아지의 한 시간은 나의 여섯 시간
죄 없는 것들의 생이 더 짧아서
種을 교환해주거나 바꿔 살아도 되는 게
천국이라면 좋겠는데
목숨을 목숨으로 바꿔주는 세상이라면
좋겠는데

우리는 쓸 만한 날들도

폐허로 만드는 재주를 가졌으니까

차이의 최대치를 종교처럼 재 버릇하고 있으니까

다시 태어나지 않는 것도 좋겠지만

개로 태어나 팔자 좋은 개새끼란 소리나

실컷 들으며 낮잠이나

오래 자고 싶기도 하네

밥그릇을 핥으며

다음의 끼니나 죄 없이 기다리며

간절히 기다리던 누구라도 핥으며

허나 나는 혈통이 좋지 않아서

절실히 핥는 법을 못 배웠으므로

핥고 싶을수록

핥다가 혀가 닳아지는 것들만

유심히 바라보는 병이

낫질 않아서

동공도 맑지 않네

★ 이 시는 묘동맙 『구르는 잠』(바걸음 2018)에 실렸다.

호명

강지혜

기암절벽이 스러진 서쪽 해변에 섰다
이름 없는 너를 불렀다
오늘 여기 이렇게
세찬 바람인데
아직 이름 없는 너를
이토록 그리워해도 되는 걸까 내가

많은 아이들이 어둔 바다에서 영영 돌아오지 못하고
너를 부르지 않기로 했다
우리의 입술이 너무 작아서
바로 설 수 없어서

여기 우리 모두 별 사이를 떠돌다 가는 외톨이
너 나 우리 모두 혼자 뿌려지고 혼자 사라지는데

너는 내게 왔다 그럼에도 불구하고
너무도 크고 작게 슬프고 찬란하게

깊은 물속에서부터

나는 네게 이미 거짓말을 하고 있어
지키지도 못할 약속을 하고 있어

후회가 가슴을 베어 푸른 피가 흐른다
나는 쪼그리고 앉아 바닥에 흐른 푸른 포말을
처연히 닦으면서 너를 만날 순간을 기다리면서

내가 감히 너를 사랑하고 있어
내가 감히 너를 애달파하고 있어

용서하지 마
지금 여기 끝내 너를 불러
사랑을 흐르게 한
눈먼 시간을

* 이 시는 강지혜 『이건 우리만의 비밀이지?』(민음사 2022)에 실렸다.

4월의 해변

이영주

해변을 걷다 보면 내가 자꾸 떠내려온다. 발이 많으면 괴물처럼 보이지. 나는 편지를 쓰러 해변에 자주 온다. 무엇인가를 썼다고 생각했는데 다 젖어버렸다. 다시 쓰러 기울어진 선박으로 들어간다. 물 가까이에서 살면 산책할 때마다 울게 돼. 그 울음을 헤치고 나아가느라 발이 많은 괴물아. 체육복을 입은 소녀들이 서로 발이 엉켜 모래밭에서 뒹군다. 파도는 그들에게 닿지 못한다. 오래된 과자봉지를 뜯으며 다 죽었는데 발처럼 많아지는 마음을 들여다본다. 너무 살려고 애쓰지 마. 물을 뚝뚝 흘리며 소녀들이 모래사장을 걸어간다. 모두 돌아가자. 쉴 수 있어. 해변에서.

잘 지내니?

하명희

해 뜨기 전 다섯 시, 3년 전 저는 서울의 높은 건물 10층에 있는 병상에서 편지를 썼습니다. 작가들이 할 수 있는 게 없어 팽목항으로 편지를 보내자고 의견을 주고받던 때였어요. 그때 내가 보낸 편지는 도착하였을까요. 편지의 시작은 이랬습니다.

팽목항으로 보내는 편지

지금은 해 뜨기 전 다섯 시입니다. 여기는 서울의 높은 건물 10층에 있는 병상이에요. 아래를 보니 차가 움직이는 게 하나둘 보이는군요. 이 새벽에 저들은 어디를 가는 걸까요. 어제 만난 초등학교 때 친구는 하루 종일 고았다면서 생강탕을 가지고 저를 찾아왔습니다. 초등학교 친구라는 게 그렇습니다. 아프다고 말한 적 없는데, 1년에 한두 번 연락할 뿐인데도 이상하게 아플 때마다 제일 먼저 연락이 닿아요. 먼저 알고 제게 연락을 해 옵니다. 잘 지내니? 이 한마디면 그간의 시간들이 잘과 지내니 사이 행간에서 발음되지도 않은 채로 묻어 나오는 모양이에요. 그래서 또 가슴이 저립니다. "잘 지내니?"라고 물을 수 없는 사람들은 어떻게 해야 하나. 숨과 숨이 교차해야 알 수 있는 행간조차 잃어버린 사람들은 아픔을 어떻게 표현해야 하나. 한 줄을 쓰고 다시 눕고 한 줄을 다시 쓰기 위해 일어납니다. 조금 지나면 새벽이 오는 게 보이겠네요.

지난달 한 무리의 작가들과 팽목항에 내려갔을 때, 그곳은 바다와 하늘의 경계 따위는 보이지 않더군요. 어둠이 섞여 검푸른 짙음을 만들며 몸을 섞는데 먼 데서 소리가 들렸어요. 진도의 닭 울음소리를 들어보신 적 있나요? 여러 번 듣고도 믿기질 않아서 방에 있는 작가들에게도 물었어요.

"지금 저 닭 울음소리 들리세요?"

작가들은 귀를 모았습니다. 그리고 눈이 동그래졌지요. 세상에, 진도의 닭은 이렇게 우는 거예요.

"호, 호, 호, 호철아! 호철아! 호철아!"

한 번도 아니고 두 번, 두 번도 아니고 세 번, 새벽이 깰 때까지 바다와 하늘이 뒤섞인 그곳을 향해 외치고 있었어요. 그러자 바다를 품은 하늘과 하늘을 품은 바다가 열리며 기적처럼 해가 나오더군요. 새벽이 열리는 거였지요. 그렇게 진도의 하루는 남의 이름을 부르며 시작되더군요. 새들은 자기 이름을 부르며 운다고 하던데, 아니었어요. 진도의 닭은 남의 이름을 부르며 새벽을 깨우고 있었습니다.

우리는 세월호참사 이후 4월 16일이라는 하루를 잃어버렸어요. 대한민국의 한 해 달력에는 하루가 사라졌습니다. 우리는 365일이 아니라 364일을 살아야 해요. 4·16 이후라는 게 있다면요, 그 이후 4월은 15일이 지났습니다. 그동안 우리는 금요일에는 돌아와야 하는 봄소풍 간 아이들이 5월에는 오겠지 했습니다. 5월에 못 온 아이들이 6월에는 올 줄 알았어요. 6월에도 못 온 아이들이 더운 여름에는 올 줄 알았습니다. 여름이 지나고 가을이 왔는데 아이들은 오지 않았어요. 길가에 은행잎은 왜 그렇게 노랗던가요. 노랗게 떨어진 은행잎 하나하나가 돌아오지 못한 아이들의 이름 같아 길에 서서 한참을 운 적도 있습니다. 이것은 폭력입니다. 건질 수 있는 아이들을 물속에 남겨둔 학살이에요. 우리는 그 학살을 눈 뜨고 지켜본 가담자였어요. 그 죄가 너무 깊어 움츠리고 있었습니다. 발음할 수가 없었어요. 우리가 본 것들이 믿기지 않아 한참을 우회했습니다. 나와 너를 가르고 일반 희생자들과 단원고 희생자들을 가르고 유가족들과 실종자들을 가르는 동안 시간이 훌쩍 지났습니다.

 팽목항에 붙어 있는 호소문이 떠오릅니다. 가족식당 문에는 '제발 우리 은화를 찾아주세요'라는 호소문이 걸려 있었어요. 호소문은 '은화를 하늘에서 기다리고 있는 은화 친구 성빈이의 엄마'가 쓴 것이었어요. 세상에 이렇게 슬픈 연대가 있을까요? 하늘에서 기다리고 있는 딸에게 친구 은화를 찾아주고 싶다는 성빈이 어머님의 호소문을 우리는 어떻게 받아 적어야 하나요. 매일 엘리베이터에서 만나 수다를 떨며 학교에 갔다는 승희가 바다에서 나온 후 "은화도 빨리 데리고 갈게"라고 했다던 승희 어머님의 약속을 우리는 또 무어라 기록해야 한단 말입니까.

팽목 분향소에서 4·16 이후 지금까지 팽목항을 지키고 있는 윤희 삼촌 김성훈 씨로부터 그간의 이야기를 들었어요. 지금 아버님들은 알코올 중독 증상이 심해 많은 분들이 손을 떨고 있다고요. 어떤 분들은 전 재산을 털어서 돈을 물처럼 쓰고 있다고요. 빨리 돈을 쓰고 돈을 다 쓰는 날 이 생을 마치시겠다 한다고요. 아버님들이 술을 마시지 않을 때는 스마트폰을 잡고 있는데, 아이들 사진을 보거나 아니면 게임에 빠져계시다고요. 게임이라도 집중해야 다른 생각을 하지 못하기 때문이라고요. 팽목항은 평소에는 평온해 보이지만 밤만 되면 화장실 뒷쪽에서, 등대 앞에서 오열이 터져 나온다고요. 어머님 중에는 장 운동이 멈춘 분도 계시다고요. 들어가는 게 있는데 나오는 게 없다고, 병원에선 어떤 진단도 내리질 못한다고요. 비가 오는 밤이면 사지가 마비되고 숨을 못 쉬는 어머님도 계시다고요. 이 모든 증세가 4·16의 연장이라고요. 윤희 삼촌이 아니라 모든 아이들의 삼촌으로 불러달라는 김성훈 씨는 아직도 포르말린 냄새와 통곡소리를 잊지 못하겠다고, 그런데 지금은 그 냄새와 통곡소리조차 들리지 않아서 오히려 잠을 이룰 수 없다고 하셨어요. 팽목은 통곡소리조차 들리지 않는 슬픔만 가득한 곳이라고 하셨습니다. 분향소를 나오려는데 실종자의 가족인 아버님 한 분이 제게 노란 리본을 한 움큼 내밀었습니다. 저는 참았던 눈물을 쏟을 수밖에 없었어요. 리본을 든 아버님은 멍한 눈빛으로 손을 심하게 떨고 계셨어요. 슬픔이 뒤흔들고 있는 명징한 몸 앞에서 우리는 슬픔보다 더 큰 슬픔을 만나고 있습니다. 등대가 있는 곳까지 걸어가며 얼마나 많은 슬픔이 슬픔 위에 얹어져야 진실이 그 모습을 드러낼지, 저 무너질 대로 무너진 떨리는 손들을 어떻게 부여잡아야 할지 몰라 바다만 바라보았어요.

3년 전 다 쓰지 못한 편지를 붙잡고 있는 동안 안산에서 팽목항으로 향하던 유가족들의 도보 순례가 광주를 지나고 있다는 소식을 들었습니다. 그 소식과 함께 느닷없이 눈송이가 날렸습니다. 우리가 잃어버린 아이들이 바람을 타고 사방에서 몰아치고 있었습니다. 아이들이 아직 오지 않은 계절을 짊어지고 오고 있었어요. 눈이 오는데 왜 그렇게 눈물이 나던지요. 아이들은 안 온 것이 아니지요. 못 온 거였어요. 올 수 없도록 바다를 가두고 있던 것들이 하나둘씩 수면 위로 떠오르고 있습니다. 아이들은, 집으로 들어가지 못하고 길 위에서 머리를 깎고 지렁이처럼 몸을 숙여 진실을 갈구하던 가족들에게, 돌아오고 있었습니다. 이 글을 쓰는 오늘도 눈이 오고 있습니다. 사월의 눈입니다. "잘 지내니?"라고 묻고 싶은 가족들의 마음이 얹어진 걸까요. 2018년 4월 6일, 어제는 전직 대통령에게 징역 24년, 벌금 180억 원이 선고된 날입니다.

졸업식

이종민

선생님이 이름을 부르면

부모님이 대답을 하셔

오늘은 교실이 꽉 찼어

아무도 앉지 않던 네 자리에도

누군가 한 명씩 앉아 손바닥으로 책상을 쓸고 갔어

누군가 네가 좋아하던 블루레몬에이드를 놓고 갔어

누군가는 네가 좋아하지도 않던 노란 꽃을 놓고 갔네

우리는 서로 이름도 모르는 사이

지금은 나 혼자 네 이름을 알아버렸어

그때 이름을 알아서

내가 네 이름을 불러주었다면

우리 계속 손을 잡을 수 있었을까

함께 졸업식에 올 수 있었을까

매일 꿈을 꿔

그 복도에서 하루에도 수십 번 네 손을 놓쳐

네 이름을 부르려 하지만 기억이 나지 않아

복도로 휩쓸려 가는 너는 내 이름을 부르는데

이제야 너를 어떻게 부를지 알게 되었는데

삼십 살이 되고 사십 살이 되어도

영원히 네 이름을 기억할 수 있을까

내 힘이 조금만 더 셌더라면

졸업식이 열리는 이 교실에서

선생님이 한 명씩 이름을 부를 때

더 많은 친구들이 대답할 수 있었을까

네 책상에 사람들은 하나씩 무언가를 두고 갔는데

나는 무얼 들고 올지 몰라 그냥 왔어

그냥 오고 싶었어 그냥 이 앞에서 네 이름 불러보고 싶었어

짝꿍의 이름

박은지

가끔 짝꿍은 작정하고 잠만 잤다
0교시부터 시작된 잠은
국경 근처, 이름 모를 짐승의 울음소리가 들릴 때까지 계속
됐다

2교시엔 짝꿍의 코에서 흘러나오는
삑 삑 소리를 따라하며 즐거웠지만
6교시쯤 아무 소리도 들리지 않으면
나도 모르게 주먹을 꽉 쥐었다 식은땀이 났다

학교에서 집으로 돌아오는 길은 너무 추워서
우리는 늘 손을 잡고 걸었다
작정하고 잠만 잔 날, 짝꿍의 꿈 이야기는
마을을 몇 바퀴나 돌고 돌아 발이 꽁꽁 얼 때까지 계속됐다
마을 곳곳엔 낭떠러지가 많아 우리는 늘 조심하며 걸었다

그리고 짝꿍의 꿈엔 늘 낭떠러지가 등장했다
짝꿍은 종일 낭떠러지 아래서 이름을 줍는다고 했다
봄꽃을 닮은 이름, 달리기를 좋아하는 이름, 잘 웃는 이름
주워도 주워도 주워지지 않는 이름을 붙들고 엉엉 운다고 했다
꿈에서 깨면 자꾸 그 이름을 잊는다고 엉엉 울었다

속이 상했다
우리 마을엔 낭떠러지가 왜 이렇게 많을까
궁금했지만 아무도 말해주지 않았다
낭떠러지는 늘 위험했는데
누구도 위험하다고 말해주지 않았다
우리는 손을 좀 더 꽉 잡는 수밖에 없었다

짝꿍의 꿈속으로 들어갈 수 있으면 좋으련만
삑 삑 소리에 즐거워하지 말고
주워지지 않는 이름을 같이 부르면 좋으련만
아니 같이 이름을 주워서 국경 너머로 달아나면 좋으련만
아니 그보다 먼저 낭떠러지를, 아니
이 모든 게 꿈이면 좋으련만

작정하고 잠만 잔 날엔, 잠들지 못한 날에도
우리는 마을 곳곳의 낭떠러지를 찾았다
책가방 가득 돌을 채워 마을 사람들의 집 앞에 쌓아두었다

집집마다 봄을 한 무더기씩 나눠 가졌다

낭떠러지가 사라지거나
더 이상 주워지지 않는 이름이 없을 때까지
낭떠러지를 지고 살기로 했다
봄꽃은 봄꽃처럼 피어나고, 달리기는 달리기로 살아 있고,
웃음이 잘 지낼 때까지
낭떠러지를 지고 살기로 했다
그래야 될 것 같은 현실이었다

* 이 시는 박은지 『여름 상설 공연』(민음사 2021)에 실렸다.

그런 일이 있었다

유희경

네가 울었다
버리고 싶었다
버릴 수 없었다
버릴 수 없어서 서랍에 넣어두었다
그런 일이 있었다

네가 울었다고 쓴다
버릴 것으로 기록한다
버릴 것은 뾰족하고
뾰족한 것은 버려지니까
서랍에 넣어두었지
그것은 이야깃거리
이야깃거리는 손에서 손으로
옮아간다 질병처럼
모두가 아픈 사정처럼

그런 일이 있었다
그런 일이 있었대
그런 일이 있었지

네가 울었다는 사실
그것 말고 무엇이 있었나
깜깜하다 뾰족해서
서랍 속에 넣어둔
사실은 버려버린 것처럼
왜 아무것도 하지 않았나
죄책은 자책으로 가고
자책에서 돌아오지 않는구나
네가 울었으니까
나는 기록했고 뾰족한 것은
뾰족한 그대로 서랍 속에
그래, 그런 일이 있었지

네가 울었다
버리고 싶었다
실은 버리고 말았지
서랍은 핑계야 서랍은
근사한 핑곗거리지
뾰족하다고 변명하면서
뾰족한 거라고 생각하면서

외마디 의성어로
사람을 닫아버리지
그러곤 말하는 거야
그런 일이 있었어 그래,
그런 일이 있었던 거지

그런 일이 있었어
네가 울고 있었거든

* 이 시는 유희경 『당신의 자리: 나무로 자라는 방법』(아침달 2018)에 실렸다.

또 비가 와, 니는 인 무꼬

김서령

비가 왔다. 광화문에서 세월호 유가족들의 단식이 열흘 넘게 이어지고 있던 날이었다. 거리는 쓸쓸했고 마음이 축축해서 그랬겠지만 누군가의 목소리가 떠올랐다. 누구지. 나는 가물거리는 목소리를 애써 잡아보았다. 그래, 그때. 도쿄였다.

나는 신주쿠 역과 신오오쿠보 역의 딱 중간쯤 되는 동네에서 몇 달 머물던 중이었다. 하야시맨션 501호. 우리말로 하자면 숲아파트였다. 나는 다다미방 하나를 세내어 살았다. 다다미가 깔린 방에서는 비만 오면 젖은 풀냄새가 피어올랐다. 잠이 오지 않는 밤이면 신오오쿠보 역까지 살방살방 걸어가 정종집 문을 열고 들어섰다. 250엔짜리 가지 절임을 먹거나 비슷한 가격의 사시미를 먹었다. 내 외출은 그게 전부였다.

그러니 그날, 어쩌다 이른 저녁부터 재일교포가 하는 그 삼겹살 식당에 들른 것인지 모르겠다. 손님은 하나도 없었다. 김치찌개 백반을 먹었을 텐데, 찌개에서는 쿨쿨한 냄새가 났고 콩나물은 무쳐놓은 지 사흘은 된 것 같은 데다 쌀밥은 찰기가 하나도 없었다. 혼자 골을 내며 밥을 먹는데 40대 중반쯤 되어 보이던 주인여자가 식당 문짝 앞에 서서 작은 소리로 중얼거렸다.

"또 비가 와. 너는 안 오고."

그러고 보니 비가 내리는 중이었다. 밥알들이 목구멍에 콱 들러붙었다. 그렇게 쓸쓸한 목소리라니. 들어주는 이 없는 그런 중얼거림이 그저 일상이라는 듯, 그녀는 잔꽃 무늬 치맛자락을 심상하게 팔락이며 소나기가 들이치는 문짝을 야물게 닫았다.

우산도 없이 나온 길에 내가 어떻게 숲 아파트로 다시 돌아갔는지는 기억나지 않는다. 나는 아마도 며칠 동안 주인 여자의 쓸쓸한 목소리에 사로잡혀 있었을 것이다. 그녀의 식당 바깥으로 얼마나 비가 자주 내렸는지도 알 수 없고, 오지 않는 네가 누구인지도 나는 알 수 없었지만 일상이 되어버린 그녀의 고독은 짐작이 가능했다. 그래서 나는 몹시 아렸다.

그러니 광화문에서 도쿄, 그녀의 중얼거림을 떠올린 것도 이상할 일은 아니었다. 아무것도 끝난 것이 없는데 저희들끼리 다 잊은 사람들이 그들의 단식을 뜨악하게 바라보던 시절이었다 [illegible] 데도 말이다.

어느 날은 전화를 받았다. 집 전화가 울리는 건 두 가지 경우다. 첫 번째는 엄마이고 두 번째는 여론 조사. 그래서 나는 집 전화를 받을 때엔 "여보세요"라는 말 대신 "응"이라고 한다. 엄마면 응, 이라 해도 되고 여론 조사라면 끊으면 그만이기 때문이다. 그날 그렇게 받은 전화는 어떤 꼬마였다.

"저 박슬기인데요, 우리 엄마 좀 바꿔주세요."
"니네 엄마?"
"네."
"니네 엄마 없는데?"
"네?"
"슬기야. 너 전화 잘못 걸었나 봐. 여기 니네 엄마 없어."

그런데 이런. 꼬마가 울음을 터뜨렸다. 흐엉흐엉 하면서. 다짜고짜 전화를 걸어 울고 만 아이가 우스워 나는 그만 웃음이 푹 터지고 말았다. 곁에 있으면 꼭 껴안아주고도 싶었는데 아쉽게도 슬기는 전화를 금방 끊어버렸다.

나는 오랫동안 아이들을 좋아하지 않았다. 시끄럽고 번잡스럽다는 이유였다. 내 눈에 소녀들이 들어오기 시작한 것은 세월호 이후부터였다. 깡똥한 교복 치마 아래로 드러난 통통한 종아리가 그렇게 예쁠 수 없었고 복숭앗빛 틴트를 바른 입술도 예뻤다. 마을버스 안에서 종알종알 떠드는 목소리는 또 얼마나 귀여웠던지. 다녀올게, 밝게 인사하고 집을 나선 소녀가 다시는 돌아오지 않을 수 있다는 사실에 머리통이 어지러웠다.

셀 수 없이 많은 비가 오고 몇 번이 봄이 왔듯 추석도 다시 왔다. 어린 잿밥 주인들의 안식을 기도한다. 슬기에게도 좀 더 다정하게 전화를 받을걸. 니네 엄마 없어, 하지 말고 더 따뜻하게 말해줄걸. 전화를 건 곳에 엄마가 없어서 슬기가 얼마나 서러웠을까. 엄마 곧 오실 거야, 그렇게 말해줄걸.

* 「김서령의 길 위의 이야기」, 『한국일보』, 2016년 8월 31일.

다리 아래

신미나

다만 이 노래를 들려주고 싶었을 뿐인데
신이 그네에서 내려오지 않아서

떠납니다 옛집에 불을 지르고 새장을 아무렇게나
열어두고
다리 아래 불빛은 흐르는 불처럼 부르는 물처럼
나를 불러요
아름다워라 이 세상, 어린양의 피로 물든 세상

보라, 나의 소망이 얼마나 무거운지
저마다 불행을 자랑하며 십자가를 높이 올릴 때

나는 귀를 막고 노래합니다
보세요
다리 아래 젖지 않는 불을

물을 꺼트리려는 불의 노력을

아름다워라 이 세상, 아치 다리 아래로
도축장의 피가 흐르고
청둥오리 목덜미에 해는 밝으니
사체를 묻은 땅에 그해 가장 붉은 꽃이 피어도

돌아가지 않아요
트럭이 지나가는 다리
헤드라이트 불빛이 얼굴을 훔쳐 달아나도
물과 불이 나를 앞질러 해일처럼 일어서도

* 이 시는 신미나 『당신은 나의 높이를 가지세요』(창비 2021)에 실렸다.

안희연

빈방을 치우는 일부터 시작했다
놓을 줄도 알아야 한다는 말을 가슴에 돌처럼 얹고서
베개에 붙은 머리카락을 떼어내고
흩어진 옷가지들을 개키며

몇 줄의 문장 속에 너를 구겨 담으려 했던 나를 꾸짖는다
실컷 울고 난 뒤에도
또렷한 것은 또렷한 것
이제 나는 시간을 거슬러
한 사람이 강이 되는 것을 지켜보려 한다

저기 삽을 든 장정들이 나를 향해 걸어온다
그들은 나를 묶고 안대를 씌운다
흙을 퍼 나르는
분주한 발소리

나는 싱싱한 흙냄새에 휘감겨 깜빡 잠이 든다

저기 삽을 든 장정들이 나를 향해 걸어온다
분명 잠이 들었던 것 같은데
사방에서 장정들이 몰려와
나를 묶고 안대를 씌운다
파고 파고 파고
심지가 타들어가듯
나는 싱싱한 흙냄새에 휘감겨 깜빡 잠이 든다

저기 삽을 든 장정들이 나를 향해 걸어온다
가만 보니 네 침대가 사라져 있다
깜빡 잠이 든 사이
베개가 액자가 사라져 있다
파고 파고 파고
누가 누구의 손을 끌고 가는지
잠 속에서 싱싱한 잠 속에서
나는 자꾸만 새하얘지고

창밖으로
너는 강이 되어 흘러간다

무릎을 끌어안고
천천히 어두워지는 자세가 씨앗이라면

마르지 않는 것은 아직
열려 있는 것

눈이 내리고
눈이 내리고
눈이 내린다

세상 모든 창문을
의미 없이 바라볼 수 있을 때까지

* 이 시는 안희연 『너의 슬픔이 끼어들 때』(창비 2015)에 실렸다.

사월에서 사월로
― 검으나 이 땅에 한 이름을 지녀

허은실

봄 하늘 이삭별처럼 당신은 나를 붙들었습니다. 이름들을 손가락으로 훑어 내려가다가 내가 사는 마을을 서성일 때였습니다. 흔하고 예스러운 그러나 순하게 빛나는 그 어감 때문이었을까요, 어쩐지 마음을 끌어당기던 당신의 이름. 나는 천천히 써보았습니다.

지난해 서울 성북동에서 열린 '너븐숭이 유령'이라는 기획전에서였습니다. 당신도 잘 아실 테지요. 4·3 당시 이틀 만에 400여 명이 학살당한 북촌의 '너븐숭이'. 그곳을 4·3의 상징적 공간이자 시작점으로 삼아 4·3을 추념하는 전시였습니다. 전시장 가로벽을 다 차지할 정도로 긴 화폭에 깨알 같은 점들이 흐르는 한 작품 앞에 섰습니다. 4·3 희생자의 이름을 하나하나 붓글씨로 기록해놓은 작품. '영혼의 비'라는 제목이었습니다. 전시장 한 벽엔 빈 캔버스가 별도로 마련돼 관람객의 참여로 완성해가는 프로젝트. 희생자 명단이 마을별로 정리된 명부가 있었고, 거기서 누군가의 이름을 골라 적으면 되는 것이었지 유 나는 내가 사는 수산리를 찾아보았습니다. 거기서 당신을 만났습니다. 수백 개의 이름들을 짚어 내려가다 당신 앞에서 멈추어 선 것입니다. 아니, 당신이 나의 소매를 잡아끌었던 걸까요.

김순금. 1917년생. 제주 남제주군 성산면 수산리.

나는 당신의 이름을 적었습니다. 그리고 이 하나의 이름을 기억하는 일이 내가 4·3이라는 역사를 기억하는 방식이 될 거라는 생각이 들었습니다.

기억, 이라니요. 네, 그랬습니다. 기억하겠다는 말, 잊지 않겠다는 다짐. 저도 곧잘 하고는 했습니다. 그러나 막연한 당위 또는 다짐으로는 잘 되지 않는 일이더군요. 뇌는 태만하고 쉽게 망각하는 습성이 있기 때문입니다. '추억'과 '기억'의 한자에 기대어 이런 생각을 해본 적이 있습니다. 마음에 감싸인 소리를 그저 마음으로 '따라가'보는 것이 '추억(追憶)'이라면, '기억(記憶)'은 마음으로 감싸안은 소리를 마음에다 다시 '쓰는' 일이라고요. 기억이란 그런 행동성, 능동성이 요구되는 행위라고요. 나는 한 이름을 지니기로 합니다. 남제주군 성산면 수산리 김순금.

70년 저쪽의 당신이 살던 곳은 수산리 어디쯤일까요. 당신은 어떤 사람이었습니까. 무엇을 좋아하고 무엇에 울고, 어떤 일을 하며 지상에서의 30여 년을 살았을까요. 그리고 당신은 어디에서 어떻게 지상에서의 마지막 기억을 지니고 떠났을까요. 뼈를 수습하듯 획들을 놓아보고, 거기 살을 붙이고 숨을 불어 일으켜 세워 '나만의 순금', 당신의 이미지를 만들어내려고 애

써보았습니다.

닿는 곳마다 당신이 내 앞에 설 때였습니다. 나는 또 다른 당신을 만났습니다. 당신을 알고 나서 한 열흘이나 지났을까요. 세월호 희생자 명단에서였습니다. 일반인 희생자 11명의 영결식이 열렸다는 뉴스를 보았습니다. 그 11명 중에 김순금 씨가 있었습니다. 회갑을 기념해 제주로 여행을 가던 길이었다고 합니다. 만약에, 만약에 그날, 그 배가 제주항에 닿았더라면, 김순금 님은 내가 사는 마을, 당신이 살았던 이곳에도 오지 않았을까요. 혹시, 혹시나 일출봉에 올라서, 아니면 광치기해변 유채꽃 앞에서 셀카봉을 들고 친구들과 기념사진을 찍지는 않았을까요.

그해 제주에 살던 김순금. 그날 제주로 가던 김순금. 그 둘이 나는 어쩐지 한 사람인 것만 같아 심장이 뛰었습니다. 이 우연한 만남이 그저 우연만은 아닌 것 같아서였습니다. 혹시, 당신이었습니까. 그해의 당신이 육십갑자 다시 돌아 그리운 고향, 그듸*로 가던 길은 아니었습니까. 나의 몹쓸 상상은 70년을 뛰어넘어 이런 쪽으로 뻗어갔습니다. 그런 생각을 하자 눈물이 날 것 같았습니다. 그러다가 아니다, 그건 너무 가혹한 일이다, 혼자 또 고개를 젓습니다. 그럴 수는 없는 것이지 않습니까. 그래서는 안 되는 거니까요.

하여 그저, 그 이름을 마음에다 다시 씁니다.

이름이라는 개별성. 이름이라는 고유성. 이름이라는 구체성 때문입니다. 희생된 이름으로써 역사는 추상적인 과거가 아니라 실체적인 사건이 됩니다.

한 사람의 이름은 가슴에 지니는 일, 이 부르고 싶은 이의 이름을 죽을 때까지 생각하기로 하는 일. 그것이 제겐 망각에 저항하는 방법입니다.

세월이 지운 이름들 꽃멍울로 돋는 검으나 이 땅에, 나는 한 이름을 지녀 이름을 살려 나는 왔군요.

그렇게 당신은 내게로 왔습니다. 4월의 이름으로.

★ '거기'의 제주어

★★ 이 글은 허은실 『내일 쓰는 일기』(미디어창비 2019)에 실렸다.

슬픔을 부르는 저녁

문신

오늘 저녁은 낡은 상자를 내려놓듯, 다만 다소곳한 노래가 되어 세상에 주저앉는다

상자는 유월의 평상에 나앉은 사람처럼 선과 면의 각오로 저녁에 기대었고
건너편에서는 까닭 모를 아픔처럼 어린 사과나무의 그늘이 침침해져간다

그러니 상자에게는 상자의 내력이
어둠에게는 어둠의 내력이 있다는 사실을 누가 말해줄 수 있을까?
슬픔에게는 슬픔의 내력이 있다는 말을 누가
이 저녁, 캄캄해져오는 바람의 찬란한 침묵처럼 노래할 수 있을까?

먼 바다에서 저녁을 맞이하는 일처럼 우리의 싱지는 그렇게 낡아간다

바다라니……,

노래의 침묵처럼, 그 침묵에 벗어놓은 신발처럼, 저녁이 가지런하게 건너올 때

그 주춤거리는 걸음을 마중하는 처마 끝 흐린 등불 같은 심정으로

캄캄한 슬픔이라고, 손에 닿는 대로

어둠의 뒷면에 꾹꾹 눌러 적는다

그런 저녁이면 담 너머에서 들려오는 악다구니들이 문득 서럽다

그 소리에 귀를 내어주면서 자주 거친 무릎을 짚는 동안에도

바다에서는, 바다에서는, 바다에서는, 저녁이 저물어온다

낡은 상자를 닮은 저녁이 낡아가는 것을 보는 동안, 문득 슬픔의 모양으로 드리워둔 손차양이 바르르 흔들리는 것은 격렬하다는 것,

저녁이 저녁으로 소멸해가듯

슬픔이 슬픔으로 끝내 잦아들어가는 것

어린 사과나무 쪽으로 침침해져가는 사람들의 눈 밑으로

낡은 상자가 그러하듯

그 안쪽에 세상의 잡동사니들을 껴안은 저녁이 저녁처럼 저물어 닿는다

상자에게는 상자의 슬픔이 있고, 저녁에게는 저녁의 슬픔이 있다는데

슬픔에게는

상자가 낡아가는 동안에도 저물 수 없는 캄캄해진 노래가 있다

＊ 이 시는 문신『저를 짓고 싶은 저녁』(걷는사람 2022)에 실렸다.

신해욱

천변의 벤치에 앉아 있다. 따뜻하고 나른하다. 박자를 착착 맞춰 길게 기운 오후의 그림자들. 교복을 입은 학생들이 삼삼 오오 지나간다. 다들 한 손에 고깔 모양의 종이봉투를 들고 있다. 교과서를 찢어 만든 봉투겠지. 봉투 안에는 포장마차의 번데기가 들어있을 테고. 번데기는 자고로 엄지와 검지로 집어 야금야금 먹어야 제맛이 난다. 좋겠군. 번데기도 다 먹고. 나는 양손 엄지와 검지를 엇갈려 대고는 자세를 낮추어 구도를 잡아본다. 청계천의 고독 속에는 좋은 구도가 많다. 빈 시간은 네모나다. 보도블록은 단순하다. 담아두고 싶은 좋은 나무. 좋은 지붕. 보기 좋게 그을린 갈색의 얼굴들. 학생들은 노닥거리며 점점 더 청계천으로 쏟아진다. 도표의 네모칸에 넣을 수 있는 감정들이 두 개, 세 개… 일곱 개, 여덟 개… 속도가 붙는다. 과학 선생의 말이 떠오른다. 수량은 속도로 변환됩니다. 질량가속도의 법칙이죠. 학생은 어른이 되고 어른은 노인이 되고 장대에 매달린 깃발은 석양 속에서 검게 펄럭인다. 청계천의 복개공사는 아직 멀었지만 나는 서둘러 일어난다. 저 대열에 따라붙지 않으면 낙오되고 말 거야.

　대로와 교차로를 휙휙 지나 우리는 광장에 모인다. 오늘은 4월 16일입니다. 집회가 열리기 시작한다. 누가 내 등을 떠민다. 앞으로 앞으로 떠밀려 나는 기어이 무대 단상에 오른다. 노래를 해야겠지. 다리에서 힘이 빠진다. 손이 떨려 보면대가 넘어진다. 보면대에 놓여 있던 악보에서 음표들이 흩어지고 악기를 조율하는 오케스트라의 어지러운 소리는 부채꼴로 번진다. 악보에 적힌 곡들은 현대인의 성대로는 따라 부를 수 없는 옛날 노래들이다. 선동가를 힘차게 불러 청계천의 에너지를 끌어모아야 하는데 나는 목이 트이지 않는다. 다들 단단히 서로 팔짱을 꼈는데. 오순도순 살아본 경험이 있어서 우리는 이렇게 스크럼을 짜고 있는데. 경찰이 들이닥치면 물폭탄에 최루가스에 아수라장이 될 것이다. 뿔뿔이 흩어져야 할 것이다. 그러니까 내 몫을 무를 수는 없다. 노래를 해야 한다. 발성이 안 되면 악이라도 써야 한다.

　오리야, 오리야, 오리의 멱을 따듯

　쓸쓸한 오리의 끝에 오리야 울지 마라 미운 오리야 울지를 마라

　메아리가 울리고 노래는 어느새 돌림노래가 된다. 미운 오리

나 울시를 나비 음지를 미리 사리는 필께을 풀고 내게 홍무를
한다. 설움이 북받쳐 눈물과 콧물을 주체할 수가 없다. 오리야,
오리야, 쓸쓸한 오리의 끝에서 노래는 담비야, 담비야, 담비의
꼬리에 꼬리를 물 듯이

　잔잔한 담비의 끝에 담비야 울지 마라 매운 담비야 울지를
마라

　괜찮아. 그만하면 됐어. 노래와 흐느낌 사이에서 교복이 나
의 팔을 잡고 속삭인다. 청계천의 갈색 얼굴. 청계천의 네모난
감정. 목에 소박한 화환을 걸고 가슴에 단 명찰에는 조정미라
는 이름이 새겨져 있다. 조정미는 번데기를 집어 먹던 엄지와
검지로 동그란 오케이 사인을 보낸다. 큐. 동그랗게 내민 입술.
동그란 갈색의 얼굴. 머리는 반백이다. 소매 끝은 새까맣다. 언
제 이렇게 늙은 거니. 조정미가 나의 볼을 만진다. 손마디가 굵
다. 인중에는 구순구개열의 흔적이 있다. 눈 밑이 가볍게 떨린
다. 조정미의 뒤에서 호루라기 소리가 들린다.

* 이 글은 신해욱 『해몽전파사』(창비 2020)에 실렸다.

게니우스 로키(Genius Loci)*

박세미

처음 오므린 손은 꿈이라고 불렸다

  도시에 물이 범람하여 그림자 드리워지니, 나무를 찾는 사람들의 눈동자 떨린다 둥치가 잔뜩 부푼 나무가 있었으니, 거기에 그네를 처음 걸었던 사람이 있었고, 잇달아 잇달아 그네들이 매달리고 있었다 그 땅에 빈 그네들의 가득찬 그림자 흔들리고, 누구의 이름을 부를까

  꿈에서 깨어나기 직전의 동작마다 고유한 이름이 있었더라면, 밧줄을 쥔 두 손이었더라면, 땅이든 바다든 눈동자가 있었더라면

  우리가 눈동자 그리는 법은 모를지라도
  아이가 두 손을 등뒤로 감추고 노래를 불러도
  눈빛만으로 모든 것을 알아챘더라면

마지막 오므린 손이

하나의 악몽일 뿐이어서

참혹이 단지,

기분을 부르는 이름이었더라면

---

* 라틴어로 '그 장소에 깃든 혼'.

** 이 시는 박세미 『내가 나일 확률』(문학동네 2019)에 실렸다.

소요

박소란

사람이 있는 풍경,
그 한 장의 사진을 본다

눈이 오고 있으므로
사람은 서둘러 걸음을 옮긴다
눈은 쌓이고
사람은 금방이라도 넘어질 듯 휘청거린다

풍경은 잠시도 멈추지 않는다
한 사람의 걸음으로 인해
풍경은 두근거림을 피하지 못한다

나는 본다
반쯤 녹아버린 눈사람과 같은 표정으로
왜 이런 사진을 찍었나

눈 내려 사실을 덮어다 보니

눈이 오고 있으므로
눈 속 몸부림치는 한 사람으로 인해
눈은 쌓이고
쌓일수록 거세고
사람은 기어코 넘어진다 강마른 무릎을 짓찧는다

풍경 저 바깥 어딘가
손을 흔드는 또 다른 사람이 있는가 어쩌면

넘어진 사람은 일어선다
보이지 않는 사람으로 인해
사람은 걷는다
저 바깥 어딘가

그러나 결코 당도하지 못할 한 사람을

나는 본다
눈이 오고 있으므로
눈이 그치지 않고 있으므로

★ 이 시는 박소란 『한 사람의 닫힌 문』(창비 2019)에 실렸다.

낭독회

조해주

어두운 방에서 그가 책을 소리 내어 읽고 있었고 나는 눈을 감고 듣고 있었다.

촛불이 어둠을 낮게 할 수 있나요?
어둠은 견디고 있을 뿐이다.

촛불을 앞에 두고 있는 사람이 있었다.
나는 그가 눈부셨다.

그는 고개를 천천히 옆으로 움직이며 왼쪽에서 오른쪽 페이지를 읽어나갔다.

우기를 견디는 나무가 다 뽑혀 나가지 않은 것을 일종의 움직임이라고 할 수 있다면,

부리를 찬티는 이름이 니 입들에 나씨기 않은 것을 언이라고
할 수도 있다.

아무도 보지 않는 곳에서 실은 엉키려는 습성을 가지고 있
다. 풀어지지 않는 것. 나누어지지 않는 것.

손바닥과 손바닥이 겹치고 또 겹치다가
빈틈없이 메워지는 마음이 된다면 그것이 어둠이라고 할 수
도 있다.

어둠 속에서 형태가 남아 있던 손이 몰래몰래 실을 얽어놓기
도 했다.

하나로는 사라지지 않는 어둠.
촛불로는 녹지 않는 마음을 다행으로 여겼다.

이토록 튼튼한 마음.

나는 내내 감고 있던 눈을 떴다.
이제야 어렴풋이 보이는 형체들. 목소리의 모양들.

나는 이 방 어딘가에 그가 있다는 것을 알았다.

안젤름 키퍼와 걷는 밤

주민현

안젤름 키퍼의 전시를 보고 돌아온 밤에

어쩌다 보니 그가 내 꿈속을 따라와 걷고 있었고

그것은 자정만 되면 과거로 돌아가는

영화를 보고 잠들어서인지도 모른다

그는 아무 데서나 나치 경례를 해서

나를 난처하게 만들고

나는 그와 함께 서울의 거리를 걸었다

유리는 풍경을 투명하게 반사해내고

동아일보, 일민미술관, 실시간 뉴스가 보도되는 밤의 전광판

을 지나쳐

우리는 별이 쏟아지는 바닥에 누워 하늘을 보았다*

우리가 누운 광장에서는 많은 일들이 있었다

지난 휴가 이야기를 하면서
물에 빠져 죽을 뻔했어,
장난처럼 말을 나누다 조금 놀라기도 했었다

한쪽에서 전을 부치고 한쪽에서 단식 투쟁하는
여름이었다 땀도 무척 많이 났고
생각도 많았지만 거리를 지나쳐온 여름이었다

어쩐지 떠오르는 것들이 있었지만
그와 나는 웃지도 않았고 울지도 않았다

우리는 누워서 하늘에 떠 있는 삼백사 개의 별을 셌다

아직 돌아오지 못한 사람들과
계속 셀 수 없이 많은 일들을 떠올렸다

* 안젤름 키퍼 「알려진 밤의 질서」.

** 이 시는 주민현 『킬트, 그리고 킬트』(문학동네 2020)에 실렸다.

거울

강성은

한 아이가 골목에 앉아 노래 부른다

후렴구만 계속 부른다

아무도 오지 않는 골목

아무도 본 적 없는 골목

겨울의 환한 빛과

여름의 서늘한 이끼와

아이의 작은 목소리가 고여 있다

이따금 옆집 새와 고양이가 따라 부른다

아이를 찾던 사람이 홀린 듯 걸어 들어와 울다 지쳐 잠든다

고요한 물결에 휩쓸려 거울 밖으로 밀려난다

한없이 맑은 날

골목의 담이 모두 허물어지고

아이는 일어나 어디론가 걸어간다

이제 아무도 울지 않는다

거울 속은 텅 비어 있다

안 뒤푸르망텔[*]의 『온화의 힘』을 읽다

윤경희

Puissance de la douceur(2013). 프랑스 철학자 안 뒤푸르망텔의 저서로 『온화의 힘』이라 번역해보았다. 영어판에서는 "Power of Gentleness"라 옮겼는데, 번역자들이 피력하듯, 제목을 이루는 단어 "puissance"와 "douceur"는 둘 다 뜻하고 가리키는 것의 폭이 넓어서, 단 하나의 번역으로 저자가 말하고자 하는 바를 온전히 표현하기에는 한계가 있다. 각각의 단어가 어떤 뜻이며, 번역 도착어의 어휘장 안에서 어떤 대응들이 가능한지, 어떤 근거로 그러한지, 탐구와 제안만 충실히 수행하더라도 이 책을 진지하고 정당하게 독해하는 출발점이 될 수 있다. 번역이 야기하며 가시화하는 말들의 불일치, 결여의 공백과 잉여의 분기, 상상의 여지와 자율적 해석의 기입, 최선에서의 미완과 미래로의 유예, 결정의 재고와 파기 덕분에 철학은 인간의 시간 속에 스스로를 갱신해왔으므로. 철학이 되어왔으므로. 그 되어옴이 바로, 뒤푸르망텔이 아리스토텔레스를 경유하여 역설하는, 모든 존재에 잠재한 본성과 역능으로서의 힘

(puissance)이기도 하므로.

우선 프랑스어에서 "douceur"는 어떤 의미인가. "douceur"
는 형용사 "doux/douce"의 명사형이다. "doux/douce"는 기
본적으로 오감을 형용하는 말로서, 미각의 영역에서 달콤한,
순한, 연한, 담백한, 그리고 후각, 청각, 촉각, 시각으로 전이되
어서는 부드러운, 여린, 자극적이지 않은, 포근한 등을 의미한
다. 기후 및 환경과 관련해서는 온화한, 쾌적한, 편안한, 따뜻
한, 인간의 성품에서는 역시 온화한, 다정한, 온유한, 유순한,
상냥한 등의 의미장을 구성한다. "douceur"와 "doux/douce"
는 그렇다면 크게 보아 두 범주를 포괄한다. 하나는 순수한 신
체적 수용 반응으로서의 감각이고, 다른 하나는 정신, 행위, 사
건에 관한 도덕적 판단이다. "douceur"는 주체와 대상, 신체와
정신, 감각과 덕성, 감수성과 지성, 수용과 행동 양자에 걸쳐 있
다. 뒤푸르망텔은 "douceur"에 관련한 이항의 쌍들을 이분법
적으로 대립시키기를 지양하고 서로 연결하고 통합하며 사유
와 글쓰기를 전개한다.

감각의 차원에서, 우리는 많은 주변 사물과 자연에서 "dou-
ceur"를 느끼게 하는 요인들을 발견한다. 뒤푸르망텔의 글쓰
기는 그것들을 별무리처럼 하이쿠처럼 포진시킨다. 예를 들어,
겨울의 창백한 볕 아래, 가을걷이가 끝나 그루터기만 남은 벌
판, 비탈진 땅, 메마른 들장미 덩굴과 그곳에 둥지를 튼 울새.
자잘한 파도가 이는 바닷가 모래밭에서, 휘날리는 머리카락에
손가락 사이로는 모래알을 떨구며, 공놀이에 열중하는 소녀들.
살구색 카디건. 순간적으로 풍기는 향수 내음. 호기심 많은 어

린이가 열어본 욕실 수납장의 내부. 여름의 석양. 시선의 마주침. 살갗을 부드럽게 어루만지는 손길. 노래하기. 춤추기. 정원. 고요하게 잠든 아기. 깨끗한 자갈 표면 같은 노인의 피부. 샤르댕과 렘브란트의 빛. 무화과. 군인으로 하여금 매복지에서 이탈하도록 유혹하는 라디오 멜로디. 음악적 교감의 영향 아래 그를 놓아주고 그의 진영을 공격하지 않고 떠나는 적군 장교… 뒤푸르망텔이 환기하는 것들에 우리 각자가 아는 것을 더할 수 있다. 떠올리기만 해도 마음이 누그러지고, 심장과 폐가 급격히 요동치고 눈물샘이 부풀어 오르며, 입가에는 저절로 미소가 떠오르는 것들. 오래 묵은 환부의 쓰라림을 경감시키고, 폐색된 호흡기관에 신선한 바람을 불어넣어, 다시 살아보게 하는 것들. 그것들이 우리에게 작용하는, 우리를 변화시키는, 힘. 온화한 가운데 용기를 얻는, 잠재에서 현실로의, 메타모르포시스.

뒤푸르망텔에 따르면, 인간은 자연과 사물이 발휘하는 "douceur"의 수동적 수용자에 그치지 않는다. "douceur"는 감각의 자극원일 뿐만 아니라 윤리적 덕목이기도 하다. 인간은 책임 있는 지성적 존재로서 세계와 타자에 "douceur"를 실천해야 한다. 책 전체에서 뒤푸르망텔은 아기와 어린이처럼 특히 취약한 인간을 끊임없이 불러낸다. 아기가 세상에 나와 죽지 않고 생존하여 성숙한 한 사람으로서의 잠재성을 발현하는 데는 모성 외에 공동체 전체의 "douceur"의 의지와 실천이 필요하다. 누군가 태어나기도 전에 세계에 아기와 어린이가 있음을 상상하고, 그럼으로써 아기와 어린이의 자리를 세계 안에 언제

는 마련하고, 하기의 어린이에게 다정한 말을 걸으로써 그들을
언어라는 주요한 상징체계의 세계에 초대하고, 돌봄을 아끼지
않고, 쾌감을 일깨우되 무해한 신체 접촉으로써 인간과 인간은
서로 연결되어 있음을, 만짐과 닿음이 얼마나 애정 어린 몸짓
인지를, 알게 해야 한다. 헐벗어 난 자들에게 상상, 상징, 물질
의 온화한 겹들을 둘러주어야 한다. 가장 약한 소수자들로 하
여금 가장 강력한 사랑과 기쁨 속에 살게 하는 공동체를 상상
하고, 구성하고, 존속시키는 "douceur"는 따라서 정치원리로
확장된다. 마치 번데기 속에서 나비가 마침내 날개를 지어 나
오듯, 번데기에 잠재한 나비의 속성이 다치지 않고 무사히 발
현하듯, "douceur"의 정치 공동체 안에서 인간은 비로소 인간
이 되어간다. 같이 있는다. 같이 산다.

"douceur"는 시혜적으로 동정하거나 감상에 젖어 관망하는
행위를 가리키지 않는다. 그런 짓은 인간들 사이에 위계적 권
력 관계를 지어낼 뿐이다. 뒤푸르망텔의 문장들을 다시 쓰면,
만약 네가 받았거나 받을지 모르는 상해를 내가 내 안에 안으
려 한다면, 그것은 나도 너처럼 취약한 사람이어서 그렇다. 네
덕분에 나는 내가 부서질 수 있다는 것을 알게 되었다. 내가 감
히 너의 고통을 함께 겪는다고 한다면, 공감한다고 말하면, 너
의 고통에 우리가 굴복하지 않고서도 같이 느끼는 능력이 있어
서다. 너의 슬픔에 나는 나를 연다. 우리는 아픈 그것을 같이 데
리고 살아나가자. "douceur"는 너와 내가 서로의 바보스러움,
다칠 수 있음, 위험에 노출될 수 있음, 모자람, 어리숙함을 이해
하며, 세계에 고통과 잔혹과 배제를 가중하지 않으려 하며, 존

재의 연약함이 용인되며 생존하는, 연약하기에 서로 연결되려 하는, 장소를 사유하며 발명하려 한다. 이 점에서, "douceur"는 감수성뿐만 아니라 지성의 능력이다. 힘이다.

그러나 인간의 역사에서 "douceur"는 그것의 잠재 역량을 온전히 실현하지 못했다. 세계는 언제나 폭력, 야만, 잔혹, 학살로 점철되어왔다. 동시대의 특유한 문제로 초점을 좁히면, 뒤푸르망텔이 통찰하기에, 오늘날 "douceur"의 중대한 적들 중 하나는 "douceur" 자체다. 조금 더 정확히 말하자면, "douceur"의 모조다. 모조 "douceur"는 "douceur"를 참칭하면서 그것이 현실의 공동체에서 발휘할 수 있는 감성의 혁명과 저항 정치의 잠재 역량을 고사시킨다.

오늘날의 정치경제 체제에서 "douceur"는 행복, 안전, 합의, 유연화의 명목으로 소비재 판매를 촉진하고 노동자를 억압하고 지배권력을 보수하는 장식적 수사로 남용된다. 가장 쉬운 예로 섬유유연제를 떠올려보라. 부드러운 파스텔 색조, 아기, 꽃, 곰 인형 이미지, 투명하고 깨끗하다거나, 플로럴 계열의 잔향이 오래 지속된다거나… 예는 한국에서 훨씬 많이 목도할 수 있다. 먹거리 하나를 고르더라도 소중한 우리 가족을 위해, 엄마의 정성으로 만든… 여리여리한 핏… 아이를 위한 첫 선물 우리 아이 첫 보험, 미래의 판검사가 타고 있어요… 상품 경제는 "douceur"라는 인간 보편의 책임과 덕목을 주로 여성에게 짐 지우고, 그럼으로써 여성을 낮은 지위에 속박시키고, 돌봄이라는 실천적 과제를 값을 매길 수 없이 숭고한, 따라서 무급이어야 하는, 서비스 노역으로 간교하게 둔갑시키면서도 그 사땅히 누려야 할 공동체의 "douceur"는 부모가 얼마나 돈을 들일 만한 능력이 있느냐로 부추겨지고 환산된다.

자기계발과 웰빙도 마찬가지다. 스스로를 돌보는 행위는 개개인의 주체성과 지성의 함양이라는 본래의 목적 대신 노동 시장에서 인력으로서의 상품 가치를 높이는 데 오용된다. 세계와 타인에 심려를 기울이며 서로의 연결감을 다질 필요 없이 자기만의 욕구 충족과 안락에 집중하라는 메시지가 끊임없이 송출되는 세상이다. 모조 "douceur"의 타락한 세계에서 인간은 저항하는 생기를 박탈당하고 지배 권력에 굴종하는 데 익숙해진다. 권력을 나누어 받은 양 착오하며 온화의 힘을 냉소한다. 다른 한편, 굴종을 거부하면서도 공동체와 저항을 회의하게 된 사람들은 깊은 우울과 번아웃에 잠식된다. 타인들과의 연결감을 상실한다. 자기는 나약하다고, 힘이 없다고, 능력이 안 된다고, 안온하게 사린다. 그렇게 모조 "douceur"에 물든다.

이런 세계에서 "douceur"는 또한 약자들에게만 강제되는 규율이기도 하다. 가만히 있으라, 예쁘게 말하라, 짐승처럼 울지 말고 격이 높게 슬퍼할 줄 알아라, 나중에 티타임에서 이야기해보자, 사회적 합의가 이루어질 때까지 기다려라⋯ 가만히, 예쁘게, 점잖게, 우아하게, 진중히, 이러한 모조 "douceur"는 주체의 능동적 저항을 무력하게 하고 소수자의 존엄과 정당한 권리를 폄훼하는 명령의 문형으로 발화된다. 따라서 모조 "douceur"는 인간을 욕망, 사유, 행위의 자율적 주체로서 고결하게 드높이는 대신 오로지 입력된 지시를 기계적으로 수행하는 객체로 모욕하고 추락시킨다. 모조 "douceur"는 "douceur"를 전도하여 체제를 유지하려는 폭력의 술책이다. 그것은 "douceur"가 아니다.

뒤푸르망텔은 문학을 풍부하게 인용한다. 많은 소설에서 "douceur"를 체현한 인물은 그가 세계와 타자에 행하는 온화한 애정, 어리석을 정도의 헌신, 굳건한 신뢰, 짐승이 아닌가 싶은 순진함, 상냥한 돌봄에도 불구하고 그것을 "douceur"의 확장력으로 돌려받지 못한다. 오히려 미치거나, 따돌려지거나, 갇히거나, 떠돌거나, 죽는다. 도스토예프스키의 미쉬킨, 멜빌의 빌리 버드, 플로베르의 펠리시테, 톨스토이의 주인… 왜냐하면 이처럼 선하고 아름다운 "douceur"의 체현자들은 순진하고 우직하므로 굴종하지도 않기 때문이다. 덕성이자 정치 이념으로서의 "douceur"는 모조 "douceur"의 세뇌적 메시지와 이미지 아래 은폐된 기존 지배 체제의 불의와 폭력성을 백일하에 반증한다. 따라서 "douceur"를 포기하지 않는 인간은 지배 권력과 무감한 굴종이 협약을 맺은 보수 체제에 위험을 야기한다. 그들은 존재 자체로 급진적이고 위반적이다. 무감을 동요시킨다. 그리하여 온화하고, 다정하고, 상냥하고, 따뜻하게 부여잡고 다독이는 데 스스럼없는 사람은 누군가에게는 차갑게 모욕하고 비참하게 상처 입히고 남몰래 제거하거나 살해하고픈 충동을 불러일으키기도 하는 것이다.

온전한 "douceur"의 세계가 도래할 때까지, 잠재에서 현실로의 역사의 메타모르포시스에서, "douceur"를 실천하는 자들은 무릅써야 하는 것들이 많고, 그 저항에 목숨을, 생 그 자체들, 킨다. 순직한 이니린 민산들을 심비한다.

뒤푸르망텔은 페데리코 펠리니의 「돌체 비타」를 언급하며 책을 마무리한다. 돌체 비타. dolce vita. 달콤한 인생. "douceur"가 실현된 삶. 그것은 어떤 삶인가. 마냥 쾌적하고 안락한 생활이 아니다. 부드럽고 포근한 물품들에 둘러싸여 이어지는 근심 없이 평탄한 나날이 아니다. "douceur"는 인간이 부서질 수 있는 존재임을 인식하고, 그러므로 삶에는 비애와 고통이 깃들게 마련이며, 그럼에도 불구하고, 그렇기 때문에, 연약한 존재들이 온화의 힘으로 서로를 심려하며 공동의 생을 가꾸려는 의지이자 실천임을 다시금 기억하자. 삶의 양식으로서 돌체 비타도 마찬가지다. 돌체 비타를 살기 위해서는, 우리를 조종하고 굴복시키려는 체제에, 강제되는 표준과 규범에, 슬픔의 겨를을 주지 않는 무감의 회로에, 저항해야 한다. 헐벗은 낯선 자가 되기를 서슴지 않는 용기가 필요한 일이다. 새로운 세계, 새로운 언어, 새로운 사랑, 새로운 예술은 용기를 행하는 인간이 혼자가 아니라 여럿일 때, 온화한 자들이 서로의 헐벗음과 낯섦을 알아보며 힘을 더할 때, 잠재에서 현실로 향한다. 그것이 돌체 비타이고, 우리는 이 공동의 온화한 생을 이룩하는 데 책임이 있다. 용기가 없지 않을 것이다.

---

* 안 뒤푸르망텔(1964~2017). 철학자, 정신분석가. 2017년 7월 21일 프랑스 남동부 라마튀엘 해안에서 어린이 둘의 구조 요청에 바닷물에 들어갔다가 강한 바람과 파도에 목숨을 잃었다. 어린이들은 구조대원들에 의해 구조되었다.

나는 너를 찾는다*

정다연

나는 향수가 진열된 유리 상점 문간에 기대

당신을 찾고 있어요

한 번도 본 적 없는 당신이

눈을 깊게, 내리깐 채, 단단히 걸어오는 순간을

섬광처럼 열리는 순간을

기다리고 있어요

식상한 어긋남이나 우연, 대각선이나 모서리를 상정하지 않고 있어요

불가피한 빔빔이 따라다니겠죠 그지면 우리의 비산도 모를
과도 작은 것이 생성될지 누가 알겠어요

단풍이 조금씩 퍼져가는 밤에 오세요

씨앗이 씨를 물고 700년 동안 발아하지 않는

그 인내와 함께 오세요

어떤 음악도 우리의 그늘이 되지 않게

기타는 버리고 오세요

더 더 더 먼 곳을 꿈꾸지만 털모자도 장갑도 없이

애써 구비해 둔 신발도 없이 오세요

쇠구슬처럼 밝아진 달과 숫자와 시계를 끊어내고

두 손의 열쇠를 느슨하게 푼 채

가볍게 손을 흔들며 오세요

가볍게 경계를 넘어오세요

이국의 풍경 속에서 모르는 나를 그저 스쳐 지나갈 뿐인

빈 여행 가방의 옆모습을 닮은 당신을, 지쳐

넘어지려는 당신을

내가 찾아낼 거예요

---

* fabio calvetti, lo cerco te.

** 이 시는 정다연 『내가 내 심장을 느끼게 될지도 모르니까』(현대문학 2019)에 실렸다.

안녕하세요

최지혜

안녕하세요. 저는 단원고등학교 교사입니다.

올해 6주기는 학생들 없는 학교에서 보냈네요. 그날 하루의 일을 기록합니다.

전교생이 모두 모이고 유가족분들도 다수 참석하셔서 진행했던 기억식을 올해는 유튜브 라이브로 진행할 수밖에 없었어요. 햇빛이 아주 뜨거운 날이었는데요. 운동장이 내려다보이는 언덕 위 고래 조형물 앞에 이동식 의자를 준비해서 앉았어요. 몇몇은 서 있었고요. 교장 선생님과 유가족 대표, 학생 대표가 준비한 글을 읽었습니다. 봄볕에 뒷목이 뜨거워졌어요. 눈이 부셔서 미간을 자꾸 찌푸리게 되었고요. 연단에서 들려오는 말들을 듣기 싫은 것이 아닌데, 그렇게 긴 이야기도 아닌데, 뭔지 모를 무언가가 자꾸 목을 간질였어요. 〈이름을 불러주세요〉. 희생자들의 이름을 한 사람씩 부르는 노래가 나오기 시작했어요. 고개를 꼿꼿하게 들고 있을 수가 없어서 숙이고서 노래를 들었습니다. 2학년 1반, 2반 순으로 나오는데 '왜 이렇게 많은 이름들이 있지. 너무 많다.' 조금씩 화가 났어요. 아이들 이름 중에는 익숙하고 흔한 이름도 많았고요. 답답했어요. 길게 느껴지던 그 슬픈 노래가 끝났습니다. 기억식이 마무리되었을 때, 참석한 사람들은 의자를 정리하고 노란 리본을 하나씩 들었어요. 그걸 학교 울타리에 달기 시작했어요.

단상 뒤편에 서 있던 저도 이제 막 내려가려고 할 때, R이 울고 있는 걸 발견했어요. 몸을 주체하지 못하고 쪼그려 앉아 있었어요. 긴 머리에 검정색의 블라우스와 치마를 입고 와서 뜨거운 볕을 다 흡수해버린 것 같았어요. 잔디밭 위에서, 분노와 슬픔을 다 흡수해버린 것 같이 흐느끼고 있었어요. 저는 눈물 흘리는 그녀가 부럽기도 했습니다. 내 마음은 왜 간지럽다가 말았을까, 이대로 몇 달 후에는 또 무덤덤해지고 말까. 그건 싫은데, 결국은 그런 사람이 될 건가 하고요.

그날 점심에 들은 이야기입니다. R의 친구는 사건 당시 생존한 선생님이라고 했습니다. 이맘때가 되면 일상생활로 여전히 돌아오지 못하고 있는 친구가 그리워진다고요. '이렇게 기억하고 기리는 자리에 함께 있으면 좋을 텐데' 하고 R은 말했습니다.

오후에는 학교 안에서 작은 낭독회를 열었어요. 준비하면서 '4·16 낭독회'라고 이름 붙였습니다. 낭독자를 미리 섭외했고, 섭외된 선생님들이 글을 준비했죠. 제 옆자리의 L은 두 주 전부터 직접 시를 써보겠다고 했어요. 대학 시절 문청이던 애인과 주고받던 편지 속 시 쓰기 이후로, 10년 만에 처음 쓰는 거라고 하더라고요. 하늘나라로 간 아이들에게 한 번은 꼭 해주고 싶은 말이 있었다고요. L은 시를 고치고 고쳤어요. 그렇게 한 사람, 두 사람 소중한 글이 모였지요.

'4·16 낭독회'에는 스무 명 정도의 선생님이 모였습니다. 둥글게 앉아서 글을 준비해 온 여섯 사람의 낭독을 들었어요. 제게 메신저로 "이 글 어때요?" 하고 묻던 J의 낭독은 맨 마지막 순서였습니다. 친구에 대한 글이었는데요. 희생자인 한 선생님에 대한 것이었어요. 주고받았던 메시지, 삼겹살에 소주 먹자던 약속. 여러 번 미뤘다가 가게 되었던 신혼집 집들이 같은 이야기들이요.

그날 낭독회를 마치고, 늦은 오후 J가 다가오더니 말하더라고요. "사람들 앞에서 그 애 이야기를 한 게 처음이네요. 사실은 그 애를 친구라고 생각했던 적이 없었어요. 혼자 있는 걸 좋아하기도 하고. 사회에서 만난 친구가 얼마나 가겠는가 싶기도 했고요. 걔가 맨날 먼저 뭐하냐고 묻고, 자기는 뭐 한다고 얘기하고. 그럴 때 조금은 귀찮기도 했어요. 그 집들이 그것도 다섯 번인가 이야기해서 간 거거든요. 제가 싫은 티를 내도 그 애는 눈치가 없는 건지, 알면서도 그러는지, 저를 계속 찾더라고요. 그런데… 나중에서야 알겠더라고요. 제가 그 애를 얼마나 좋아했는지."

저는 J의 이야기를 듣고 잠을 설쳤어요. 아침부터 일렁이던 무언가가 목 아래서 자꾸 찰랑거렸어요. 이제 유가족 형제들은 학교에 거의 남아 있지 않아요. 그때 근무하셨던 선생님들도 안 계시고요. 그러나 그 슬픔의 파장에 몸이 닿았던 사람들이 있어요. 그들은 몸속 어딘가에 물이 찰랑거리는 주머니 같은 걸 안고 다니나 봐요. 그 마음이 제게도 전해집니다. 닿는 인연에 마음 아끼지 말아야지. 생각하며 꽤 오랜 시간을 생각에 잠겨 지냈네요.

벚꽃이 피는 교정에서는 반마다 사진을 찍고는 했는데요, 올해는 아이들이 없어 조용하기만 합니다. 어제는 교무부장님이 코로나로 인한 휴교 현수막 문구를 공모한다고 업무 메시지를 보내셨어요. "'너희가 와야 진짜 봄이란다.' 이것으로 하려는데, 더 좋은 문구가 있으면 보내주세요" 하고요. 하던 일을 잠깐 멈추고 '너희가 와야 진짜 봄이지, 정말 그래' 하고 생각했습니다.

김경은

2015.10.19.(월) 열여섯 살의 일기

광화문에 다녀왔다. 오랜만에 서점이나 둘러볼 생각이었다. 집에서 광화문까지는 버스를 타고 50분 정도 가야 한다. 학교 다닐 땐 독서논술부 활동 때문에 친구들이랑 방과 후에 같이 몇 번 갔었는데, 올해 자퇴하고 혼자서는 처음 가보는 거였다. 사람이 많은 곳에 가는 것은 여전히 두렵다. 혼자서도 괜찮다는 걸 괜히 티내고 싶어서 하루 종일 이어폰을 끼고 다녔다. 직원 말고는 아무도 날 쳐다보지 않을 텐데도, 그게 필요했다. 한참 동안 교보문고를 돌아다니다 김영하 작가의 『나는 나를 파괴할 권리가 있다』라는 소설을 샀다. 제목이 마음에 들었다. 아직 읽지 않았는데, 기대하고 있다.

책을 들고 나선 광화문 거리에는 세월호 추모 부스가 한가득이었다. 높이 보이는 이순신 장군 동상 아래로 하얗고 노란 천막들이 즐비했다. 세월호참사로부터 1년 반이 지났다. 1년 반.

당시 나는 갓 중학교 2학년이 되었었는데. 이제 두 달만 지나면 열일곱 살이다. 아직도 이렇게 많은 사람들이 모여 있구나. 건너편 정류장에서 버스를 타기 위해 횡단보도에 서자 피켓을 든 노인 한 분이 내게 다가와 서명운동 참여를 권유했다. 오늘까지 나는 한 번도 내 이름을 건 서명을 해본 적이 없었다. 이전까진 광화문에 들를 때마다 혼자가 아니었기 때문에 매번 멀리서 쳐다보기만 했었는데. 언젠가 내가 서명을 하게 된다면 그건 분명 내 신념을 떳떳이 밝히는 행위일 테니 아주 당당하고 자랑스러울 거야. 그렇게 생각한 적도 있었다.

전부 세 번을 서명하면 됐다. 세월호 인양 촉구 서명과 기간제 교사의 순직 인정 촉구 서명. 잠수부 무죄 판결 촉구 서명. 서명을 모두 마치고 얇은 세월호 추모 책자와 노란 리본 모양의 열쇠고리, 노란 종이배가 그려진 스티커를 받았다. 부스에 들러 서명을 마치는 데까지는 2분도 채 걸리지 않았는데, 나는 1년 반이라는 시간이 지나고 나서야 종이 위에 내 이름을 적었다. 서명이라는 게 별거 아니었다. 별 게 아닌데 별거였다. 나한테는 그랬다. 나한테만 그런 걸까? 이름 세 번 적는 게 뭐라고 망설였다. 생각보다 당당하고 자랑스럽지도 않았다.

이름을 적다 말고 고개 들어 옆을 봤는데 경찰들이 너무 많았다. 커다란 경찰 버스들이 벽처럼 빽빽하게 줄지어 있어서 건너편 보도는 보이지도 않았다. 똑같은 제복에 똑같은 모자를 쓴 남자들이 부스 바로 앞에도 있고 횡단보도 앞에도 있고 건너편 보도 앞에도 있고 무리 지어 거리를 걸어 다니기도 했다. 여기엔 경찰들이 왜 이렇게 많은 걸까 생각했다. 광화문에서

는 집회가 사수 틸리니까! 칠 로트겠나. 사범늘는 시보에게 똔
화하고 부스 안은 평온했다. 피켓을 들고 있던 사람도. 서명 순
서를 안내해주던 사람도 내게 웃으면서 고맙다고 말했다. 나도
웃으면서 이름을 적었다. 책자와 열쇠고리를 받아 들면서도 감
사하다고 말했다. 그런데 왜 그 경찰들은 횡단보도 앞에 가만
히 서서 부스를 쳐다보고 있었을까. 감시하는 거였을까? 왜 감
시하지? 알 수가 없었다. 그래서 무서웠다. 조용한 시선이, 보
도를 가로막고 있는 경찰들이, 커다란 버스들이 무서워서. 집
으로 돌아오는 내내 온갖 생각을 다 했다.

서명에 주소랑 번호는 왜 적는 건지. 여기에 내 개인정보를
상세하게 적어도 아무 상관이 없는 건지, 서명하고 나면 이후
에 개인적으로 내게 연락이 오는 건지, 어쩌면 하면 안 되는 것
을 한 건 아닌지. 그렇지만 나는 당연하고 옳다고 생각해서 이
름을 적은 거였는데. 이게 당연하고 옳은 일이라면 왜 경찰들
은 거기 있지? 왜 거기에서 계속 사람들을 쳐다보지? 이걸 무
서워하는 내가 이상한 건가? 물론 그 경찰들은 거기 있어야 하
니까 거기 있었을 거다. 아무것도 아니고. 원래 그런 게 당연한
데 내가 몰랐던 걸지도 모른다. 그렇게 생각하면 괜히 떨었던
내가 바보 같고 우습다.

한편으로는 이상하다. 내가 왜 무서워해야 하는지 모르겠다.
무서워할 만하다는 생각도 든다. 경찰의 일이 국민을 보호하는
일이라면 경찰들은 그곳에서 대체 누구를 보호하고 있었던 걸
까. 애초에 거기에 왜 있는데. 이상하다. 이상해. 내 눈에 아무
도 위협적이지 않은 광화문 거리에서 위협적인 건 똑같은 차림

새로 무리 지어 있는 경찰들뿐이었다. 경찰이라기보다 공권력, 그런 느낌이었지. 공권력. 어떤 권력 같은 것. 보호를 이유로 누구든지 진압할 수 있을 것처럼 보이는 모자와 제복과 방패와 버스와 남자들과… 아무래도 이상했다. 서명이 뭐라고. 전부 당연한 서명들이었는데. 서명을 눈치 보며 한다는 게 말이 되나. 그런 기분은 처음이었다. 꼭 지금까지 불감증으로 살아왔던 것 같다. 세상이 말세다. 이 나라는 썩었다. 같은 어른들 말을 들을 때보다 직접 느낀 두려움이 훨씬 더 가까이 와닿았다. 여전히 내가 왜 무서웠는지, 무서워해야 했는지, 아무것도 모르겠지만, 더 이상 무섭지 않았으면 좋겠다. 무섭고 싶지 않다. 이런 것을 무서워하는 것은 이상한 일인 것 같다.

2020.7.22.(수) 스물한 살의 일기

　초고를 마쳤다. 열여섯 살에 썼던 일기를 가지고 왔다. 2015년 10월 19일 이후로 나는 가끔 전에 없던 불안에 시달렸다. 뉴스와 기사를 자주 찾아봤고, 틈만 나면 가족들과 친구들에게 내 불안에 대한 의견을 물었지만 같이 얘기해주는 사람은 없었다. 그런 정치적인 일보다는 네 일에 더 신경 쓰라는 말도 들었다. 바빠서 그런 것엔 신경 쓸 겨를이 없다, 고 말하는 사람들의 무신경은 어린 나를 더 무섭게 만들었다. 같이 얘기해주는 사람이 없어도 계속해서 얘기하지 않으면 안 될 것 같았다.
　혼자서 청소년 집회에 참여한 적도 있다. 한겨울의 집회에서

서툼으로 끝나는 뜻을 가진 사람들과 연대했다. 그땐 연대라는 단어가 무슨 뜻인지조차 몰랐는데도. 모자와 마스크로 가려진 얼굴들이 반갑고 벅찼다. 경찰들과 마주 선 채 크게 구호를 외쳤다. 무리 지어 있었더니, 정말로 무섭지 않았다.

스물한 살이 되고 나니, 이제 서명하고 나서 혼자 무서워하는 일은 없다. 집회에도 여러 번 참여했다. 물론 어떤 사람들의 무신경은 여전히 나를 무섭게 만들지만 그로 인해 무력해지지는 않게 되었다.

그날 내가 서명했던 그 자리에 서서, 자기 이름과 개인정보를 종이 위에 적으면서, 뒷모습을 쳐다보는 사람들의 시선을 느끼면서, 경찰 버스로 이루어진 벽에 가로막힌 건너편을 쳐다보면서, '무섭다'고 생각했던 사람이 나 말고도 또 있었을까. 지금도 그런 공포심을 느끼는 사람이 있을까. 있었다면, 있다면 같이 얘기 나누고 싶다. 함께 무슨 말이든 나누고, 인정하고, 이해하고 싶다.

아마 그러고 나면, 더 이상 무섭지 않을 것이다.

면목 심기

이선진

수그릴 수 있는 고개 잘 받았습니다
식목일도 아닌데 뿌리칠 수 없는 것들이요
산다는 말의 반대가 녹는다인지 몰라서
솜사탕을 정성껏 물에 씻어 먹어요
내게로부터 가장 아름다운 시치미를 떼요

여기 엎드린 채 자라나는 수목원에 말이에요
얼굴마다 꼭꼭 살고 있는 구구절절이 있거든요
함부로 알아볼 수 없어 계속 깊어지더라도
우리 구면이지 않나요 말 걸어올 때
영문을 모르는 달콤이 있거든요 꼬박꼬박
잘 녹지 않았으면 하는 실밥처럼
까먹고 싶어도 좀처럼
까먹을 수 없는 무화과 꽃처럼

토마토는 힘껏 봐도 토마토라는 걸 알면서도
여태 낱낱이를 낯낯이로 우기며 살았는데
토마토 한 사람
토마토 두 사람
친애하는
너무 빨갛고 얼떨떨한 혼잣말로
우리 악수 하나만 할까
그런 능청을 부리며 살았는데

주머니가 없는 옷을 입고
주머니에 손을 넣으려다 두 손 두 발
항복하듯 다 들고야 말았지만
숲이라 우겨보고 싶은 주먹과 주먹이 있어서
자진해서 그늘의 자세를 배워보려고요
그늘에 저를 접목시켜보려고요

불끈 쥔 숲속에서 사슴은 사슴의 방향으로
고개를 돌리려다 기필코 길을 잃기도 하겠지만
제자리걸음으로도 잘 살 수 있다는 미신을 믿는다면
자꾸만 땅을 보며 걷는 습관과는
하루빨리 작별해야 한다고 꾸짖지 않는다면

일단 갈까
묻지도 따지지도 않는 악력으로

더 깊은 고개에서 만나자고
세상에서 가장 숨을 오래 참는 사람의
들숨과 들숨과 죽지 않는 잎이라면
한 쌍의 뿔 울창한
지도를 그릴 수 있을지도 모르니까
어쩌면 영영 가본 적 없는 숲으로부터
어쩌면 영영 떠난 적 없는 숲
번져 올 때

닮은 구석이라고는 하나 없는
토마토와 토마토를 정성껏 물에 씻어
계속 당도하는 주머니 제일 깊은 자리에 묻고
자꾸만 만세를 부르는 사람이 있어서요
불러 세울 수 없는 대답은 뒤로 하고
숲을 흔들려다 함부로
숲이 되어버린 슬픔에게
여기서 벌을 서면 안 된다고
나를 떠난 나의 오랜 사슴들은
여기 더 오래 머물러야 한다고
무사히 전해줄 수 있다면 좋을 텐데

니는 나라시

최지은

물가에서 소중한 걸 잃어버렸다는 여인은
오늘도 두 발만 적신 채
빈손으로 돌아왔습니다

여인을 기다리던 할머니 여인을 반겨 안아줍니다

할머니가 젊었을 때 할머니의 막내아들은
물속으로 깊은 잠을 자러 갔다고 이야기해주네요

잘은 몰라도
물속은 깊고 넓어서
시간은 부질없는 것이라 말합니다

손목의 흉터가 닮은
두 사람

그녀들 앞으로 포개지는 마음들
할머니는 여인을
오른손은 왼손을
우리는 너희를
안아주는 마음들

나는 나라서 나 아닌 것들을 안아주면서
이럴 때
나는 나라서 다행이라고 생각하면서

우리는 서로가 아니라서 서로를 안아줄 수 있습니다

두 여인의 눈물이 함께 움직입니다
영영 끝나지 않을 물결 같고
물결이 바람을 완성하고
바람은 자꾸 우리를 물가로 데려가고

물은 한 방울의 빈자리도 허락하지 않으면서
왜 우리 아이를 돌려주지 않나요
왜 우리 아들을 돌려주지 않았나요

아이가 불어놓은 풍선은 작아지고 있는데
여인은 숨을 아끼고 있습니다

할머니는
아들이 뜯어놓은 이파리를 만지작거리며
그렇게 숲이 망가지는 줄 몰랐다고 합니다

여인은 오늘도 아이의 이름을 종이에 적습니다

사람을 찾습니다 우리 아이가 바닷속에 있어요

이름을 덧대어 쓸수록
아이의 이름은 지워지고 있습니다
그것이 미워
종종 종이를 엎어버리기도 하지만
여인은 다시 이름을 덧대어 적으며 아이를 품어봅니다

사람을 찾습니다 우리 아이가 바닷속에 있어요

나는 나라서
그녀들의 방 안으로 들어가지는 못하고
집 앞에서 서성입니다

그녀들이 아껴 쉬는 숨소리
바람을 완성하고
계절은 순환하고

물속은 깊고 넓어서
시간은 소용없는 것이라지만

깊은 밤이면 저 방의 불이 온전히 꺼지기를
기다려보는 거지요

아무래도 밤하늘은 깊고 넓어서
시간은 소용없는 것이겠지만요

편편히 내린 눈이 쌓여
오늘은 건넛마을까지 한마을로 보입니다

나는 나라서
나의 오래된 그 일을 다 생각해보았습니다
네, 모두 옛일이겠지요

그러나 인간에게는
깊고 넓은 것이 있어

눈 감으면 펼쳐지는 것

몰래 보았습니다

쁜 마음이 뒷빛을 내고 있습니다

* 이 시는 최지은 『봄밤이 끝나가요, 때마침 시는 너무 짧고요』(창비 2021)에 실렸다.

한국식 낮잠

임승유

길고 긴 목구멍으로

한 명의 아이가 왔다 두 명의 아이가 왔다 고개를 넘어오는
마차에 실려 한꺼번에 왔다

마을은 한 번은 마을이었다는 듯이

노래 불렀다

열 명의 병사가 옮기고 스무 명의 병사가 옮기는 어깨 너머로

장미 주위를 돌자
주머니 가득한 꽃다발*

문을 닫고 들어간 마을을 향해 동그라미를 그리면 내일 만나

한 번 더 노래 불렀다

한 번 더 노래 부르면 머리 감으러 갔던 강물이 머리카락이
되도록 머리 감게 될 거야

둘둘 말아 올려서 젖는 줄도 몰랐는데

쉿 쉿 쉿 쉿
다 같이 미끄러져 구르네*

더 크게 동그라미를 그리다가 더 작은 동그라미가 되어 사라
지는 아이들을 따라 부르는 노래

노래를 불렀다

* 마더구스.

** 이 시는 임승유 『나는 겨울로 왔고 너는 여름에 있었다』(문학과지성사 2020)에 실렸다.

노란 리본을 단 사람을 보면

황인찬

　노란 리본을 단 사람을 보면 안심된다는 말을 들었던 기억이 난다. 제법 여러 사람에게서 비슷한 이야기를 들었다. 까닭도 가지각색이었다. 같은 편이라는 생각이 든다는 사람도 있었고, 고마운 마음을 느낀다는 사람도 있었다. 노란 리본을 단 사람은 자신을 해코지하지는 않을 것 같아 안심된다는 말도 어딘가의 기사에서 읽었는데, 나로서는 전혀 생각해보지 못한 관점이라 상당히 흥미로웠다. 정확한 내용이 기억나지 않지만, 낯선 사람의 도움을 필요로 하는 상황에 놓인 학생이었고, 그 가운데 노란 리본을 달고 있는 사람이 있어 편하게 말을 붙일 수 있었다는 것이다. 그걸 읽으며 세대에 따라 노란 리본에 대한 감각이 달라질 수도 있겠다는 생각을 했고, 한편으로는 그럼에도 기본적으로는 일종의 연대의식을 공유한다는 생각을 하기도 했다.

　나는 노란 리본을 단 사람을 보면 반가움을 느낀다. 나와 같은 마음인 사람을 발견했다는 데서 오는 반가움, 그리고 이 슬픔을 쏟아내시고 있는 것이 나만은 아니라는 데서 오는 안도감을 느끼는 것이다. 싸움은 끝나지 않았고, 여전히 가려진 진실이 남아 있으므로, 그리고 우리의 삶은 계속 이어져오고 있으므로, 싸움을 함께 하는 이를 보며 반가움을 느끼지 않을 도리가 없다.

그런 반가움 탓에 실수(?)를 한 적도 있었다. 나는 2017년에 군대에 갔는데 서른 살에 입대를 한 것이었으니 상당히 늦은 입대였다. 나와 열 살 가까이 차이가 나는 친구들(그 친구들은 나를 친구라고 생각하지 않을지도 모르지만)과 생활을 했는데, 그 가운데 노란 팔찌를 항시 차고 다니는 친구가 있었다. 20140416이라는 글자가 음각으로 새겨진 고무 소재 팔찌였다. 내가 속한 부대는 여러 부대를 돌아다니는 일을 하는 곳이었는데, 그렇게 여러 부대를 돌아다녀도 노란 리본을 매단 사람을 본 것은 그 친구가 유일했다.

그 친구의 팔찌를 처음 알아차린 날, 예상하지 못한 마주침에 반가움을 느낀 나는 그 친구의 팔찌를 가리키며 알은체를 했다. 별다른 말을 하지는 않고, '오~' 정도의 감탄사를 내뱉었던 것 같다. 그때는 전혀 의식하지 못했지만 돌이켜 생각해보면 아마 젊은 친구가 기특하다는 식의 생각을 내심 하고 있었던 것 같다. 그렇지 않고서야 그 친구가 굳이 그런 대답을 하지도, 내가 그 친구의 말을 듣고 부끄러움을 느끼지는 않았을 테니 말이다. 그 친구는 나의 알은체를 듣고, '친구', 단 두 글자만 말하고 말끝을 흐렸다.

그 말을 듣고 나는 너무 부끄러워져서 어디에라도 숨고 싶었다. 그 친구가 안산 출신이라는 것도, 1997년생이라는 것도 알고 있었는데 어째서 나는 이 두 사실을 연결 짓지 못하고 그렇게 가볍게 말을 걸었을까. 물론 거기까지 생각이 닿지 않은 것이 부끄러운 것은 아니다. 내가 정말 부끄러움을 느꼈던 것은 앞서 말한 것처럼, 친구의 노란 팔찌를 보며 내심 기특하다는 생각을 하고 있었다는 데 있었다.

나에게 세월호는 나보다 어린 학생들에게 벌어진 슬픈 일로 기억되지만, 그 친구에게는 친구의 일이었고, 동시에 자신의 일이기도 했다. 기특함이란 결국 내가 세월호를 나의 삶과 분리하여 생각하고 있기에 갖게 되는 감정일 터였다. 나는 4월 16일의 슬픔을 잊지 않고, 진실을 위한 싸움을 계속 함께하리라 다짐했으면서도, 한편으로는 그것이 내 일이라고는 생각하지 않고 있었던 것이다. 나는 나 자신의 얄팍함과 경솔함에 놀라 아무런 말도 하지 못했다. 그때가 내가 살면서 가장 자신이 부끄럽게 느껴진 순간이었다. 그 친구는 익숙한 일이라는 듯 더는 말을 하지 않았고, 그 후로도 그 친구와 그와 관련된 이야기를 하지 않았다.

그 일 때문은 아니지만, 그 친구는 전역 이후에도 종종 연락을 하고 만나는 유일한 군대 친구가 되었다. 그러나 둘 중 누구도 그때의 일을 꺼내지는 않는다. 어쩌면 친구는 그런 일이 있었다는 것조차 기억하지 못할지 모른다. 다만 그 친구는 여전히 노란 팔찌를 찬 채로, 여자친구가 어떻고 학교가 어떻고 하는 말을 들려줄 뿐이다. 나 역시 때로는 가방 밖에, 때로는 가방 속에 노란 리본을 매단 채 그 친구의 말을 들을 뿐이고.

그 이후 내게 아주 드라마틱한 변화가 일어나지는 않았다. 나는 여전히 노란 리본을 매달고 다니고, 길에서 노란 리본을 매단 사람을 마주치면 반가움을 느낀다. 당신도 그곳에서 함께 싸우고 있군요. 우리는 서로 다른 삶을 살고 있고, 또 다른 곳에 있지만, 하나의 마음을 갖고 있군요. 이전과 크게 다르지 않은 생각을 하면서 말이다. 다만 한 가지 생각을 더 떠올리게 되기는 한다. 내가 달고 있는 노란 리본을 보면 무슨 생각을 할지 궁금히 여기게 된 것이다. 아마 그 궁금함만큼 4월의 그날이 나의 삶과 가까워진 것은 아닐까 한다. 그렇게 세월과 더불어 나의 삶이, 그리고 당신의 삶이 계속 가까워지며 나아갈 수 있기를 바란다.

유령환각*

한연희

폭설이었다
그다음은 대학살

어떤 나라에서는 인쇄공들이 고양이를 몰살시켰다
가죽을 벗기고 두개골을 으깨어놓았다

언덕 위에 쌓이고 있는 것은 때론 너무 흔해서
무생물에 가까웠다

책가방과 아이들이, 털장갑이, 작은 발이 수북해졌다가 서서
히 지워졌다

눈을 잠시 감았다 뜨고 나면
환각은 사라질 거라고 믿었지만

신병인 유령들이 눈빛을 밟으며
돌담을 뚫고 나무를 지나며
꾸역꾸역 밀려들어왔다

벌판에 가까이 다가갔다는 이유로
역사에 대해 알고 싶어 하는 내게로

빠르게 다가오는 것 같았지만
그저 허공에 떠밀렸다가 흩어지는 것일지도 몰랐다

머리 위에서 황조롱이 한 마리가
검은 눈이 박힌 날개를 펼친 채 뱅글뱅글 맴돌고

이름 없이 떠도는 너희는 누구니?
누구를 본떠 생겨난 거니?

어린 유령들을 따라 벌판을 벗어나자 수많은 골목길
오른쪽으로 돌고 돌다 보면
문득 차가운 손이 나를 잡아당겼다

하얀 마대 자루를 뒤집어쓴
매끈하고 투명한 오리발의 아이가

울지 마 ……

…… 울지 마
…… 울지 마 ……

떨어지는 눈송이를
내버려두고 주저앉아
떠오르는 이름을 나는 읊어주었다

안, 율, 영, 은, 숙, 호, 재, 령……

고개를 들면
새까맣고 텅 빈 눈동자들이
마른 가지에 다닥다닥 달라붙어 있다

하늘은 휑하니 열려 있을 뿐이고

어디선가 초록 불이 점멸하다 꺼졌다
비행기가 떨어진 것 같았지만

아무도 이런 환각을 보지 못했다

* 헨리 제임스, 『나사의 회전』.

** 이 시는 한연희 『폭설이었다 그다음은』(아침달 2020)에 실렸다.

내가 아는 어떤 사람이

김은지

내가 아는 어떤 사람이 이혼하고 나서 아이를 갖고 싶어졌다 나는 자전거를 타고 가다가 그를 생각했다 내가 아는 어떤 사람이 택시 타고 가라고 오천 원을 쥐어주었다 나는 자전거를 타고 가다가 그를 생각했다 내가 아는 어떤 사람이 결국 보험에 가입하지 못했다 물냉면이 맵다고 눈물 흘리고 코를 풀었다

내가 아는 어떤 사람이 일을 구하지 못하고 고국으로 돌아갔다 아내와 아들은 여기 머무르고 있다 나는 자전거를 타고 가다가 그를 생각했다 내가 아는 어떤 사람이 연락처에서 나를 지웠다 나는 자전거를 타고 가다가 그를 생각했다

내가 아는 어떤 사람이 애매한 순간에 길을 건넜다 나는 자전거를 타고 가다가 그를 생각했다 내가 아는 어떤 사람이 며느리 몰래 한글을 배웠다 나는 자전거를 타고 가다가 그를 생각했다 내가 아는 어떤 사람이 건조한 방에 허브를 사다 놓았다 얼마 뒤에는 선인장을 사다 놓았다 나는 자전거를 타고 가

다가 그를 생각했다

　내가 아는 사람의 아는 사람의 아는 사람의 아는 사람이 자기한테 투자를 하라고 했다 나는 자전거를 타고 가다가 그를 생각했다 내가 아는 어떤 사람이 연락처에서 나를 지웠다 나는 자전거를 타고 가다가 모르는 사람을 생각했다 내가 모르는 어떤 사람이 목련과 동백을 반대로 말했다 나는 목련과 동백을 생각했다

윤유나

집까지 일부러 먼 길로 돌아서 가는 날에는 사람들이 이 거리의 공기를 감당하며 살고 있는지, 그렇다면 어떻게 살고 있는지, 어디의 누구에게 안부를 묻습니다. 언젠가, 선생님과 친했던 보건 선생님이 우리 수다의 말미에 선생님이 보고 싶다고 많이 보고 싶다고 하셨어요. 저는 순간 보고 싶다는 말이 무슨 말인지 모르겠어서 보건 선생님의 얼굴을 한참 바라보았습니다. 보고 싶은 것, 숨을 쉬는 것. 보고 싶은 마음으로 숨을 쉬며 사는 것. 숨을 쉬고, 숨을 뱉고, 숨을 들이켜고, 숨을 쉬고. 숨 쉬고 살아갈 수 있게 우리 모두의 시간이 흘러가고 있나요.

선생님은 어떤가요. 여기가 보고 싶나요. 보고 싶을 것 같아요.

함께했던 짧은 시간이 있고, 아무리 토로해도 처음 말하는 것 같은 사건이 있고, 그해 이후로 4월이면 함께했던 짧은 시간이 하나의 영상으로 남아 제 안에서 저도 모르게 흘러나오곤 합니다. 알 수 없는 건 서울에서 지낼 땐 선명하게 느껴지던 기억이 안산으로 돌아오고부터는 뿌옇게 무언가에 가로막힌 듯 잘 보이지 않고 더 먼 곳에서 보는 것만 같은 기분이 듭니다.

선생님, 여기가 잘 보이나요. 지금은 5월이고 그때의 5월과 같이 담장마다 검붉은 형광의 장미들이 움트고 있습니다. 고창석 선생님, 잘 지내시나요.

5월의 언젠가 하교 시간에 교내 방송을 동원해 학교 말썽쟁이들을 운동장으로 집합시킨 다음 같이 피구를 했었어요, 선생님. 교감 선생님께서 창밖으로 운동장을 내다보면서 '하여간 고 선생' 하셨고, 제1교무실에 있던 선생님들과 같이 웃었던 기억이 납니다. 교무부장 선생님이 노트북에서 눈 떼지 않으며 '젊잖아요' 했던 것. 피구가 끝나고 선생님은 아마 아이들에게 맛있는 간식을 사 주셨을 거예요. 아니면 매일 야근을 하던 교무부장 선생님이 피자를 사 주셨겠지요.

퇴직을 앞두고 있던 2013년 2월의 어느 날. 선생님이 내년에 전근을 가야 한다고 했던 기억. 이제 아이들이 커가니 근무 시간이 길어 보수가 나은 고등학교로 가고 싶다고. 선생님 말에 우리는 그저 선생님이 좋기만 해서 그 학교 학생들은 좋겠다고 교무실 중앙 테이블 앞에 서서 웃었던 기억. 둥글레차 티백에 뜨거운 물을 부어 마시던 기억. 그리고 복도에서 뛰지 말래도 뛰고야 마는 아이들.

안산의 학교에는 여전히 아이들이 있고, 보다 자란 아이들이 있고, 몸이 어른 같은 아이들이 교복을 입고 생활하고 있습니다. 제가 알아보지 못하고 지나치는 아이들 중에 선생님을 보고 싶어 하는 아이가 있을 것 같아요. 선생님이 필요한 아이가.

하이 셀브 치날 떼미디, 시님 틴 이이 닡홀 시니녀 비홈 냟에 작은 마음을 켭니다. 선생님의 아이와 아이들이 잘 자라기를. 건강하고 무사한 삶을 살아가기를. 제 삶의 한 조각을 영원한 기도로 남겨둡니다.

평안하세요.

---

* 이 글은 제가 안산의 한 중학교에서 비정규직 교무행정실무사로 일했던 당시 체육 담당 교사였던 故 고창석 선생님께 부치는 편지입니다.

Love me tender
— 304개의 이름에게

이원

광장에는

아직 먼지가 일고 있습니다 펜스 앞뒤로
문이 열리고 닫힙니다
세 번의 봄을 보낸 사람들은 여길 떠나고 새로운 몸이 입장
합니다

그 일이 언제나 가능한 것처럼

두고 간 가방은
잘 있습니다

다른 목소리로 다시

바다가 되고 회전문이 되고 음성이 되고 문장이 되며

열어보면

가방은 어디로도 흐르지 않고 한 자리

거기

있습니까 충분한

부르고 있습니다 충분하지 않은

이름이 다녀갈까 봐

봄에는
창을 다 열고 잡니다

느리고 넓기를 더 천천히 하교하기를 4월에는 기도합니다

잘 도착했습니까

우리는 아직 도착하고 있는 중입니다

어쩌면 다시 만날 수도 있겠습니다

기억하는 일에 어제 오늘 내일이 모두 필요하다는 걸 배우는
동안

　　없는 곳으로 우리가 모입니다

　　숨을 푸- 쉬고

　　발등과 발등이 향하게

　　미안합니다

　　기도가 끝나면 부르는 일이 조금 수월해집니다

　　어디로 흐르지 않고

　　한 자리

　　다시

　　남아 있습니다

깊은 일

안현미

그날 이후 누군가는 남은 전 생애로 그 바다를 견디고 있다

그것은 깊은 일

오늘의 마지막 커피를 마시는 밤

아무래도 이번 생은 무책임해야겠다

오래 방치해두다 어느 날 더 이상 존재하지 않는 어떤 마음처럼

오래 끌려다니다 어느 날 더 이상 쓸모 없어진 어떤 미움처럼

아무래도 이번 생은 나부터 죽고 봐야겠다

그리고도 남는 시간은 삶을 살아야겠다

아무래도 이번 생은 혼자 밥 먹는, 혼자 우는, 혼자 죽는 사람
으로 살다가 죽어야겠다

찬성할 수도 반대할 수도 있지만 침묵해서는 안 되는

그것은 깊은 일

우리는 정말 실패했을까요

유현아

카카오톡에 새 메시지가 뜹니다. 얼굴 보기 힘든 친구입니다. 딱히 일이 없으면 집에 있어도 더 집으로 들어가고 싶다는 친구는 어떤 일을 해도 반응을 잘 보이지 않습니다. 같이 하자고 하면 살며시 손을 얹거나 고개를 끄덕거립니다. 거의 말이 없고 적극적으로 무엇인가 하는 사람도 아닙니다. 시는 무척 잘 쓰고 상도 종종 받고 성실한 시인입니다. 아, 이건 저만의 착각일까요. 장문의 메시지를 보내온 그의 글에 깜짝 놀랐습니다. 잠시 연이 있던 동네서점이 문을 닫는다고 하니 작가들이 힘을 모아주었으면 하는 성명서를 내는 데 연명을 받는다고 합니다.

○○문고를 살리는 일에 우리 작가들도 함께합니다.

첫 문장이었습니다. 그는 절대 그런 일을 할 사람이 아니라고 여겼습니다. 무엇이 친구의 마음을 움직였는지 저는 잘 모르겠습니다. 그의 부탁에 제 이름과 함께 친구들에게 연락하기 시작했습니다. 저는 그럴 수 있는 사람이었으니까요. 며칠을 친구와 이 일로 짧게 이야기했습니다. 제가 한 것은 고작 연명하고 동의하는 작가들에게 소식을 전하는 일뿐이었는데 누군가의 마음에는 환한 불이 일렁이고 있습니다. 그리고 서점은 문을 닫았습니다. 그 자리에 있던 서점은 사라졌습니다.

성명서에 이름을 올린 작가들이 실망했을까요. 저는 감히 말하고 싶습니다. 우리는 결코 실망하지도 실패하지도 않았다고, 그것은 성공을 일상적으로 경험하는 사람들의 몫이라고. 친구 이야기를 이렇게 길게 하는 이유는 연대의 경험이 얼마나 우리를 환하게 할 수 있는가를 묻고 싶음입니다. 작은 하나의 약속이 친구에게는 아주 큰 기쁨이었나 봅니다. 메시지에 기쁨이 묻어 나옵니다. 우리는 결코 실패를 이야기하지 않았습니다. 앞으로의 이야기에 더 귀를 기울입니다.

저는 2009년 용산을 기억합니다. 2009년 두리반을, 쌍용차 노동자를 기억합니다. 2010년 낙동강 도보 순례를 기억합니다. 2011년 85호 크레인에 올랐던 노동자 김진숙을 기억합니다. 2013년 강정을 기억합니다. 2018년 노동자 김용균을 기억합니다. 2019년 삼성노동자 김용희를 기억합니다. 테이크아웃 드로잉에서의 낭독회, 마리 낭독회, 궁중족발 후원 낭독회 그리고 304낭독회를 기억합니다. 수많은 연대의 장소를 기억합니다. 저는 작가들이 연대한 곳에서 소리 내 글을 읽고 글을 썼습니다. 당사자가 아닌 당사자의 연대자로 한 발 비켜나 있었습니다. 시간이 지날수록 이게 다 무슨 소용인가 싶기도 했지

반, 비 옴 린 기둥이시 뺑 뚫린 깃 깉이 꾸어꾸어 힘세있습니다.
저는 왜 그랬을까요. 그 마음이 뭐였을까요.

　2014년 3월 한 대학교의 문예창작과가 폐지 통보를 받습니다. 취업률이 낮다는 이유로 아무 고민도 없이 문예창작과는 폐지 수순을 밟았습니다. 저는 그 과를 졸업하였고(여차여차 저에게는 무척 소중한 학과였던), 서른다섯에 만난 스무 살들과 공부했고 제 나이 또래의 작가들에게 배웠고 시인이 되었습니다. 아무 이유도 없이 소중한 무엇 하나가 훅 빠져나가는 느낌이라는 것은 억울함을 함께 포함하고 있습니다. 죽을죄를 지은 사람이라도 믿어주는 단 한 사람이 있는 사람은 죽지 않고 산다고 했습니다. 산다는 것, 그것이 지금까지 저를 지탱해주고 있었는지 모릅니다. 회사를 열심히 다녔고 시를 열심히 썼고 어떤 거리에서 시를 읽어달라고 하면 읽었습니다.

　저는 시인보다는 일하는 사람으로 살고 있습니다. 그런 저에게 학과 폐지는 견딜 수 없는 억울함이었습니다. 그리고 강의실에서 공부하고 있는 후배들의 마음이 보였습니다. 무엇인가해야겠다는 마음이 언론사 기고를 하게 되고 글 쓰는 친구들에게 연대의 마음을 부탁하기 시작했습니다. 제가 할 수 있는 일은 고작 그것이었습니다. 게으르고 쓸모없는 것들을 좋아하고 얼굴 내보이는 걸 주저하고 목소리 내는 것을 부끄러워하는 나의 친구, 친구의 친구들은 저의 작은 목소리에 반응했습니다. 얼굴도, 이름도 처음인 나의 동료들은 그렇게 학과 폐지의 부당함을 알리려는 후배들에게 너무나 큰 감동을 주었습니다. 그리고 학과는 폐지되었습니다. 네, 제가 졸업한 학과는 사라졌고 우리는 실패했습니다.

저와 같은 사람이 보이기 시작합니다. 어느 곳에서 시를 읽고 소설을 읽고 성명서를 쓰고 있습니다. 우리가 할 수 있는 일은 고작 목소리로 문학을 읽고 손으로 글을 쓰는 일뿐이지만 그것이 부끄럽지만 한 끼 밥을 먹지 않고 밥값을 송금하고 무용할 뿐이라는 다짐 속에서도 성명서에 연명을 하고 있습니다. 자유로운 시민 한 사람으로 함께하는 작가들에게 저는 "그것이 아름다움"이라고 말하고 싶습니다.

동네서점 하나 사라지는 것에 마음 아파 수줍게 문자를 보내는 연대의 마음을 그저 무심하게 받을 것입니다. 때론 오지라퍼가 되어 동네 사람들의 억울함을 들여다볼 것입니다. 그것이 목소리가 되었든 글이 되었든 후원금이 되었든 아니면 그저 생각만 해도 되는 그런 마음으로 기억할 것입니다. 이 모든 기억은 저의 목소리에 반응했던 작가 친구들이 있었던 까닭입니다. 함께 읽고 함께 기록하고, 함께 기억하는 그 마음 하나로 느리게 걸어가는 친구들이 있기 때문입니다, 설령 그것이 누군가에게는 답답할지라도 그 아름다움에 물들기 시작하는 나의 작가들이 있는 까닭입니다.

부탁하고 부탁의 거절을 견디고 쓸쓸함을 감수하고 슬픔을 꾸역꾸역 삼킬 수 있는 근육이 언젠가는 생기겠죠. 아니 끊임없이 저는 좌절하고 주저할 것입니다. 어떤 행동을 할 때 백만 번 생각하고 또 도리질할 것입니다. 후회하고 또 후회할 것입니다. 그러면서도 계속 무엇인가 할 것입니다. 그것이 저입니다. 그것이 제가 경험한 연대의 마음이며 할 수 있는 연대일 뿐입니다.

매일 아침 견과

조용우

그때 나는 나의 시도 너의 시도 고치지 못했다

네가 사 온 유칼립투스

칠월의 햇살 아래 하얗게 굳어가는 유칼립투스

화분을 마대에 담아 버리면서 나는 이 시를 더 깰 수 없구나

나를 부서질 수가 없구나

그리고 다른 시대가 왔다

정해진 행정절차는 예정대로 진행해야 한다*

공문이 붙고 나는 매일 아침 견과를 챙겨 먹으면서 새 시대
가 왔다

새로운 시는 새로운 시대에 써지겠지

매일 아침 새로운 시가

한 번도 부서져본 적 없는 새로운 시가

부서져본 적도 없으면서

부서져본 적도 없으면서

더 부서지겠지

* 2021년 7월 26일 광화문 세월호 기억공간 철거 현장에서.

** 이 시는 조용우 『세컨드핸드』(민음사 2023)에 실렸다.

오래달리기

한여진

태풍이 온다던 속보를 듣다가
시속 36킬로미터라니
그건 얼마나 빠른 걸까 싶었다

나는 한 시간에 겨우
3킬로미터를 움직일 뿐이라서

독서실에서 버스 종점에서
올리브영에서 이디야 카페에서
종종 너를 놓쳤다

텅 빈 고가도로를 건널 때
순간 말을 걸어오는 너는
그냥 내 기억인 거야?

나 좀 집아줘

껑껑대며 팔 한쪽을 내민다
말려 들어간 옷이 싫어서 겉옷을 입기 전
우린 서로의 소매를 잡아주었었는데
어떤 것들은 두 사람만 있어도 충분하다

도로 위로 세찬 바람 불고
잡고 있던 네 소매 놓치고
눈 감았다 뜨고 나니
네가 없어 두리번거릴 때

너를 사방으로 찾아다녔어

태풍 뚫고 눈보라 헤치고
깊은 골짜기 넘고
어둔 숲속에선 눈을 감고
무서운 기억들 잠시 접어두고

그렇다면 이런 건 어때

횡단보도를 사이에 두고
서로의 얼굴 위로 차들이 스쳐 가던 모습
서로의 입모양을 바라보며

들리지 않는 말들을 짐작해보며 그러다
하나가 웃으면 다른 하나도 웃게 되고

어떤 것들은 두 사람만 있어도 충분하니까

그러니까 앞으로도 나는
시속 3킬로미터의 속도로 서서히

아주 서서히
하지만 분명히

너에게로

마음1

이영광

인간들이 입에 칼을 물고 다니는 것 같아
말도 안 되게, 찌르고 베고 보는 거야
안 아프지도 못하면서
저 아프면 우는 것들이

예전에, 수술 받고 거덜 나 무통주살 맞고 누웠을 적인데
　몸이 멍해지고 나자, 아 마음이 아픈 상태란 게 이런 거구나
싶은
　순간이 오더라고, 약이 못 따라오는 곳으로 글썽이며
　한참을 더 기어가야 하더라고

마음이 대체 어디 있다고 그래? 물으면,
　몸이 고깃덩이가 된 뒤에 육즙처럼 비어져 나오는
　그 왜, 푸줏간 집 바닥에 미끈대던 핏자국 같은 거,
　그 눈물을 마음의 통증이라 말하고 싶어

살아보면, 원수가 왜 식구 중에 있을까 싶은 날도 있지만
피가 섞였다는 건 말이지, 보조침대에 구겨져 새우잠 자는
식구란 말이지, 같은 피 주머니를 나눠 찬 환자란 걸
마음이 우니까 알 것 같더라고
그게 혈육이더라고

세월호 삼보일배가 살려고, 기어서 남녘에서 올라오는데
잃은 아이 언니인가 누나인가 하는
그 여린 아가씨,
옷이 함빡 젖고 운동화가 다 해졌데

죄 많고 벌 없는 이곳을 뭐라 부를까
내 나라라는 적진을 부러질 듯 오체투지로 뚫으며
몸이 더 젖고 더 해지는 동안,
거기 세 든 마음이란 건 벌써 길 위에 길처럼
녹아버렸겠다 싶더라고

마음이란 거 그거, 찌르지 마, 자꾸 피가 샌다고
중환자실 천장에 달려 뚝뚝 떨어지는 피 주머니 같은 그것에게
칼질 좀 하지 마
그 붉은 것, 진통제도 무통주사도 안 듣는 거라고

* 이 시는 이영광 『끝없는 사랑』(문학과지성사 2018)에 실렸다.

낭

팽목항에 가보자.

보현은 느닷없는 제안이 반갑지 않았다. 채령은 하복 치마를 끌어내리며 보현의 앞자리에 앉았다. 수능 100일 남겨두고? 보현은 프린트물에서 눈길을 떼지 않은 채 답했다. 학원에서 틀린 문제만 모아 만든 것이었다. 오늘 다 풀지 않으면 내일 더 많은 문제를 풀어야 했고, 안 그래도 한 번 밀려서 초조했다. 채령은 보현의 정수리를 보고, 샤프를 쥔 보현의 손을 보다가 개의치 않다는 듯 말했다. 너 작년에도 똑같은 소리 한 거 알아? 이제 곧 고3인데 어딜 가냐고 그랬잖아. 채령이 몸을 기울여 보현의 머리에 자기 머리를 맞댔다. 채령의 긴 머리카락이 골몰하던 문제를 가리자 보현은 그제야 고개를 들었다. 채령이 자세를 고쳐 앉고 진지한 눈으로 자신을 보고 있었다. 보현은 조금 착잡해졌다. 수능 끝난 뒤에 가도 되잖아. 진도가 얼마나 먼데, 작년처럼 주말에 다녀와도 분명 들킬걸.

작년에 채령과 보현은 안산에 갔다. 그날은 일요일이었고, 학원 보충수업이 있기는 했지만 아프다는 핑계로 빠질 수 있었다. 보현이 학원에 전화했을 때, 학원 선생님은 고3 때는 컨디션 조절도 실력이라며 몸 관리의 중요성을 강조했다. 보현은 일부러 기침 소리를 내며 전화를 끝냈다. 4월 16일 오후, 검은색을 못 찾았다며 채령은 남색 블라우스를 입고 나왔고, 보현은 자주 입던 검은색 티셔츠에 후리스를 입었다. 봄이어도 저녁엔 날이 제법 쌀쌀했다. 시내버스를 타고 40여 분, 빨간색 광역버스 타고 한 시간 반쯤을 더 가니 안산교육지원청에 위치한 416기억교실에 도착했다. 주인 잃은 책걸상… 책걸상의 주인을 사랑하는 사람들이 가져다 놓은 꽃과 편지, 작은 주전부리… 평범한 학급 사진… 돌아오지 못한 사진 속 대부분 사람… 벽면을 가득 채운 희생자의 이름… 채령의 손수건과 보현의 후리스 소매가 금세 젖어들었다. 화랑 유원지에 있는 정부 분향소에서 두 사람은 분명 처음 보는 얼굴들임에도 어디서 본 것처럼 낯익은, 교복 입은 이들의 영정사진을 마주했다. 분향소에서 나오는 길, 채령은 우리가 꼭기억하자, 고 이야기했고 보현은 그러자, 고 대답했다.

분명 그러겠다고 대답했지만. 보현이 물었다. 굳이 지금 팽목항에 가야 할 이유가 뭔데? 넌 가끔 우리가 고3이라는 자각이 없는 거 같아. 채령이 비뚜름하게 웃었다. 없긴 왜 없어. 맨날 여기저기서 고3인 거 알려주는데. 채령은 멈칫하더니, 손으로 머리를 빗으며 남은 말을 이었다. 이유는 없어. 가고 싶어서을 떠올렸다. 그날 보현은 처음 제대로 '애도'한다고 느꼈다. 그간 세월호 유가족들이 거리에서 밤을 지새울 때, 단식 투쟁할 때, 전국을 돌아다니며 서명 받을 때 보현은 내신이며 수행평가며 중간고사를 준비하고 있었다. 보현이 속한 그 어느 곳에서도 보현에게 함께 추모하자고 이야기하지 않았다. 모두 자기 일을 하느라 바빴고, 추모하느라 자기 일을 제쳐두는 사람은 없었다. 그래서 보현은 자신에게 추모가 마땅한 일 같지 않았고, 유난한 사람처럼 보인다고 생각했다. 하고 싶은 모든 건 대학 간 뒤에 하라던 엄마의 말처럼, 보현은 어영부영 슬퍼하는 일조차 미뤄두고 말았다. 그때 안산에 간 것이다. 미뤄둔 눈물을 흘리기 위해. 더 오래 기억하기 위해.

갑자기 채령이 고른 이를 드러내며 웃었다. 우리 팽목항 가면 또 엄청 울겠다. 보현이 물었다. 당일치기로 갈 수 있는 거야?

* 모두가 충분한 애도를 할 수 있으면 좋겠습니다. 실컷 울고 나야 기억의 힘도 더 오래가지 않을까요.

4월의 도서관

정고요

바다 속에 사는 이름을
바다에서
꺼내
호주머니에 넣는다

호주머니가 젖는다

걷는 자리마다
물방울이 떨어진다

꽃이 진 자리마다
무성해질 잎이
부치지 못할 편지처럼
돋아난다

믿 하자면,
봄의 후렴구

자꾸 흥얼거린다

이른 더위 지난 뒤
희미해진 봄

조바심 나는데

교복 입은 아이들이
교과서를 들여다본다

물 한 컵 엎어진다

여러 겹
교과서가 젖는다

책상 아래로
자꾸만 흐른다

물들이
이름들이
잎들이

머리카락이

심장에는
호주머니가 없고

* 이 시는 정고요 『아이가 세계를 대하는 방식』(베개 시인선, 시용 2021)에 실렸다.

피에타

김해자

인천항에서 낯선 이 포구까지
오는 데 수십 일이 걸린 데다
그사이 몸은 다 식고
손톱도 다 닳아졌으니
삼도천이나 건넜을까 몰라
구조된 것은 이름, 이름들뿐
네 누운 이곳에
네 목소리는 없구나
집에 가자 이제
집에 가자

---

* 이 시는 김해자 『집에 가자』(삶이보이는창 2015)에 '집에 가자: 피에타'라는 제목으로 실
렸다.

어떤 목소리도 들리지 않는 것처럼

나희덕

—누구를 기다리고 있나요?

—우리 아이요.

—이 차가운 바람 속에 언제까지 계시려고요?

—주검이라도 기다려야지요.

—이제는 누군지 알아볼 수도 없을 텐데요.

—그래도 여길 떠날 수는 없어요.

　제발, 아이 장례만이라도 치르고 싶어요.

사고 197일 만에 황지현 돌아옴.

14번의 수색 끝에 발견함.

4층 여자화장실.

18번째 생일.

255번째 장례식.

한 민간 잠수사는 손목에 자해를 했다

―문득문득 견딜 수가 없어요.
 손목에 벌레가 스멀거리는 느낌이 들어서.

구조를 도왔던 트럭 운전사는 자살을 시도했다

―눈, 눈동자가, 자꾸만 떠올라요.
 배에 남아 있던 유리창 너머 눈동자가.

친구를 남겨둔 채 구조된 아이는 울면서 말했다

―내가 죽을 때까지…… 허제강 생일이 내 생일이에요.

―무엇을 잃었습니까?
―모든 걸 잃었어요. 도무지 믿어지지가 않아요.
―아이를 기다리면서 무슨 생각을 했나요?
―울기만 했어요.

그러나 사람들은 무심한 표정으로 밥을 먹고 출근을 했다
어떤 목소리도 들리지 않는 것처럼

* 이 시는 나희덕 『가능주의자』(문학동네 2021)에 실렸다.

사월의 넋두리

문동만

위령 기도를 마친 식구들은 제상을 차리러 나가고
흰둥이는 제 생일이라도 되는 듯 웃는 얼굴로 음식냄새를
따라다녔다 피 한 방울 섞이지 않아도 부모가 있어
두 뼘도 안 되는 키로 작아진 당신들 앞에서 먹먹히
홀로 서 있을 때,

내가 품고 왔었지 아마도,
단지 속에서 식어가던 목소리와 어떤 환대와 간난의
시간들, 이날이 마침 그날이어서 멀리 환청으로
들려오는 바다가 아직도 너울을 쳐대는 사월이었는데,
뻥 뚫린 선실 같은 옆방에서 혼잣말이 들려왔다

— 엄마 생일 축하해 너무 보고 싶어 너무 엄마 참 예뻤지
안 꾸며도 예뻤어 엄마는, 나보다 성질이 고와서 더 아팠어
엄마는 거기서는 아픈 몸도 아픈 일도 없는 거지 아빠는

지금도 미워 안 보고 싶기야 엄마시 즉 쌓에도 안 보고 싶기야
엄마도 알지? 오늘이 세월호참사 8주기야 엄마 거기서 그
사람들
그 아이들 만나면 잘 안아줘 너무 시리고 아팠을 거야
그 사람들도 엄마처럼 너무 아팠을 거야

높낮이 없이 두런거리는 목소리에 이끌려 옆방을 보니
갓 걸음마 뗐을 아기가 쪼그려 앉아 있는 엄마 품에 서 있고
아기 아빠는 아내의 등 뒤에서 어깨를 살짝 다독이고 있었다
나는 나의 추념보다 통성 같은 넋두리에 빠져 해야 할 생각
들을
놓치고 무슨 어리석은 생각이라도 덧대어 무너진 선미를
밀어 올려야 할 것 같았다

온통 저승에 있지만 이 방 가득한 사람들이, 아직도 아가미도
없이 해류에 쓸려 가던 그 사람들이, 서로 사이좋게 다독이는
울음 없는 봄 같은 천국이 있었으면 좋겠다고. 순교자들의
무덤이었다는 이곳, 응달에 늦게 핀 진달래와 반쯤 져서
연두가 돋는 벚나무도, 그들이 키우던 먼저 가거나 뒤따라
간 강아지들도 그 낙원에 함께 있었으면 좋겠다는 넋두리,

넋이란 무엇인가를 처음으로 생각해보는 넋두리일지라도

★ 이 시는 계간 『백조』(2022 여름호)에 실렸다.

이름

양경언

 태민에 대한 글을 쓰기 위해 태민의 친구와 통화를 한 적이 있다. 한 번도 본 적 없는 사람에 대한 글을 쓰겠다고 나서다니 내가 너무 오만했던 게 아닐까 하는 자책이 들 정도로 어색했다. 할 말이 없어서라기보다는, 전화를 건 이쪽이 어찌할 바 몰라 한다는 게 들통난 듯해서.

 태민의 생일은 3월 28일, 양자리의 기운을 품고 태어났을 것이다. 짐작하기로 그는 자존심이 센 사람. 친구들 사이에선 제법 상담사 노릇을 했을 정도로 어엿한 구석이 있었다. 전기문에는 적지 않았지만 태민과 마지막으로 통화를 했던 친구는 태민으로부터 '가방 잃어버리지 말고' '착한 사람이 되라'는 메시지를 전해 들었다고 했다. 가방 잃어버리지 말고, 착한 사람. 전화를 끊으려는 내게 친구는 '저기요' 하고 잠시 망설이더니 '잘 써주세요. 태민이 글이요. 잘 써주세요'라고 말했다.

 꼭 아는 사람의 이름만 쓰는 것이 글의 세계인가. 모르는 이름을 써보기라도 하는 게, 아니 쓸 수 있는 게 글의 세계 아닌 단원고 학생들의 전기문을 쓰기 위해 2015년 가을께 나눴던 통화를 태민의 친구는 어떻게 기억할지 모르겠다. 나는 그 친구의 '잘 써주세요' 라는 말에 대해 내내 생각한다. 우리가 쓸 수 있는 세계에 대해 생각한다. '덜' 앞에서 망설이고 '못' 앞에서 좌절하고 '잘' 앞에서 애쓰다가, 할 수 있다고 혹은 할 수 없다고 판단하며 이어지는 세계에 대해 생각한다. 태민의 친구가 태민에 대한 글에서 태민이 잘 그려졌으면 하는 바람을 가진다는 게, 여전히 기쁘고 또 슬프다.

2014년에 시작해 계속 이어지고 있는 304낭독회에서 나는 사회자의 자리에서 좀처럼 움직이지 않는 사람이었던 것 같다. 언젠가 낭독을 하게 되면 304명의 이름이 잘 써지는 세계에서 낭독을 하고 싶다는 바람을 갖고 있었는데, 할 수 있을까. 오늘 해본다.

304명의 이름을 잘 부르는 일.

고해인 김민지 김민희 김수경 김수진 김영경 김예은 김주아 김현정 문지성 박성빈 우소영 유미지 이수연 이연화 정가현 조은화 한고운 강수정 강우영 길채원 김민지 김소정 김수정 김주희 김지윤 남수빈 남지현 박정은 박주희 박혜선 송지나 양온유 오유정 윤민지 윤 솔 이혜경 전하영 정지아 조서우 한세영 허다윤 허유림 김담비 김도언 김빛나라 김소연 김수경 김시연 김영은 김주은 김지인 박영란 박예슬 박지우 박지윤

박채연 백지숙 신승희 유예은 유혜원 이지민 장주이 전영수
정예진 최수희 최윤민 한은지 황지현 강승묵 강신욱 강　혁
권오천 김건우 김대희 김동혁 김범수 김용진 김웅기 김윤수
김정현 김호연 박수현 박정훈 빈하용 슬라바 안준혁 안형준
임경빈 임요한 장진용 정차웅 정휘범 진우혁 최성호 한정무
홍순영 김건우 김건우 김도현 김민석 김민성 김성현 김완준
김인호 김진광 김한별 문중식 박성호 박준민 박진리 박홍래
서동진 오준영 이석준 이진환 이창현 이홍승 인태범 정이삭
조성원 천인호 최남혁 최민석 구태민 권순범 김동영 김동협
김민규 김승태 김승혁 김승환 박새도 서재능 선우진 신호성
이건계 이다운 이세현 이영만 이장환 이태민 전현탁 정원석
최덕하 홍종영 황민우 곽수인 국승현 김건호 김기수 김민수
김상호 김성빈 김수빈 김정민 나강민 박성복 박인배 박현섭
서현섭 성민재 손찬우 송강현 심장영 안중근 양철민 오영석
이강명 이근형 이민우 이수빈 이정인 이준우 이진형 전찬호
정동수 최현주 허재강 고우재 김대현 김동현 김선우 김영창
김재영 김제훈 김창헌 박선균 박수찬 박시찬 백승현 안주현
이승민 이승현 이재욱 이호진 임건우 임현진 장준형 전현우
제세호 조봉석 조찬민 지상준 최수빈 최정수 최진혁 홍승준
고하영 권민경 김민정 김아라 김초예 김해화 김혜선 박예지
배향매 오경미 이보미 이수진 이한솔 임세희 정다빈 정다혜
조은정 진윤희 최진아 편다인 강한솔 구보현 권지혜 김다영
김민정 김송희 김슬기 김유민 김주희 박정슬 이가영 이경민
이경주 이다혜 이단비 이소진 이은별 이해주 장수정 장혜원

유니나 전수형 김초월 이해봉 남윤철 이시헤 김은현 최혜정
박육근 고창석 구춘미 김기웅 김문익 김순금 김연혁 리샹하오
문인자 박성미 박지영 방현수 백평권 서규석 서순자 신경순
심숙자 안현영 양대홍 우점달 윤춘연 이광진 이도남 이묘희
이세영 이영숙 이은창 이제창 이현우 인옥자 전종현 정명숙
정원재 정중훈 정현선 조지훈 조충환 지혜진 최순복 최승호
최창복 한금희 한윤지 권재근 권혁규 남현철 박영인 양승진

사람에게도 '떨켜'가 있다면

이소연

잎이 떨어진다. 바람이 눈에 보인다는 감각에 홀리기 좋은 가을이다. 이문재 시인은 '시월'이란 시에서 "중력이 툭, 툭, 은행잎들을 따 간다"고 노래했다. 보이지 않는 중력이라고 해놓고 자욱하다고 느낄 수밖에 없도록 하는 시인의 문장들이 툭, 툭 심장 위에 내려앉는다. 그러고는 노랗게 타오르는 건너편 은행나무를 넋을 놓고 보게 한다. 한 그루 나무에서 일어나는 일이라는 게 믿기지 않을 만큼 많은 잎이 한꺼번에 떨어져 내린다.

저렇게 많이 떨어지면 아프지 않을까? 잎을 다 떨구고 나면 몸살을 앓을지도 모를 일이다. 한참을 보다 보니 저 나뭇잎은 넙치 같고 이 나뭇잎은 누군가 벗어놓은 양말 같다. 나는 하릴없이 낙엽마다 아빠 허리에 붙었다가 떨어진 파스 같네, 감은 눈 같네, 달걀 껍데기 같네, 닮은 꼴을 찾아주다가 며칠 전 술자리 생각이 났다.

"시인이 생각하는 법이 궁금해요"라는 말 때문이다. 서울

249

'나 어떻게 생각하지?' 그러고 보니, 내가 자주 듣는 말 중 하나가 "생각 좀 하고 말해"다. 과연, 생각이 말보다 언제나 먼저일까? 의도도 없고 목적도 없고 중요하지도 않은 말을 시시콜콜하게 하는 기쁨이 얼마나 큰지 아는가. 생각은 거듭될수록 중요도를 따지고 의도와 목적을 찾으려 한다. 그런데 의도는 불순하기 쉽고 목적은 맹목적이기 쉽고 중요한 것은 작은 것들을 놓치기 쉽다. 그러니 생각에 너무 많은 시간을 할애하는 사람들에게 이렇게 말해볼까 한다. "일단 말하고 생각해." 그렇다고 아무렇게나 말해도 된다는 건 아니다. 헤아리고 살피는 말하기가 필요한 만큼 생각의 무게에 짓눌리지 않는 말하기도 필요하다는 뜻이다.

시인은 쓸데없이 말을 뒤집는 버릇이 있는 것 같다. 생각 좀 하고 말하라는 게 사실 뒤집을 만한 말은 아닌데, 일단 뒤집어 봤다. 그랬더니 뒤집히는 게 신기하다. 말이 안 될 것 같았는데 말이 된다. 말을 먼저 하다 보면 어떤 말에는 삶에 대한 통찰이 깃들기도 한다. 생각을 먼저 하지 않아도 생각이 내려앉은 자리가 선명하다.

나무는 가을쯤 '떨켜'란 세포층을 만든다고 한다. 잎자루와 가지가 붙는 곳에 물관을 막아 잎을 떨어뜨릴 준비를 하는 것이다. 나무도 이렇게 한 계절을 떠나보내기 위해 노력을 한다는 게 신기하다. 어쩌면 공들인 생각을 생각 밖으로 내보내기 위해서도 '떨켜' 같은 말이 필요한 게 아닐까. 한 편의 시를 완성하려고 밤새도록 너무 많은 문장을 썼다가 지웠다. 생각 없는 말이 앉았다 간 자리가 없었다면 끝내 쓰지 못했을 문장이 있다.

나무가 이별하는 방법이나 생각이 생각을 떠나보내는 일이나 아름답기 그지없다. '떨켜' 있는 것들을 찾아 놓고 보니 문득 부끄러워진다. 느닷없고 대책 없고 황당한 지난 연애들이 떠올라서다. 나는 죽도록 사랑하다가도 예고 없이 헤어졌다. 홧김에 헤어지고, 전화 안 받아서 헤어지고, 문자 봤다고 헤어지고, 몰래 담배 피웠다고 헤어지고, 내가 준 꽃다발을 행사장에 놓고 왔다고 헤어지고, 휴대폰 비밀번호를 안 가르쳐줘서 헤어졌다. 떠올리면 얼굴이 다 화끈거린다.

한 사람에 대한 탐구심으로 타올랐던 시간은 한순간에 고꾸라졌다. 온몸으로 이별을 준비하는 나무까진 아니어도 한 사람에 대한 존중을 담아 최선을 다해 마음을 전하고 충분히 기다려준 뒤에 헤어질 순 없었을까? 그게 다 내가 성숙하지 못한 탓이겠지만, 시인은 반성하기 위해 태어나는 거라고 우겨본다. 그리고 늙고 병들어 죽을 때까지 반성하는 사람으로 살아야지 다짐한다.

시아버지가 돌아가시기 한 달 전의 일이다. 차가 없던 시절, 전주역에 내려서 시댁인 진안까지 택시를 타고 가곤 했다. 그런데 평소 같으면 먼 길 오느라 고생했다 하실 분이 서운할 정도로 남편을 나무랐다. 돈 아껴 쓰라며, 돈을 길에 버리고 다닌다고 목소리를 높였다. 그때 그것이 정을 떼려고 하는 '떨켜'였을까? 남편은 그날 밤 내내 잠을 설쳤다. 시아버지가 돌아가시자 남편은 시 한 편 쓰지 못하고 큰 상실감에 빠져들었다. 사람

이 사람을 읽는 한데는 왜 '뗀뒤'라는 세포가 없은에가 기릇밨
수만 개를 한 번에 잃을 준비를 하는 나무의 일과 단 한 사람 잃
을 준비도 못 하는 사람의 일에 대해 생각한다.

시월의 마지막 토요일에, 이태원참사가 있었다. 나는 모든
일을 멈추고 낮달같이 몸져누웠다. 이 참담 앞에서는 슬픔이
견딜 수 있는 것이라는 게 이상하다. 애도라고 쓰고 떨켜라고
읽고 싶다.

한 사람에 대한 나뭇잎

김현

이라는 제목은
이소연 시인이 쓴 글을 보고 적은 것이다

그 글에는 한 사람이 등장하고
나뭇잎이 후두두 떨어져 내리지만
한 사람에 대한 나뭇잎은 쓰여 있지 않다

그 글은
10·29 참사를 몸으로 앓으면서 쓰였다

"나는 모든 일을 멈추고 낮달같이 몸져누웠다."

그 글은
세월호에서 돌아오지 못한 304명을 추모하기 위해
매달 마지막 주 토요일에 열리는 304낭독회 99번째 자리에

어제 대통령실에선
슬픔을 정치에 활용해선 안 된다는 말을 전했다

슬픔이 그 자체로 정치인데,
그렇지 않다면 어째서 수많은 시인이
슬픔을 시에 활용하겠는가

그 글에서 한 사람이 시인에게 묻는다

"시인이 생각하는 법이 궁금해요."

아마도 그 사람은
그 사람의 생각 속에서
시인은 후두두
떠오르지 않는 나뭇잎을 보면서
슬픔에 빠지는 사람이리니

그래서 나는
달력을 넘기다 말고
시간의 부드러운 융단에 떨어진
한 사람에
대한

나뭇잎을 주워 집으로 가면서
오래되었다고 넘겼다

사람처럼

어제 나는 한 사람과 이런 대화를 나눴다

발이 땅에 닿지 않으면 끝난 거래요
태아 자세로 웅크려야 된대요
그거 봤어요
이태원 참사사고 은마에서 또 터진다
진짜 쓰레기들 아니에요

물방울처럼

그 글에서 시인은
단 한 사람 잃을 준비도 하지 못하는
사람의 일에 대해 생각한다
시인의 머리에서 어깨에서
가슴에서, 저 끝에서
무릎에서 발등에서 떠오른 것이다
나뭇잎처럼

* 이 시는 김현 『장송행진곡』(민음사 2023)에 실렸다.

최지혜

2019년부터 작년까지 3년간 단원고등학교 국어교사로 일했다. 근무 기간 동안 어느 자리에선가 나를 소개할 때 학교 이름을 붙이면 듣는 이들의 표정이 미묘하게 달라지곤 했다. 내가 발령 받은 것은 참사 이후 5년이 된 시점이었는데도, 학교의 상황에 대해 묻는 이들이 많았다. 그들은 단원고, 라는 말을 듣는 것만으로도 가슴이 내려앉는다고 했다. 나 역시 마찬가지여서 발령 초기에는 단원고 교사로서의 역할에 대한 부담을 느낀 적도 있었다. 그러나 감정적 반응은 시간이 갈수록 흐려졌다. 그곳은 내게 일터이자 삶의 공간이었다.

단원고에서 세 번의 4월 16일을 보냈다. 첫해에는 대형 강당에서 기억식이 있었다. 유가족들과 교사들, 학생들이 모였다. 외부에서 온 취재진의 수도 많았다. 기억식이 끝난 후에는 아이들과 교실에 돌아와 동그랗게 책상을 붙이고 모여 앉아 리본을 만들었다. 아이들은 이야기를 들려주었다. 그해 열일곱이었던 아이들은 사건 당시 초등학교 5학년이었고 수학여행 시즌이었으니 경주로, 지리산으로 떠나던 중이었다고 했다. 그런데 여행이 갑자기 중단되었다. 선생님들이 큰 사건이 일어났음을 알렸고, 아이들은 부모로부터 걱정하는 전화를 받았다. 그날 이후 매일 저녁마다 TV 오른쪽 상단에 희생자 수가 늘어갔다. 믿기 힘든 매일이었다. 주변에 친구의 언니 오빠를 비롯해 희생자 혹은 유가족과 연결된 이들이 많았다. 그들은 이웃이었고 분향소가 있던 화랑유원지는 아이들이 가족, 친구와 함께 걷는 산책로였다.

이야기를 나누는 사이 리본은 충분히 많이 만들어졌다. 매년 4월 16일에 만드는 노란 리본은 낡은 리본을 새로 교체하기 위한 것이다. 학교 담장에는 일 년 동안 매달려 볕과 비와 바람을 맞으며 색이 바랜 리본이 달려 있었다. 반 전체가 교정을 돌면서 헌 리본을 떼어내고 새 리본을 달았다. 아이들은 남은 리본을 가방이나 필통에 달기도 했고, "쌤, 이거 가져가서 누구 줘도 돼요?" 하면서 주머니에 넣기도 했다. 오후에는 희망하는 아이들과 기억교실에 가면서 일정이 마무리됐다. 학교에서 기억교실로 향하는 원고잔공원 옆길에는 벚꽃나무가 심겨 있다. 사월 중순 그 길엔 벚꽃 터널이 드리운다. 일 년 중 가장 아름다운 때다. 나는 반 아이들 다섯 명과 벚꽃 길을 걸어 기억교실로 향했다. 아이들은 가다가 멈춰 서 사진을 찍기도 하고, 떨어지는 꽃잎을 잡아보려고도 했다. 등에 맨 가방에는 노란 리본이 흔들거렸다.

세월호의 슬픔을 가까이에서 접하며 자란 아이들에게 내가 어떤 이야기를 할 수 있을까. 막막하면서도 학교 전체 행사가 아니 교실 안의 추모 수업을 하고 싶었다. 수업을 기획하는 데는 우연한 기회에 304낭독회에 청자로 참여한 일이 계기가 됐다. 2018년 연희문학창작촌에서 열린 마흔아홉 번째 304낭독회였다. 낭독자들은 한 사람씩 소리 내 준비한 글을 읽었다. 단지 그뿐인데도 무언가를 나누고 있음을 분명히 느낄 수 있었다. 잠시 다른 시공간에 머문 것만 같았다. 슬픔을 나누기 위한 자리를 만들고 목소리 내기, 나는 이 특별한 경험을 교실에서 재현하고 싶었다. 우선 아이들과 함께 읽을 만한 글을 모아 자료집을 만들었다. 수업 전에 낭독자를 정한 다음 책상으로 큰 원을 만들어 둘러앉았다. 교실 안에는 조용한 가운데 낭독자의 목소리가 퍼졌다. 들으며 눈물을 흘리는 아이가 있었고, 그 옆에서 다독이는 손길이 있었다.

코로나19로 인해 온라인으로 기억식과 추모 수업을 했던 2020년을 지나 2021년, 아이들은 고3이 되었다. 인문계 고등학교의 고3은 감염 방지를 위한 등교 제한 지침에서도 예외로 매주 등교했다. 이들과 함께 4월 셋째 주에 기억을 위한 수업을 하기로 했다. 그리고 이번에는 작가들의 글을 읽기만 하는 것이 아니라 직접 써보기로 했다. 아이들의 시와 에세이에는 고잔동에서 유년 시절을 보내고 단원고 학생으로 살면서 느낀 바가 담담하게 드러났다. 나는 아이들이 쓴 글을 304낭독회에 전달하기로 했다. 내가 느꼈던 울림을 공유하고 싶었기 때문이다. 그렇게 2021년 6월 여든두 번째 304낭독회에서 아이들의 글을 낭독하게 되었다.

"여기저기에 4월 16일마다 세월호 행사가 생겨났다. 이날을 모르는 사람이 없을 정도로 큰 사건이었기 때문에 많은 사람들이 관심을 가지고 행사를 진행했다. 그런데 벌써 7년이나 지났고 많은 행사들이 사라졌다. 7년이라는 긴 세월 동안 유가족들은 얼마나 슬펐을까 하는 생각을 해본다. 숙연해진다. 세월호 사건에 무뎌진 사람들에게도 조금은, 아주 조금이라도 관심을 가져달라고 말하고 싶다. 단원고로 진학한 후 가는 곳마다 사람들이 물어보았다. '단원고…? 거기 괜찮아…? 세월호…'라는 말을 자주 들었다. 솔직히 듣기 싫었다. 왜 안 좋게 보는지. 괜찮은데, 기억만 해주지. 행사를 할 때도, '그거 아직도 해?'라는 말을 들었다. 자신들의 일이 아니라고 그렇게 말하는 사람들이 싫었다. 우리에게는 그날을 기억해주었으면 하는 바람이 가득 들었다."

— 2022년 졸업생 최유정 「잊을 수 없는 기억」 중에서

유정이의 글에는 "그거 아직도 해?"라고 물었다는 주변 사람들의 반응이 등장한다. 그밖에도 많은 아이들의 글에 "나는 단원고 학생이기 때문에 이런 자리를 가질 수 있지만…"이라는 표현이 자주 보였다. 나는 가슴이 아픈 동시에 계속해서 목소리를 이어갈 수 있는 자리가 필요함을, 그에 감사함을 느꼈다.

나는 아이들이 졸업할 즈음 출산을 했고 올해는 육아휴직을 해 학교를 떠나 있다. 고요한 가운데 4월을 보냈다. 완전히 달

혼자서 조용한 애도를 할 뿐이다. 유아차를 끌고 산책하던 중에 벚꽃을 바라보면서는 지아의 시를 떠올렸다. 올해도 고잔동에는 벚꽃이 어여쁘게 피었겠지 하고. 지아의 시에서 벚꽃은 사탕처럼 달콤하게 아름다우면서도 입안을 할퀴듯 아프다. 그토록 아름답고 아픈 대상에게 "따뜻한 햇살을 모아 찾아가"는 마음. 그 마음이 매년 피어나는 거리는 거기 그대로 있을 것이다.

"나는 우리 동네

따뜻한 햇살을 모아
찾아가네

영원한
어여쁜
나만의 벚꽃 사탕"

— 2022년 졸업생 신지아 「벚꽃 사탕」 중에서

글을 다시 열어보며 동그랗게 앉아 목소리를 낸, 손으로 꼭꼭 눌러 글을 쓴 아이들이 있었기 때문에 그 앞에 선 내가 있었음을 새삼 깨닫는다. 우리 슬픔을 나누자고 이야기한 나 때문이 아니라, 함께해준 아이들이 있었기 때문에 교실 안의 연대

가 가능했다. 나는 이제 교실 밖에 있고 다시 304낭독회에 목
소리 하나를 보탠다.

4월의 이름들, 10월의 이름들

신해욱

어느덧 8년이 지났다, 라고 쓰려 했다. 그런데 겨우 8년이 지났다.

벌써 100회가 되었다, 라고 쓰려 했다. 그런데 아직 100회밖에 되지 않았다.

아흔여덟 번째 304낭독회는 2022년 10월 29일 노원 더숲 갤러리에서 열렸다. 나는 그 낭독회에 참석하지 않았다. 4시 16분에 시작했을 테니 5시를 조금 넘겨 끝났을 것이다. 내가 참석하지 않은 낭독회, 불과 두 달 전의 낭독회로 이 글을 시작하게 될 줄은 몰랐다.

그날 밤 다시 대형 참사가 일어났다. 세월호가 침몰하던 4월을 떠올리지 않을 수 없었다. 2014년 당시 내가 살던 집은 이태원의 그 골목까지 걸어서 10여 분이면 닿는 거리에 있었다. '전원 구조' 자막이 뜨던 속보가 거실의 풍경과 함께 고스란히 되살아났다. 속보를 내보내던 TV의 위치와 비스듬한 각도, 건조대의 빨래, 사과 껍질과 초파리, 들떠 있던 마룻널 같은 것.

텀블러 계정에 올라온 10월 29일 낭독회의 원고들을 뒤늦게 훑어본다. "304명의 이름을 잘 부르는 일." 밑줄을 긋는다. 마지막 원고엔 304명의 이름이 들어 있다.

이 이름들을 또박또박 빠짐없이 부르는 목소리를 나는 2019년 7월 예순 번째 낭독회에서 들은 적 있다. 늘 사회를 맡던 양경언 님이 처음 낭독자로 나선 자리였다.

친숙해진 이름들이 있었다. 청와대로 가는 길목에 앉아 있던 유가족의 자녀들. 순범 엄마의 아들 권순범. 영석 엄마의 아들 오영석. 성호 아빠의 아들 최성호. 광화문광장에서 열린 첫 번째 낭독회에 앞서 우리는 유가족들을 찾아갔고 그분들이 가슴에 단 이름표를 보았다. 그리고 진도에서 만난 경주 엄마의 딸 이경주. 단식을 오래 이어갔던 유민 아빠의 딸 김유민. 내가 생일시를 써주었던 김호연. 세월호에서 돌아오지 못한 권재근. 권혁규. 남현철. 박영인. 양승진. 또 몇몇의 책자에서, 낭독회 자리에서, 언론 보도에서 접했던 이름들.

하지만 생소한 이름들이 더 많았다. 호명의 힘이 새삼스러웠다. 명단의 형태로 눈에 닿는 이름과 목소리에 얹혀 귀에 닿는 이름은 달랐다. 친숙해진 이름은 친숙해진 대로, 생소한 이름은 생소한 대로, 호명은 304라는 숫자로 환원될 수 없는 삶을 생각하게 만들었다. 많은 유가족 중엔 조용히 아이를 가슴에 묻고 싶은 이들도 있었을 것이다. 부재의 자리를 홀로 감내하려는 마음도 있었을 것이다. 또 이 많은 이름 중에는 챙겨줄 가족이 없는 이도 있었을 것이다. 친구가 없는 외로운 아이도 있었을 것이다.

호명이 이어지는 동안 공기에는 숙연함이 배었다. 참사가 일어난 지 5년, 그즈음으로서는 예외적인 일이었다. 낭독회 초기의 침통하고 무거웠던 분위기가 떠오른다. 한 문장에서 다음 문장으로, 쉽게 건너가지 못하던 낭독자의 숨소리. 어렵게 삼킨 침이 목구멍을 넘어가는 소리. 시끄러운 광화문광장에 애도의 결계를 치던 기타 소리. 모이고, 읽고, 떠올리고, 흩어졌다가 다시 모이기를 반복하는 사이 낭독회는 차분해졌고 때로 명랑해지기도 했다. 시간이 지날수록 낭독회는 기억의 끈을 만드는 장소가 되어가는 느낌이었다. 결이 다르고 농도도 다르고 표현 방법도 다른 제각각의 기억이 목소리에서 목소리로 넘어가고 이번 달에서 다음 달로 넘어가며 잇닿고 엮인다. 그 끈은 가늘게 이어지다가 느슨하게 엮이다가…… 문득 굵어지고 팽팽해지는 순간을 만난다.

304명의 이름에 귀를 기울이던 순간이 내게는 그랬다. 그리고 10월의 참사로 숨진 160명의 이름을 '알려고 해서는 안 되는' 지금 또한 그렇다. 겨우 8년이 지났다. 그때는 안산의 분향소에 사진과 이름이 있었다. 이번엔 이름마저도 정쟁의 도구가 되었다. '명단 공개' 여부가 논란이 되고 한 시민단체가 무리하게 공개를 강행하고 그에 대한 비판이 일면서 명단을 들여다보는 것 자체가 불순한 행위처럼 여겨지게 되었다. 11월 30일에는 2명의 사망이 더 확인되어 목숨을 잃은 희생자 수가 160명이 되었다는데 이 사실은 언론에서 제대로 보도되지도 않았다. "이름을 잘 부르는 일"의 소중함을 경험한 바 있어 이런 상황이 착잡하기 그지없다. 명단의 목록이 있기 전에 이름으로서의 이름이 있어야 했다. 이름 앞에서 추모하는 것은 자연스러워야 했다. 단순하고 당연해야 했다. 이름은 그 이름을 지닌 사람이 304명 중의 하나, 160명 중의 하나가 아닌 바로 그 사람이었음을 상기시킨다. 바로 그 사람이 우리와 함께 이 세계에 살고 있었다는 걸, 서로를 몰랐지만 모르는 채로 우리가 함께했다는 걸 깨닫게 한다. 304명의 이름을 부른 것처럼 언젠가의 낭독회에서 우리는 160명의 이름도 잘 부를 수 있을까.

2015년 7월 25일 열한 번째 낭독회에 참여했던 이만영 님의 말과 글이 떠오른다. 그가 낭독한 원고의 제목은 「두 개의 시간」, 부제는 '1993년 10월과 2014년 4월'이었다. 1993년 10월 그는 서해훼리호 침몰로 부모님을 잃었다고 했다. 22년 전 어린 유가족이어야 했던 자신의 이야기를 들려주며 "감정을 공유하기란 결코 쉬운 일이 아니라고, 아니 어쩌면 그것은 불가능에 가까운 일"이라고 했다. 공유할 수 있는 것은 감정이 아니라 기억인 것 같다고 했다. "우리의 눈물은 메마를 것이고 우리의 감정은 소실될 테지만" 기억을 공유한다면 애도를 지속해 갈 수 있을 것이라고.

4월이 소환했던 10월의 기억, 그리고 10월은 다시 4월의 기억을 소환한다. 10월에 대한 '사람의 말'을 더듬기 위해 4월로 되돌아가게 만든다. 얼마 전 내가 맡고 있는 수업의 한 수강생은 「4월의 벚꽃과 10월의 낙엽」이라는 시를 써 왔다. 그해 4월 15일 그는 고등학교 2학년이었고 제주에 수학여행을 갔고 옆 수련원에는 단원고 학생들이 들 예정이었다고 했다. 말로 제대로 꺼내지 못했던 그때의 심정, 그때의 상황을 지금은 어떤 식음 무는 써보려 한다고 했다. 기이이 끈비 나시 굶애시는 시산을 지나고 있다.

이 글을 쓰기로 한 것은 가을로 접어들 무렵이었다. 나는 304 낭독회에 대한 소박하고 소소한 이야기를 하고 싶었다. 가령 돌아가신 황현산 선생님이 두 번째 낭독회에서 낭독을 마친 후 사석에서 했던 말, "늙은 사람도 이런 자리에 끼워줘서 고맙다" 같은 거. 또 서른일곱 번째 낭독회가 열렸던 경의선 공유지의 장터에서 사 온 선인장이 다섯 살이 되었다는 거. 키우다 보면 팔이 돋을 거라는 말에 솔깃해서 사 왔는데 팔은 돋지 않고 키만 싱겁게 자라 그때는 손가락 한 마디 정도였던 것이 지금은 70센티미터에 가까워졌다는 거. 가늘게 길게 이어지며 그저 끊어지지 않는 것으로 족한 기억의 끈에 대해 이야기하고 싶었다. 그런데 2014년의 참사, 참사 후의 대처, 고인과 유가족을 조롱하고 힐난하는 말들이 똑같이 반복되고 심지어 더 악화되는 듯이 보여 8년 전의 무거운 마음으로 돌아가지 않을 수 없다.

10월 29일의 참사가 일어난 골목 앞에는 은행나무가 있다. 지난달 이태원을 찾았을 때 그 나무는 노란 잎들을 잔뜩 매달고 있었다. 도열한 다른 가로수들은 다 잎을 떨궜는데 그 나무만 잎사귀들을 붙들고 있었다. 바람이 불었고 추모객들이 두고 간 국화꽃 더미에 몇 장의 잎사귀가 떨어졌다. 그중 하나를 주워 책갈피에 넣었다. 다시 노란색이다. 노란 리본. 그리고 노란 은행잎.

선릉과 정릉

전욱진

마음을 앓는 사람과 함께 걸었다
살려면 먹어야지, 식당을 찾아서

옆의 사람이 오늘 밤 죽을까 봐
하루 종일 붙어 있을 작정이다
타고 있는 불을 숲에
내버려둘 수는 없었다

새들이 멀리 떠나고 있었다
나는 돌아오고 있다 말했다

그의 얼굴이 빛에 따라
조금씩 다르게 느껴졌는데
얘기는 하지 않았다
침묵이 편한 것만은 아니었고

우리는 아주 오래 이동한 거 같았다
사막에 사는 이들이 물과 풀을 찾듯

그때 어떤 나이 든 사람이 벤치에 앉아
삶은 달걀을 까서 먹는 모습이 보였다
그리고 아까 한 말, 살려면 먹어야지

삼켜야만 하는 다른 많은 죽음이
우리에게는 아직 더 많은 죽음이
준비되어 있다 거의 말할 뻔했다

다만 사랑하지도 미워하지도 말자
누군가 했던 말을 내가 꺼냈을 때
곁의 그는 몸에 불이 붙은 채
여름을 걱정하는 사람 같았다

왔던 길로 되돌아가는 동안
위에서 아래로 자꾸만
떨어지는 것들을 바라보며 너는
다시 태어나고 있다고 말했다

* 이 시는 전욱진 『선릉과 정릉』(난다 2024)에 실렸다.

사건 이후의 세계

백온유

2014년, 나는 안산에 있는 대학을 다니고 있었다. 강의실에서 수업을 준비하고 있을 때 누군가가 배가 침몰했다는 소식을 알렸고 너도 나도 휴대폰으로 뉴스를 확인했다. 무슨 정신으로 수업을 들었는지는 기억이 나지 않는다. 승객이 전원 구조되었다고 누군가 강의 중간에 전달했다. 나는 다행이라고 생각했다. 모두가 안도의 한숨을 내쉬었다. 집으로 돌아온 뒤 나는 혼자 밥을 먹다가 그것이 오보였다는 사실을 알게 되었다.

그날 이후, 등하교 길에서, 중앙역에서 거의 매일같이 유가족분들을 만났다. 때로는 더워 보이셨고, 때로는 추워 보이셨다. 나는 다가가서 말을 걸고 싶었다. 그리고 힘이 되어드리고 싶었다. 그러나 그런 마음만 있었고 실은 유가족분들을 스쳐 지나가는 수많은 사람들과 섞여서 나도 지나갔다. 어떻게 해야 할지 알 수 없었다. 친구들이 광장으로 나갈 때 함께했지만 시위에 참여하면서도 자신이 없었다. 겨우 이건가, 이것으로 충분한가, 겨우 이 정도가 내가 할 수 있는 전부인가 싶어 자책감동을 하기에 너무나 취약했고 불안도가 높았다. 나 하나도 감당하기 버거웠기에 어쩔 수 없다, 는 말로 내 자신을 다독였고, 이것이 최선이라고 스스로를 설득시켰다.

그러나 몇 년이 지나 작품을 발표하자 수많은 사람들이 내게 말했다. 사건 이후의 세계를 그리는 작가라고. 정말 그러한가? 나는 내 자신에게 물었다. 정말 그런 말을 들을 자격이 있는지. 작가와의 만남 행사에서 질의응답을 하는 시간에 세월호를 의식하고 쓴 작품이냐는 직접적인 질문도 독자에게 여러 차례 받았다. 솔직히 말해 소설을 쓸 때 세월호를 떠올린 적은 단 한 번도 없었기에, 나는 세월호 생존자뿐만 아니라, 수많은 사건을 거치고 살아남은 생존자를 생각하고 쓴 글이라고 두루뭉술하게 말했다.

의식적으로 계획하고 쓴 작품은 아니었다. 그래서 그렇게 대답을 했지만 내 대답이 석연치 않다는 것을 스스로도 알고 있었다. 왜냐하면 나의 무의식은 언제나 그 곳에 머물러 있다는 것을 어렴풋이 알고 있었으니까. 세월호의 영향권 아래에 있는 내가 쓴 글이니 읽는 이로 하여금 그 시기를 떠올리게 할 수밖에 없었을 것이다.

하지만 나는 부정하고 싶었던 것 같다. 나는 고통스러운 기억에서 벗어나고 싶었다. 무력했던 기억, 그저 뉴스만 보고 발을 동동 구를 수밖에 없었던 시간들, 희생자들의 사진이 끝없이 걸려 있던 분향소, 모든 것이 무의미하게 느껴지는 삶, 그리고 살기 위해 어떻게든 의미를 찾으려 안간힘 썼던 나의 20대를. 의연한 척했지만 여전히 내가 그 시기로부터 단 한 발자국도 앞으로 나아가지 못하고 있다는 사실을 아무에게도 들키고 싶지 않았다. 그래서 아주 잠시, 세월호와 무관한 사람인 척, 사건 이후의 세계는 내 소설 테마의 일부에 불과하다는 식으로 부정했던 것이다.

우습지만 나는 출간한 후 내 소설을 제대로 읽어본 적이 손에 꼽는다. 오탈자를 찾으려, 강연을 준비하려 펼쳐본 게 전부다. 그럴 때는 작품을 본 것이 아니라 글자를 확인한 것에 불과했다. 나는 내 작품 속으로 들어가고 싶지 않았던 것이다.

애도의 사전적인 의미는 사람의 죽음을 슬퍼한다는 것이고, 정신분석학적 의미로는 자신에게 의미 있는 대상을 상실한 후 마음의 평정을 회복하는 정신 과정이라고 한다. 나는 늘 제대로 애도를 하고 싶었는데 어떻게, 어느 자리에서 어떤 형식으로 애도를 해야 하는지 몰랐고 그래서 앞으로도 나의 감정은 그저 대충 마음에 묻어두고 사는 수밖에는 없을 것 같았다. 내가 어설프게 어영부영 살고 있는 것과 마찬가지로.

그러나 낭독회를 준비하면서 내가 쓴 글을 다시 읽어보게 되었고 왜 사람들이 내 작품에서 그 사건을 떠올리는지 이해하게 되었다. 나는 제대로 된 애도를 할 수 있을 것 같다는 생각이 처음으로 들었다.

마주 보려 한다. 내가 외면했던 그 시간과 수많은 얼굴들을. 함께 기억하는 사람들이 있기에 용기를 가져보려 한다. 떠올려야 회복할 수 있기에, 다시 햇볕 속으로 나아갈 수 있기에.

『유원』中에서

그날 이후, 이전에 나를 몰랐던 사람들조차도 기적적으로 살
아남은 나를 위로하고 축복했다. 그러나 그들은 내가 웃을 때
면 생전 처음 보는 풍경처럼 낯설어하고 약간 의아한 눈으로
바라보았다. 내 행복을 바랐다면서도 막상 멀쩡한 나를 볼 때
면 워낙 뜻밖이라 어떻게 반응해야 할지 알 수 없다는 듯 당황
했다.

(중략)

사건 이후 이사를 하느라 동네를 옮기기는 했지만 그래 봤자
지하철로 따지면 두 정거장 정도밖에 안 되는 거리였다. 단 한
번도 다른 지역에서 살아본 적 없는 엄마와 아빠는 그리 대단
한 결단을 내리지는 못했다. 식당을 두고 갈 수는 없었다. 생계
를 위해서는 어쩔 수 없었다. 엄마 아빠는 그렇게 판단했던 것
같다.

아주 가끔 지역 커뮤니티에 '이불 아기'의 근황을 묻는 글이
올라왔다. 얼마 전에도 내 기사를 링크로 걸어두고 이 아이가
잘 지내고 있는지 무사한지 궁금하다는 게시물을 보았다. 구김
살 없이 예쁘게 자랐으면 좋겠다는 그 글에 누군가가 단 댓글
을 봤다. 같은 학교에 있는데 그 아이는 어릴 때 얼굴 그대로 컸
다고, 활발해 보이지는 않고 약간 내성적인 성격 같지만 별문
제는 없어 보인다고, 성적이 좋고 얼마 전에 대회에 나가 상장
도 받았다고, 나의 근황을 놀랄 만큼 상세히 알려주었다. 나는

놀랐다. 같은 반 아이가 쓴 것일지도 몰랐다. '별문제는 없어 보인다.' 그 애 눈엔 그렇게 보였을까.

그런데 정말 내가 어떻게 살고 있는지가 궁금해서 글을 올린 걸까? 내가 어떤 결함을 안고 사는지, 그 성장 과정이 얼마나 다사다난한지 궁금해서는 아닐까?

십이 년 기사에는 '희망'이나 '기적'이나 '빛' 같은 단어들이 자주 등장한다. 세계 전체에 희박한 것들을 굳이 내게서 찾으려는 시도가 폭력적으로 느껴진다.

(중략)

죄책감의 문제는 미안함으로만 끝나는 것이 아니라 합병증처럼 번진다는 데에 있다. 자괴감, 자책감, 우울감. 나를 방어하기 위한 무의식은 나 자신에 대한 분노를 금세 타인에 대한 분노로 옮겨 가게 했다. 그런 내가 너무 무거워서 휘청거릴 때마다 수현은 나를 부축해주었다.

손유미

저는 인천에 제 몸을 두고 있습니다.

인천은 해가 지는 도시죠. 그래서 인천에 제 몸을 두면 동서 남북의 감각이 선명해지고 해가 지는 방향을 알 수 있고 때때 로 운이 좋으면 지는 해와 눈을 맞출 수도 있고.

해가 지는 도시에서 지는 해는 자랑인지라 팔기도 합니다. 그 래서 사기도 합니다. 2년 전 이맘때 인천으로 놀러 온 친구들 과 함께 연안부두에서 출발해 낙조를 보고 돌아오는 여객선을 탄 적이 있습니다. 금어호라고 금색의 붕어빵 모양의 여객선인 데, 마치 시간을 거꾸로 돌린 듯 여객선 내부는 노래방 기계와 예전 노래방 스타일의 벨벳 의자가 놓여 있었고 저와 친구들을 제외하곤 모두 중년 이상의 승선객들이었죠. 어쩐지 좀 다 시 트콤 같았고 그런데 그런 게 좀 재밌고 그랬습니다. 그랬는데.

출발을 앞두고 우린 좀 진지해져야 했습니다. 그저 어느 친절한 중년의 여객선 직원 같던 분은 출발에 앞서 모두를 주목시키고, 더는 웃지 않고 이 배에서 우리가 할 수 있는 일과 해서는 안 될 행동에 대해 설명했습니다. 비상시 노약자를 우선으로 한 대피 요령과 비상문과 구명조끼의 위치 등에 대해 정확하게 설명했습니다. 그리고 우리에게 우리도 알고 있는 사실에 대해 알렸죠. 인천은, 여기 연안부두는, 정확히 인천항연안여객선터미널은 세월호가 출항한 곳이고 우리는 그로부터 자유로울 수 없는 사람들입니다. 그리고 저기 보이는 저 배가 세월호 이후 긴 공백을 뒀던 인천발 제주행 배가 될 것입니다. 다시. 저기 저 배가 세월호 이후 배가 될 것입니다. 다시. 저 배가… 그러니 우리는 더 잘 알아야 합니다.

기억이 있어야 할 자리에 기억을 두고 무심히 무던히 제 몫하기.
그러다 때때로 기억의 정면과 마주치기.
그로써 기억이 있어야 할 자리에
기억과 함께 있는,

공통된 상실감
공통된 부채감
공통된 책임감
공통된 죄책감…… 이라 말하기도 어려운 감각들을 발견할 때,
그 감각들이 부지불식간에 팽창해 우리를 사로잡을 때,

슬프고. 슬프나 이 슬픔을 함께하는 사람이 있네요. 그게 위안되고. 그러면서도 이 슬픔과 위안에 화가 나서 누구에게라도 대거리하고 싶어집니다. 함께하는 사람, 당신도 그렇습니까? 누구에게라도 대거리하고 싶어질 때가 있습니까?

해는 지고 낮 동안 흘렸던 땀은 식으며 끈적하네요.
슬픔이 식은 후 마른 자리처럼.
그 자리에서

눈을 맞춰요. 나, 당신 그리고 기억과. 기억의 눈을 바라보는 건 언제나 어렵지만 해야죠. 제 기억의 몸을 제자리에 둡니다. 제 옆에 무수히 많은 기억의 몸이 있다는 걸 믿어 의심치 않으며.

사회자

오늘은 4월 16일입니다.

다 같이

○○○○* 번째 4월 16일입니다.

사회자

이렇게 모여, 우리는 사람으로 돌아가는 꿈을 꿉니다.

다 같이

목숨이 삶으로, 무덤이 세상으로, 침묵이 진실로 돌아가는 꿈을 꿉니다.

사회자

이렇게 모여, 우리는 사람의 말을 이어갑니다.

다 같이

떠오르도록, 떠오를 수 있도록, 사람이 사람에게, 사람의 말을 이어갑니다.

---

* 2014년 4월 16일 이후로부터 낭독회 당일까지의 일자를 센 횟수가 들어갑니다.

사회자

이유를 알고, 책임을 묻고, 참사가 반복되는 걸 막아야 합니다.

다 같이

세월호 미수습자 모두의 귀환을 염원합니다. 철저한 진상규명을 요구합니다. 모두의 이름으로 명령합니다.

사회자

함께 대답을 들어야 합니다.

다 같이

그때까지 멈추지 않겠습니다.

사회자

끝날 때까지 끝난 것이 아닙니다.

다 같이

끝날 때까지 끝내지 않겠습니다.

* 이 글은 매회 낭독회가 끝날 때 참석자들이 다 같이 읽는, 닫는 글입니다.

대담

읽고 쓰기에 담긴 힘을
믿는다는 것

김현
양경언
황정은

2023.11.2.(목) 오후 5시 서울 마포 창비서교빌딩

김현　　　대담을 준비하면서 오랜만에 모 포털사이트의 '○○모임'에 들어가봤다. '용산참사'와 '한예종/문화예술위원회사태' '4대강사업' '세월호참사'로 이어지는 게시글을 다시 읽으니 잊고 있던 것들이 기억나고, 가물가물한 것들이 조금씩 선명해졌다. 세월호참사와 관련해 처음으로 글이 올라온 건 2014년 8월 25일이었다. '긴급 제안드립니다'라는 제목의 게시물로 "다급하고 절박한 마음으로 사발통문을 돌립니다. 함께 모여 논의를 시작해주시길 동료 작가 여러분들께 간곡히 호소합니다. 급박하지만 아무것도 계획되어 있는 것은 없습니다"로 끝나는 '협동의 글'이었다.

　이후에 올라온 회의록들을 보니 그로부터 이틀 후인 27일 수요일 19시, 공간 '시민행성'에 스물다섯 명의 작가가 모였고, 긴 논의 끝에 글을 써서 현장에서 의사를 표현하는 '긴급행동'을 추진하기로 했다. 그렇게 한 줄 문장을 모으고 긴급행동을 계획하는 동안 두어 차례 더 회의가 이어졌고, 그때 세월호에서 돌아오지 못한 304명을—한 명 한 명을—기억하기 위한 낭독회를 매달 한 번씩 304번을 이어갈 것을 다시금 결의했다. 그런 과정을 거쳐 9월 20일 오후 4시 50분, 광화문광장에서 '긴급행동—첫 번째 304낭독회'가 열렸다. 그로부터 10년, 304낭독회는 여전히 진행 중이다.

<u>황정은</u>　나도 잊고 있었는데 이야길 들어보니 당시 기억이 난다. 내게는 당시의 인터넷 커뮤니티보다는 '작가선언6.9'라는 이름이 익숙하다. 2009년 용산참사가 일어난 해에 작가들이 뭐라도 해보자고 모였다. 성명서도 발표하고 용산참사 현장인 남일당 건물 근처에서 릴레이로 일인 피켓 시위도 했다. 나는 문단 모임에 거의 참석하지 않아서 그 장소를 통해 시 쓰고 산문 쓰고 비평 쓰는 작가들을 처음 만났다. 다들 열심히 했는데 모임 차원으로는 끝까지 함께하지 못했다. '작가선언6.9'가 현장 시위를 중단한 이후로도 남일당을 찾아가 피켓 시위를 이어간 작가들이 있었지만, 아무것도 해결된 것이 없는데 우리가 현장을 빠져나왔다는 좌절감, 부끄러움, 부채감 등등이 있었다. 내게는 그랬다. 이후로 그 커뮤니티가 거의 동면에 들어가지 않았나. 그러다가 2014년에 회문이 돌았다. 그 커뮤니티를 다시 활성화한다는 연락이었다. 세월호 사건이 일어나고, 방송국 사장이 망언을 하고, 유가족이 항의하러 청와대 방향으로 갔다가 청운동 동사무소 앞에서 고립된 즈음이었다. 김현 시인의 언급으로 당시가 다시 떠오른다. 기분이 묘하다.

무엇보다 오늘 이 자리에서 김현 시인, 양경언 평론가를 만나 반갑다. 기쁘고 고맙고, 그러면서도 두렵다. 나는 두 가지 이유 때문에 이 자리에 왔다. 304낭독회를 향한 부채감, 그리고 두 분(김현, 양경언)이 내가 만난 사람들 중에 가장 다정한 사람들이기 때문이다. 오늘 이 자리가 다정하게 안부를 묻는 자리, 이야기를 나누는 자리가 되기를 바란다.

목으로 304낭독회의 108번째 행사를 치렀다. 행사를 마치고 거기 모인 사람들이 돌아가면서 한마디씩 했다. 사는 얘기도 하고, 어떻게 참석하게 됐는지 얘기도 했다. 그중 어떤 분이 자기가 낭독회에 오기까지 고민이 무척 많았는데, 그 자리를 권한 시인 친구가 "그런 시 안 읽어도 돼. 그런 자리 아니야"라고 이야기해줘서 참석할 수 있었다고 말했다. 그 말이 인상적이었다. '그런 시' 혹은 '그런 자리'라는 건, 이 자리를 사람들이 평소에 복잡한 마음을 가지고 바라보고 있다는 걸 보여준다. 낭독회 자리까지 가는 데에 너무 많은 생각을 하게 되고, 또 낭독회의 주제가 사회와 연결된 문학이라면 어느 정도 무게감이 느껴지는 것도 사실이다. 낭독회 행사장에 들어서면 많은 이들이 자동적으로 조심스러워지면서 예의를 갖추는 모습을 보인다. 그러다가도 아, 내가 겁낼 자리는 또 아니구나라는 걸 알게 된다.

　작년 10월의 304낭독회, 그날의 날짜는 잊어버릴 수가 없다. 10.29 이태원참사 날, 바로 그날이었다. '2022년에는 10월 29일에 낭독회를 했었지'라는 생각을 종종 하곤 한다.

김현　　당연하게도 지난달 28일에 열린 108번째 낭독회에서도 10.29 참사와 연관된 이야기들이 많이 나왔다. 다시 2014년으로 돌아간 것 같다는 느낌을 받은 분들도 있었다. '무엇도 제대로 밝혀지지 않고, 누구도 처벌받지 않음'이 반복되고 있다는 생각을 떨칠 수가 없어서일 것이다. 그날 낭독회 제목이

'우리도 여기에 계속 있다'였는데, 모두 그런 마음, 다짐으로 그 자리에 있었을 것이다.

황정은　　그럴 것 같다. 내 주변에도 10.29 참사 이후로 어려운 시간을 보내는 사람들이 있다. 기시감이 있지 않나. 세월호 사건과 바로 연결된다. 내 경우엔 '또 이런 일이 벌어졌다, 십 년 동안 내가 목격만 했다, 무력하게 목격만 했다'는 자각이 있었고 그게 무척 견디기 어려웠다. 이 사건을 보고 세월호 유가족들이 느낄 충격도 짐작했던 것 같다. 다시 겪고 계시면 어쩌나, 그런 걱정 때문에 마음이 힘들었다.

　10.29 참사 1주기를 맞아 세월호 유가족이 10.29 참사 유가족에게 쓴 편지가 있다. '4월의 엄마가 10월의 엄마에게'라는 제목이다. 10.29 참사 1주기가 다가오니까 당신들의 1주기를 떠올리면서 쓴 편지글인데, 1주기가 돌아올 무렵에 두 달 전부터 집 밖으로 못 나갔다는 이야기가 있다. 정말 마음이 아팠다.

양경언　　304낭독회가 2022년 12월과 2023년 1월 두 달에 걸쳐서 100회를 진행했다. 12월 100회 자리에 참여한 이들 중에 2014년 2회에 참여했던, 당시 중학생이었던 박진휘 님이 계시다. 그분이 성인이 돼서 지금은 싱어송라이터로 등장해서 그날 기꺼이 공연을 해줬다. 그 자리에서 박진휘 님이 눈물을 보였고, 많은 이들이 함께 울었다. 중학생 때는 정말 영문도 모르는 상황에서 그 사건을 맞닥뜨렸다고 했다. 2014년에 낭독한 글 속에서는 언니오빠들이 그렇게 된 것에 대해서 왜 그 이유

글 ㅅㅣㅅㅣㄴㅣ 끌ㅌㅏㅅㅣ 하ㄴㅡㄴ지 외아해ㅆㄴㅡㄴ데, 본인이 이게 20대가 되고 또래 친구들이 10.29 참사라는 똑같은 상황을 맞이하니까 많이 슬프다고 이야기했다.

황정은   세월호참사에서 10.29 참사까지는 공백이 아니다. 징검다리 같은 사건들이 계속 있지 않았나. 지난 9년 동안. 세월호에서 사망한 학생들이 만약 생존해 나이를 먹었다면, 하고 가정하게 되는 사건들. 구의역에서 사망한 김군, 태안화력발전소에서 사망한 김용균 씨, 이런 사건들이 이어졌다. 젊은 세대가 느끼는 환멸이 있을 것이다. 비용을 줄이려고 목숨에 값을 매기고 그중에 제일 저렴한 값으로 사람을 자꾸 죽이니까, 우리 사회가.

양경언   장소의 문제도 도드라진다. 이를테면 수학여행 같은, 일상에서 벗어난 자리에서만 특별히 사건이 벌어지는 게 아니라, 노동을 하는 현장에서, 공부하는 학교에서 계속 위험한 상황이 빚어지고 있다. 삶의 터전 자체가 이렇게 전방위적으로 내가 예상하지도 못한 상황에서 무너지고 터지니까 자기가 살고 있는 세상에 대한 신뢰 자체가 사라지는 상황에 놓여 있구나 생각한다.

황정은   사건이 일어나고 잘못한 이들이 있으면 책임을 져야 하는데 우리 사회엔 그게 별로 없다. 진상규명이 없으니 책임지는 사람도 없다. 책임 주체를 사회가 끈질기게 호명하는 일도 드물고. 구조 때문에 벌어진 사건인데 '재수 없어서' 개인이 겪은 일이 된다. 당사자들을 지독한 상처 속에 내버려두고 시간이 흐르기만을 기다린다. 마음 복잡해지기 싫으니 참사 유가족이나 생존자 이야기도 접하지 않으려 한다. 이런 분위기에서는 혐오도 쉽다.

최근에 10.29 참사 생존자인 김초롱 씨를 만났다. 『제가 참사 생존자인가요』(아몬드 2023)를 쓴 저자다. 당사자가 상담도 받고 개인적으로 노력도 해서 어느 정도 회복이 된 것 같아도 사회적 인식이 나아진 게 없으면 어렵게 받은 치료가 다 물거품이 된다는 이야기를 들었다. 나는 세월호참사와 10.29 참사 사이에 우리 사회가 나쁜 걸 더 학습하고 강화했다는 생각도 든다. 참사에 관심을 가진 사람들은 계속 무력감을 느끼게 되고, 관심 없는 사람들 중에 어떤 이들은 더 악의적으로, 더 뻔뻔하게 무관심을 유지하려고 든다.

그렇지만 우리가 이런 얘기만 할 수는 없지. 비관을 간직하고도 낙관 쪽으로 움직이는 사람들이 있지 않나. 그런 사람들 덕분에 세상이 조금씩 나아지기도 했고. 조금씩이라도 뭔가를 하는 건 늘 중요하다. 이제 10년 역사를 갖게 된 304낭독회도 그런 맥락이라고 나는 생각한다.

양경언 내가 대학에서 20대 초반 청년들을 만나는 자리에서 일을 하고 있다는 게 행운이라는 생각이 든다. 며칠 전에 교내에 대자보가 붙었는데 10.29 참사에 대한 내용이었다. 세월호 때와 이태원 때가 달라진 것이 없다, 우리는 그 분노를 갖미로웠던 것이 윤석열 정부 이야길 하면서 "참사 당일 윤석열은 박정희한테 간 주제에"라고 쓰여 있었다. 그 '주제에'라는 표현을 보면서 나는 뭔가 '고양'되는 느낌을 받았다. (다 같이 웃음)

황정은   왜 '고양된다'는 느낌을 받은 건가.

양경언   그레타 툰베리가 기후위기 시대에 맞서 무책임한 어른 세대를 향해 "어떻게 감히 이럴 수 있느냐"고 표현하지 않았나. 표현은 과격한데 제대로 책임을 촉구하는 말이다. 그 말이 확 터져나오면서 시적으로 느껴지는, 흥분된 상태에서 적재적소에 욕을 꽂는 듯한 에너지가 느껴졌다. 그걸 보면서 확 나도 정신이 차려졌다. 지금의 20대들은 세월호참사로 10대를 보내고 20대 때 10.29 참사를 겪으면서, 또한 자신의 일터나 사회 곳곳에서 죽음의 사건들을 거치면서 오히려 그 일들을 맞닥뜨리는 한가운데서 스스로 살아내고자 하는 힘이 있구나 생각이 들었다.

황정은   304낭독회 이야기를 이어보자. 2014년 9월 20일, 첫 번째 낭독회가 어떻게 치러졌는지를 양경언 평론가가 본인의 책(『안녕을 묻는 방식』, 창비 2019)에서 정리해준 적이 있다. 그 뒤로 낭독회가 어떤 방식으로 치러졌는지, 또 그런 방식을 선택한 이유도 들려주었으면 한다.

양경언 준비 과정과 관련하여 이 자리에서 꼭 얘기했으면 하는 내용 중 하나는 낭독회를 시작할 때 읽는 글('○○ 번째 낭독회를 시작하며')하고 마지막에 '함께 읽는 글', 이 글들이 우리의 협동적 창조에 의해서 지어졌다는 것이다.

황정은 협동적 창조. 맞다. 누군가의 문자가 공유되면 그 문자에 다른 사람이 계속 덧대고 다시 쓰고, 그렇게 글이 바뀌었다.

양경언 촛불을 맞이하는 과정이나 이후에 정권이 바뀌는 상황이 반영되기도 하고, 또한 그 글을 쓰는 사람에 따라 말법 같은 게 조금씩 바뀌었다. '함께 읽는 글'도 첫 낭독회 당시 한 사람씩 내놓은 문장을 조합했고 거기에 회를 거듭하면서 일꾼들이 붙어 꾸준히 다듬어온 글이다. 그래서 중요한 글인데, 낭독회를 열고 닫을 때마다 늘 등장하다 보니 어떤 분들은 그걸 같이 읽는 과정이 무척 종교적이라고 말하기도 한다. 어떤 때에는 그런 종교적 고무 같은 감정이 필요하다고 본다.

최근 10.29 참사 이후 '시작하는 글'에는 '우리는 이럴 때일수록 믿을 것이다. 계속 읽고 쓰고 듣는 행위에 담긴 힘을 믿을 것이다. 더 자주 서로의 곁을 살피며 각자의 문장으로 이 모든 과정을 지켜볼 것이다'라는 다짐도 덧붙여졌다. 이렇게 퇴고가 끝나지 않는, 계속 쓰여지는 글을 통해 낭독회가 열리고 닫힌다는 이야기를 하고 싶었다. 그런 공동 집필의 과정이 계속 진행되어왔다는 것, 지금도 멈추지 않고 수정되면서 이어진다는 것을 이야기하고 싶었다.

김현   앞서 '우리'가 낭독회를 어떻게 시작했는지는 간략하게 이야기했다. 그렇다면 나는 어떻게 낭독회를, 나는 왜 낭독회에 참여하고 있는지를 생각해보게 된다. 황정은 작가가 얘기해주었듯이 용산참사가 있던 2009년 6월 9일 191명의 시인, 소설가, 평론가가 이명박 정부의 국정 기조 전환을 요구하며 시국선언(6.9작가선언)을 했다. 이후 '6.9작가선언'은 느슨한 공동체가 되어(현재까지도 이어지고 있다) 여러 현장에 연대했고, 시민 교육의 차원이랄까, 공간 '수유 너머'에서 몇 차례 작가 특강을 기획하고 운영했다. 그때가 막 등단했을 무렵이었는데, 청탁은 없고 어디에서도 찾아주지 않아서 고민이 깊었을 때 그곳을 부러 찾아갔다. 그리고 그때의 인연으로 6.9작가선언의 일원이 되었다. 그 소속감이 굉장히 소중했다. 일꾼으로 활동하면서 작가가 글로서 그리고 글을 매개 삼아 누군가, 어딘가와 연대할 수 있음을 배웠고, 그게 글만 쓰며 사는 삶이 아니라 글을 쓰며 사는 삶에 든든한 뿌리가 되어주었다. 그런 의미에서 304낭독회에 각별한 의미를 두고 있기도 하다. 내가 '공동체의 감각'을 통해 얻은 것을 이제 막 등단한, 글을 쓰는 삶을 영유하고자 하는 사람들에게도 전하고 싶고 그 장이 304낭독회가 되어도 좋겠다고 생각한다. 그래서 실제로도 304낭독회는 작가와 시민이 함께 만들어가는 추모 낭독회이면서 동시에 작가들의 느슨한 공동체 역할을 하고 있다.

<u>황정은</u>   늘 궁금한 것이 있었다. 첫 번째 304낭독회가 광화문광장에서 열렸다. 세월호 유가족의 농성장 바로 앞에 우리가 거대한 원 형태로 서지 않았나. 한 사람이 한 문장씩 읽었는데 내 문장 남의 문장을 구별하지 않았고 누구든 중간에 낄 수 있었다. 당일에 지나가던 사람들도 '이게 뭐야? 뭐하는 거지?' 하고 끼어 섰다가 한 문장씩을 읽고 가곤 했다. 매우 느슨하게 열려 있었달까. 지금처럼 마이크를 고정해 무대를 만들고, 한 사람이 그 자리에서 낭독하고, 참가자들이 낭독자를 바라보는 낭독회 형식은 언제부터 시작되었나.

<u>김현</u>   2회 때부터로 기억한다. 1회 때는 '행동'에 방점이 찍혀 있었다면, 2회부터는 '낭독'에 방점을 찍으려고 한 것도 같다. 이런 낭독회 방식이 문학계에 자리 잡게 된 게 아마도 2009년 강제 철거 투쟁 현장이었던 홍대 두리반에서 열린 '불킨 낭독회'부터인 것 같은데, 그때 가장 문학적이지 않은 공간(철거 현장 투쟁)을 문학적 공간(낭독회)으로 바꾸는 것이 그 자체로 투쟁이 된다고 생각했고 그 정신을 세월호 추모 낭독회에서도 잇고 싶었던 것 같다. 그래서 낭독에 더 집중되도록 그때 그 형식을 그대로 가져온 것도 있겠고.

<u>양경언</u>   그 시기가 한창 광화문광장에서 유가족분들이 농성을 하고 있던 때여서 그분들의 농성 프로그램과 같이 갈 방식을 고민한 것도 하나의 이유였다. 낭독회를 마치고 유가족분들을 방문할 사람들은 그렇게 하자 하면서 이동했다.

황정은　광화문광장에 두 유가족 농성장이 있었고 청운동 동사무소에도 유가족 농성장이 있었다. 그래서 첫 낭독회를 광화문광장에서 시작하기 전에 작가들이 한 줄 문장을 모은 리플릿을 가지고 청운동 동사무소를 방문하기도 했다.

김현　광화문광장을 벗어나 낭독회 장소를 이곳저곳으로 옮겨 다녀야 하는 게 아닌가 하는 고민이 시작된 건 아마도 4회 때부터였다. 세월호 참사에 관한 얘기가 광장의 주변부로 퍼져 나가게 하는 다양한 방법에 관한 고민을 시작하던 시기였던 것 같고. 그래서 광장에서 시청으로, 시청에서 (마로니에) 공원으로, (고려대 생활) 도서관으로, 책방으로, 또 다른 농성장으로, 때론 식당(홍대 두리반) 등으로 갔다. 어딘가에서 낭독회가 열린다는 사실 자체가 투쟁이 되길 소박하게(?) 바랐다.

황정은　겨울이 막 시작될 즈음이라서 실내로 들어가자는 의견도 있었던 것으로 안다. 하지만 아무래도 첫 낭독회 형식이 더 많은 참여를 이끌어낼 수도 있었을 것 같다. 일꾼이나 참가자 중에 그 부분을 아쉬워하는 사람은 없었나?

양경언　사실 그런 고민은 매회 준비하면서 한다. 객석의 의자를 배치할 때마다 이야기가 나온다. 의자들을 동그랗게 배치하는 것은 어떠냐부터 해서 말이다. 그러니까 무대와 객석이 갈라지는 것이 괜찮은가라는 질문. 광장에서는 그 자체만으로 그렇게 할 수 있었는데, 그 뒤의 낭독회 장소들에서는 무대가 객석과 다른 자리가 되는 것을 일꾼들이 대부분 힘들어했다.

황정은   무대가 놓이면 서로의 얼굴을 보기가 어렵다. 무대를 바라봐야 하니까. 우리가 광장에서 원으로 서 있을 때에는 마이크가 옆에서 옆으로 옮겨 갔다. 그래서 어디든 틈을 낼 수가 있었다. 누구든 끼어들 수가 있었고, 고개만 들면 서로의 얼굴을 볼 수 있었다. 무대가 있는 자리에서는 그게 어렵다. 그 점을 나는 아쉬워했던 것 같다.

김현   무대와 객석이 있더라도 확연하게 나뉘는 무대와 객석은 아니었으면 하는 바람은 언제나 품고 있다. 낭독회 형식에 대한 고민은 늘 하게 된다. 최대한 무대와 단 없이 해보자는 말이 끊임없이 나온다. 장소의 특성상 어쩔 수 없이 뚜렷하게 무대와 객석이 나뉠 때도 있지만 그렇지 않을 때 최대한 경계가 없는 열린 공간을 지향한다. 불쑥 생각났는데 4회 때인가 실외에서 실내로 낭독회 장소를 옮길 때 길게 논의가 이어졌다. 우리만 따뜻한 데서, 라는 죄책감 같은 게 일어서였는데 결국은 더 많은 사람이 올 수 있는 곳, 이라는 의견에 조금 더 동의가 되어 그렇게 되었다.

황정은   맞다. 실외에서 실내로 들어간 당시의 고민과 논의를 기억한다. 304낭독회가 이제 10년째인데, 여전한 고민인가.

김현   여전한데 또 여전하지 않기도 하다. '하던 대로 한다'라는 기준을 두고 변화를 수고자 히기 때문이다. 일례로 '100번째' 304낭독회를 준비하면서도 더 많게, 더 크게, 더 넓게 이런 의견들이 오갔지만 결국엔 하던 대로 하되 더하기만 한다, 로 의견이 모아졌다. 그래서 100번째 낭독회는 하던 대로 그러나 서울과 안산을 이으며 2개월간 진행했다. 100번째 이후에는 조금 더 자유롭게 그리고 많은 사람이 오기 더 수월하게, 라는 취지에서 마지막 주 토요일 오후 4시 16분으로 고정되어 있던 시간도 자유롭게 하고, 형식도 낭독가 아니라 읽기 모임 등으로 변화를 주고 있다. 그러나 언제나 하던 대로, 라는 기준을 벗어나진 않는다. 그래서 하던 대로, 가 어떻게 하는 건데 묻는다면 적게라도, 작게라도, 좁게라도, 라고 말할 수 있겠다.

양경언　　팬데믹 시기에는 줌으로 낭독회를 치르면서 또 달라졌다. 줌으로 접속하면 사람들이 그냥 나가기가 민망해서 그랬는지 그날의 낭독회가 마무리되고 나서도 이런저런 안부를 나누는 자리가 만들어지기도 했다. 줌으로 여니 그전까지는 서울이 아닌 지역에서 거주하거나 시간이 맞지 않아 참여하지 못한 이들도 접속을 했다. 도리어 팬데믹의 한계가 다 같이 이야기 나눌 계기를 주었다.

황정은　　나는 줌으로 진행된 낭독회에 한 번 참여했다. 양경언 평론가의 말대로, 수도권 중심을 벗어날 수 있는 방법 중 하나 아닌가 싶었다. 매달 리플릿을 인쇄하는 비용도 있지 않나.

팬데믹이라는 한계 때문에 그 형식을 선택했지만 오히려 어떤 제약이나 한계를 넘어보는 기회도 될 수 있을 것 같았다.

어쨌든 304낭독회가 9년을 넘어 10년째 이어지는 동안 이렇게 길을 찾고 모색하면서 자생하는 공동체가 된 것 같아서… 미안하고 고맙다.

양경언   사실 이 낭독회를 304회까지 치르자, 끝까지 하자고 한 게 황정은 작가이지 않나.

황정은   그래서 제가 부채감이… 말도 못하게 크다. (다 같이 웃음)

양경언   당시 우리는 매일같이 여러 장소에 모여 대책을 논의했는데, 한번은 작가회의 사무실에서 모임을 가졌을 때 황정은 작가가 일어서더니 '우리가 왜 한 번만 해야 하느냐' '304회를 채워서 할 필요가 있지 않겠느냐'라고 했던 게 기억이 난다. 그래서 다들 동의하는 분위기였다.

황정은   일어서지는 않았다… 아무튼 그 이야기를 들으니 더 미안하다. 304낭독회는 내게도 중요한 모임이지만 부끄럽게도 나는 부지런한 참가자가 아니다. 물론 지금 304낭독회는 '처음에 누가 이걸 하자고 제안했는가'를 따질 수 있는 모임이 아니다. 그래도 내가 혼자 짊어지고 있는 빚이 있다.

당시 상황을 돌이켜보자면, KBS 보도국장이 세월호 사건을 교통사고와 비교한 발언을 했다. 그 말로 접힌 유가족들이 새벽에 버스를 타고 청와대 방향으로 갔는데 청운동 동사무소 앞에서 막혔다. 그래서 그 자리가 그대로 농성장이 되지 않았나. 당시 현장이 심하게 고립되어 있었다. 경찰이 완전히 둘러싸서 안에 갇힌 사람들에게 물건을 건네기도 어려운 상황이었다. 작가들이 그 안에 갇힌 유가족들과 어떻게든 연결되어보려고, 고립을 막아보려고 기존의 인터넷 커뮤니티를 다시 열고 모였다.

첫 모임에서, 아마도 최창근 극작가였던 것 같은데, 참석자 중에 누군가가 낭독회를 하면 어떻겠느냐는 제안을 했다. 그때는 많은 아이디어 중에 하나였는데 나는 집으로 돌아가서도 계속 그 생각을 했다. '왜 못 하지?' 한 달에 한 번으로 계산해보니 낭독회를 삼백네 번 치르는 데 26년이 걸리겠더라. '세월호에서 나오지 못한 학생들이 살았다면 2014년 이후 26년을 더 못 살았겠나. 그런데 사람들이 모여서 그 세월 동안 낭독회 하나를 이어가지 못하겠나.' 그 생각 때문에 잠을 잘 수가 없었다. 그래서 다음 회의 때 내가… 일어서지는 않았고 아마도 앉아서… 그 이야기를 했다. 그런데 벌써 10년간 이어져왔다니 마음이 이상하고, 많이 미안하다.

변명을 해보자면… 낭독회 자리에 가지 않게 된 계기가 둘 있다. 한번은 희생된 학생의 입장에서 '엄마, 아빠'를 부르는 글을 누군가가 썼고 현장에서 낭독한 적이 있었다. 내가 판단하기로는 매우 조심스럽지 않은 글이었는데 하필 그날 낭독회 무대가 광화문 세월호 농성장 앞이었다. 유가족 세 명이 지나가다가 그걸 들었고 잠깐 소란이 있었다. 그날 낭독회 마치고 돌아오는 길에 많이 괴롭더라. 우리가 이 낭독회에서 누구를 향해 말하고 있는가를 더 생각해보고 싶었는데 이런 고민을 밖으로 내놓지 못하고 혼자 곪았다.

두 번째로 어느 회차에 내가 약간 늦게 도착했다. 4시 16분에 시작되지 않나. 2분 늦어서 4시 18분이었다. 문을 열었더니 낭독회가 이미 시작되었더라. 스터디처럼 조용하게 집중하는 분위기였다. 안쪽으로 깊숙이 들어갈 수가 없어서 입구 근처 빈자리에 앉았다. 그런데 누가 내 어깨를 톡톡 두들기더니 이 자리에 주인이 있으니 자리를 비켜달라고 말했다. 깜짝 놀랐다. 내가 이 낭독회의 성격을 오해하고 있었다는 생각도 했다. 나는 304낭독회가 가지는 시위의 성격을 우선 생각했나 보다. 그런 집회에서는 자리가 정해져 있지 않다. 빈자리에 앉고 앞자리가 비면 또 그리로 이동하기도 하면서… 서로 빈자리를 채우며 움직인다. 예외는 있다. 유가족이 가장 앞자리에 앉는데, 그것 말고 정해진 자리는 없다.

양경언　말씀을 듣고 보니 당시 황 작가가 많이 놀랐을 듯하다. 왜냐하면 일꾼들이 나서서 자리를 지정하진 않았기 때문이다. 하지만 그 분위기가 어떤 것인지는 알겠다. 우리가 대략 10년 정도 하다 보니까 최근 들어 특정한 분위기가 만들어지기도 한다. 가령 낭독회에 대해서 잘 모르는 어떤 분들의 경우, 여기에서 낭독을 하면 취지와는 다른 의도로 활동을 할 수 있게 될 거라 여기기도 하지 않나. 그때마다 낭독회가 그러려고 만든 데가 아닌데 싶지만, 또 그렇다고 그런 참여를 막을 수 있나

295

싫기도 하나. 붙드신 나수가 함께히는 십회의 성격을 떠올렸을 때도 그렇고.

황정은 맞다. 막을 수 없다. 세상엔 이런저런 사람들과 동기들이 있다. 같은 일을 지금 겪으면 다르게 받아들일 것 같다. 그땐 내 소심한 마음에 결벽이 있었다.

김현 10년간 이어져왔으니 낭독회를 거쳐 간 정말 다양한 이들이 있다. 그러나 단언컨대 이 낭독회를 일종의 자기 드러내기의 자리로 여기는 사람은 그리 많지 않았다. 왜냐하면, 그렇게 한 번은 올 수 있어도 두 번 올 수 없는 분위기가 이미 형성되어 있기 때문이다. 그렇다고 일꾼들이 예의 주시하고 있다는 건 아니다.(웃음) 서로의 빈자리를 채우며 움직이는 낭독회, 라는 말씀이 304낭독회를 설명하는 그리고 동시에 일꾼들의 일을 하는 방식에 대한 설명으로 맞춤하겠다 생각이 든다. 또한 말씀해주신 그 '예외' 그것이 어쩌면 304낭독회가 잃지 않고자, 잊지 않고자 하는 정신이라는 생각도 든다. 자생하는 공동체로서 이런저런 모색을 해왔는데, 서울과 수도권을 벗어나 낭독회를 꾸리는 것이 무척 좋았다. 안산, 제주, 속초, 광주 등의 공간에서 진행했는데 그때마다 뭔가 또 지속할 힘을 얻었다. 지역에서 낭독회를 연다는 것은 기본적으로 어떤 환대로부터 시작하는 일인데 그 환대가, 열린 마음이 어떤 응원처럼, 연결처럼, 동행처럼 여겨졌다.

황정은   낭독회로 모여서 잊지 말자는 다짐을 나누기도 하지만, 애도를 끝내지 않기 위한 모임 아닌가. 낭독자들이 세월호 사건을 생각하며 글을 쓰는 과정에서 느끼는 부담감이나 자기 검열도 있을 것 같다. 예를 들어서 '우리가 이런 이야기를 웃으면서 해도 되나' 같은 반문. 하지만 각자의 애도 형식이 있을 것이다. 다양한 어조와 형식으로 다양한 이야기를 참가자들이 편하게 할 수 있는 자리가 되면 좋겠다.

양경언   우리가 그 애도를 통해서 되살리려는 게 뭘까를 계속 생각한다. 그냥 관성처럼 기억하자, 잊지 말자 말하는 게 아니다. 물론 그 사건 자체에 대해 정확하게 기억하고 의미화하는 게 무척 중요하고 아직까지 진상규명이 안 됐다는 게 너무 답답하다. 하지만 애도를 통해 결국 살리려고 하는 게 삶이라는 말을 향해 우리가 모인다는 것 자체 아닐까.

304명의 삶에 대한 생각 그리고 그들을 기억하면서 살아가는 이들의 삶에 대한 생각, 이런 것들이 모이고 만나서 이루어지는 이야기들이 있다. 그런 게 사실은 애도이고, 우리는 그 길로 가려는 것 아닌가 싶다.

황정은   나는 애도라는 것이 늘 처음과 같을 수는 없다고 생각한다. 알맞은 과정을 거치면 애도는 다른 것이 된다. 다시는 이런 일이 일어나지 않기를 바라는 마음, 혹은 기도가 되기도 하고. 그래서 삶 '속에' 애도가 있다. 애도가 삶보다 크면 어떻게 되겠나, 그런데 사건이 벌어졌을 때 진상이 규명되지 않고 책임을 명확히 하지 않으면 남은 사람들은 애도를 끝낼 수 없다. 국가와 사회가 애도를 끝낼 기회를 주지 않는데 어떻게 애도를 끝내나. 삶이 애도가 되어버린다. 책임 있는 모든 사람이 당사자들에게 저지르는 가해다. 나는 이게 세월호참사와 10.29 참사의 생존자들, 유가족들에게 한국 사회가 저지른 일이라고 생각한다.

이제 책에 대한 이야기를 해보자. 나는 책에 수록된 글을 아직 다 읽지 못했다. 목차를 보는 것만으로도 마음이 아파서. 10년간 쌓인 원고와 마음 들이다. 두 분은 어땠나. 책으로 묶을 글을 고르면서 어떤 생각을 했는가.

양경언   그저 낭독하는 용도로 쓴 글들이다. 사실 책을 내자는 제안이 이전에 몇 차례 있었는데, 그때마다 거절했던 맥락에는 '이 글들은 낭독의 용도만으로도 충분하다'는 판단이 있었다. 이번에 그래도 다들 해보자고 이야기가 나왔던 맥락에는 10주기를 맞이하면서 유가족들만 그 10년을 겪은 게 아니고 우리가 같이 있다는 걸 이야기하고 싶다는 게 있다. 독자들의 시각에서는 유가족이 고립돼서 싸운 게 아니라는 걸 읽어낼 수 있을 것이다. 결국 이 낭독회가 지속될 수 있는 맥락 중에 중요한 것은, 유가족분들이 계속 이야기하고 있다는 사실이다. 이분들의 이야기가 있기 때문에 낭독회도 계속된다.

김현   책 출간 제안을 여러 번 받았는데 그때마다 가장 먼저 생각했던 건 역시나 유가족분들이다. 그분들에게 혹시가 폐가 되는 게 아닐지 조심스러웠다. 그래서 여러 번 고사하기도 했고. 이번에도 크게 다르진 않았는데, 황정은 작가님 말씀처럼 이번엔 예외적으로 세월호 유가족분들이 앞자리에 있었고 앞장서고 있었다. 그렇다면 우리도 뒤에 서서 따라갈 수 있겠다 생각했다. 아울러, 개인적으론 만들게 될 책에 작품만 덜렁 있는 게 아니라 일꾼과 낭독회 참여자들의 소회 같은 게 꼭 있었음 하고 바랐다. 그래야 '예전에' 쓰고 발표한 작품들에, 그리고 10년을 이어온 낭독회에 현재성과 현장성을 부여할 수 있지 않을까 생각했다. 또 한 가진, 세월호 추모를 위한 책이지만 그 안에 10년간 있었던 다양한 사건들, 젠트리피케이션, 산업재해, 미투 운동, 기후위기 문제 등을 상기할 수 있는 목소리가 담기기를 바랐다. 실제로 304낭독회가 그런 자리이기도 했고.

황정은 이 책에 실린 글을 한번 쭉 읽는 것만으로도 우리 사회가 겪어온 자리들을 짚어볼 수도 있을 것 같다. 낭독 원고들의 주제가 보여온 변화에 대해 덧붙이고 싶은 이야기가 있나.

양경언 초반 원고들에는 '그때 나는 어디에 있었나'에 대한 고민이 많이 녹아 있다. 그 시기에 등장하지 못했던 단어들이 있다. 이를테면 '바다'. 이 말을 하려는 순간 목이 메는 분들이 많았다. '수학여행' 같은 표현도 너무 힘들어했다.

그러다가 최근에는 '그때 나는 어떤 감정이었나'에 대한 얘기들이 좀 더 많아졌다. 그 슬픔의 감정이라고 하는 것도 여러 언어로 표현될 수 있음 셈이다. 내가 슬퍼하는 감성을 민감히 고 승인하는 것도 초반에는 '내가 그래도 되나' 같은 생각이 무척 셌기 때문에 우리가 어떤 감정을 갖고 이 사건의 곁에 있는 지에 대해서 터놓고 드러내는 걸 힘들어했다. 그에 반해 요즘에는 자신이 어떤 감정이었는지를, 그 감정의 색채를 어떤 식으로 입히고 있는지의 문제로 이동하는 작품들이 조금씩 보인다.

김현 　양경언 평론가가 낭독한 글을 언급하고 싶다. 희생자 304명의 이름만이 적힌 글이었고 그걸 쭉 읽었을 뿐인데도 울림이 컸다. 후에 그 글에 잘못된 이름이 있다는 걸 알게 됐고 이를 고쳐 쓰게 되었는데 그 과정 자체가 304낭독회에 대한 은유처럼 여겨지기도 했다. 이름을 바로잡는 일이 그저 각자의 이름을 찾아주는 과정만은 아니었다. 304낭독회가 우리 사회에서 빠르게 잊힌, 잊혀선 안 되는 이름을 되찾아주는 과정은 아닐까. 한국의 낭독회에서 잘못 호명된 이름들이 프랑스에서 열린 낭독회에서도 제대로 호명되었는데, 그때 느낀 감격에 무어라 이름을 붙여야 할지 여전히 모르겠다. 다만 '귀하다'라고만 생각이 들 뿐이다. 무엇이 귀한가. 그것도 지금으로선 잘 모르겠다. 그걸 찾아가기 위해 304낭독회를 계속해야 하는 것이겠다. 한 가지 분명한 사실은 내 입으로 누군가의 이름을 한 번이라도 말해보면 그 이름은 분명 다른 이름이 된다는 것이다.

황정은 　이름을 부르면 작든 크든 무슨 일인가 일어난다. 우리 모두에게 이름이 있기 때문일까. 생일도 그렇지 않나. 4·16 재단에서 만든 탁상 달력이 집에 있다. 1월부터 12월까지 매달 생일을 맞은 학생들의 이름과 반 번호가 기록된 달력이다. 선생님들의 이름도 있고 김관홍 잠수사의 생일도 기록되어 있다. 해 지난 달력인데 버릴 수 없다. 이름과 생일이 기록되어 있기 때문인 것 같다.

김현　　이처럼 이름을 다 같이 부르는, 호명의 행위가 가진 힘을 좀 더 많은 이들과 나누고 싶다고 생각하곤 한다. 다만 이런 행위를 부담스러워하고 간혹 혐오하는 이들을 만난다. 그럴 때마다 조금 난처하기도 하다.

황정은　　304낭독회를 이어오는 동안 반발을 직접 겪은 적은 없었나.

양경언　　실제로 낭독회 이름을 내걸었을 때 공격을 받은 적도 있다.

김현　　낭독회 소식을 조금 더 수월하게 접할 수 있도록 해보자는 의미에서 잠깐 304오픈채팅방을 개설한 적이 있다. 채하루도 지나지 않았을 때였는데 누군가 채팅방에 들어와서는 여러 장의 혐오 사진을 올려놓고 퇴장한 적이 있다. 그 일 때문에 오픈채팅방을 운영하지 않기로 했고.

양경언   명백히 세월호 참사를 겨냥한 혐오 이미지를.

황정은   그럴 때 어땠나?

김현   처음에 어안이 벙벙했고 웃음이 나왔던 것 같다. 왜 웃음이 나왔느냐면 도대체 이것들은 어디서 무얼하는 것들인가 싶어서였다. 채팅방을 개설한 지 몇 시간도 되지 않아서 그런 일이 벌어졌으니까. 어디서 알고 여길 들어왔나, 계속 서칭을 하고 있나 그런 데까지 생각이 번졌을 땐 무섭기도 했다. 그렇지만 결과적으론 이것들도 참, 하며 다 같이 조심스레(?) 욕하고 마무리했던 것 같다.(웃음)

황정은   나는 세월호참사를 향한 혐오보다는 "이제 그만할 때가 되지 않았냐" "그만해라" "지겹다" 그런 말을 접했을 때 세상이 참 어려웠다. 10.29 참사를 보고 '달라지지 않았구나, 달라지지 않는구나, 반복되는구나' 하고 두려움과 무력감을 느낄 때에도 그랬고. 두 분은 어땠나. 304낭독회를 이어오면서 '이걸 해서 뭐가 달라지겠나'는 생각에 괴로운 적은 없었나.

양경언   낭독회 초반에는 사실 사람들이 많이 오는 게 나한테는 중요했던 것 같다. 혐오 세력이 나타나고, 대놓고 진상을 왜곡하려는 세력이 있다 보니 그에 맞서서 유가족과 함께하는 이들이 수적으로 많다는 사실을 드러낼 필요가 있다고 생각했다. 그러다가 점점 시간이 지날수록 한 사람만 오더라도 그 사람이 이 자리에서 뭔가 충실하게 읽고 얘기하고 생각하고 힘을 받고 가는 것을 생각한다. 얼마나 내용적으로 충실하게 그 시간에 임했는지가 더 중요해진다. 그래서 요즘에는 많이 오는지를 살피기보다는 한 사람이 와서 뭘 느꼈는지, 그가 여기 와서 어떤 생각을 했는지, 오늘은 이런 글이 읽혔는데 나한텐 이런 식으로 받아들여지는 내용이 처음 온 이들에게는 다르게 읽히는지 등이 좀 더 궁금해진다.

김현　　특별히 괴로웠던 적은 없는 것 같다. 인간형 자체가 이걸 해서 뭐가 달라지나, 라고 생각하기보단 뭐가 달라져도 달라진다고 믿는 유형이라서 그런 것 같기도 하다. 앞서 304낭독회가 6.9작가선언처럼 느슨한 공동체가 되었으면 하는 바람이 있었다고 했는데 그 바람이 이루어지고 있는 것도 같고. 304낭독회 덕에 만나게 된, 연을 이어가게 된 동료들이 있고 그 관계들이 지속되는 게 좋다. 우리가 이걸 앞으로 20년은 더 지속하게 됐을 때, 젊은 작가들이 중년이 되고 노년이 되어 여전히 모여 있을 걸 상상하면 재밌다. 힘 난다. 재미가 사람을 겸손하게 만든다는 말을 들었는데 겸손하게 재밌게 그냥 하면 그것으로도 됐지 싶기도 하다.

황정은　　그 얘기 들으니 좋다. 일꾼들에게 고맙고, 보고 싶고. "다 늙어가지고 같이 모인 사람들." 미래의 일인데 괜히 그립다. 자, 그러면 이제 마무리를 해보자. 두 분은 304낭독회의 일꾼이자 각자 글을 쓰는 사람들이다. 사회적 참사와 글쓰기의 판세는 어쩌가 두 사람이 글쓰기에서 일어난 일도 듣고 싶다.

양경언 　참사가 일어났을 때 긴급하게 거기에 응하는 글도
있지만, 참사와 함께 삶을 이어나가면서 쓰이는 글도 있다. 그
런 글은 눈앞에 일이 당장 바뀌지 않는다 하더라도 언젠가는
바뀌어야 한다고, 또 바뀔 것이라 믿고 쓰이는 것 같다. 낭독회
에 일꾼으로 함께하면서 절망은 언제나 이른 판단일 뿐이라는
것, 희망은 지난하게 그러나 확실하게 만들어진다는 걸 배운
다. 나는 오랜 시간이 걸리더라도 끝까지 진실을 붙드는 편에
서는 작업이 중요하다는 생각을 하면서 비평 활동에 임하게 된
것 같다. 그래서인지 '재현은 이미 불가능성을 내포한다'면서
사회적 참사와 함께하는 쓰기 방식에 대한 상상력을 제한하는
입장에 비판적이다. 겸허를 내세우는 입장일 텐데, 그게 결과
적으로는 '윤리'를 내건 회피가 될 수도 있다.

김현 　직접적으로는 사회적 참사와 관련한 글을 여러 편
썼다. 시로도 쓰고, 산문으로도 쓰고, 소설로도 썼다. 써야 해
서 썼고 그렇게 쓰지 않아도 되는데 자연히 그렇게 쓰게 된 것
도 있다. 사회적 참사의 영향권 아래에서 그때도, 지금도, 앞으
로도 자유로워질 것 같지 않다. 그게 오히려 다행스럽게 여겨
지기도 한다. 사회적 참사를 잊지 않는 것 그리고 그것을 누가,
어떤 방식으로 지우려고 하는지를 목격하고 증언하는 것 그것
이 작가가 짊어진 여러 몫 중에 하나일 수도 있겠다는 생각이
든다. 나보다 내가 쓰는 글이 더 오래 살아남아서 누군가가 이

글을 읽고 그 일에 대해 알 수 있다고, 그 일을 기억하고 생각할 수 있다고 생각하면 '쓸 수 있는 힘'이 생긴다.

황정은　　매회 낭독회를 여는 말에 '계속 읽고, 쓰고, 행동하겠다'라는 문구가 있다. 두 분은 304번째 낭독회를 마치는 날을 상상해본 적 있나.

양경언　　그 장면을 상상해본 적은 없다. 다만 이렇게 생각해본 적은 있다. 아무도 낭독회에 오지 않더라도 나는 그래도 지키고 있어야겠다고. 사실 아무도 안 오지는 않을 거라는 자신감이 있다. 내가 살아 있는 한 친구들이, 동료들이 함께 있겠지 생각한다.

김현　　종종 그러니까, 우리들 중 누가 없을 수도 있겠지, 라고 생각하기도 한다. 그런데 그게 슬픈 느낌은 아니다. 가령, 김현이 먼저 떠나도 그 자리는 기쁜 자리이지 않을까, 라는 생각. 누군가 여러 가지 이유로 먼저 사라지더라도, 그 사람이 거기 있었음을 기억하고 이야기 나눌 수 있다면 기쁠 것 같다. 아까 빈자리를 채우는 낭독회 얘길했는데, 생각해보니 그 빈자리를 채우지 않아도 괜찮은 낭독회가 또 304낭독회구나 싶기도 하고 그 빈자리가 내가 있던 자리여도 나쁘지 않겠다 싶다.

황정은　　놀래라. 그 얘기가 나는 왜 이렇게 슬프게 들리나. 긴현이 왜 떠나지… 상상만 해도 슬퍼서 싫다. 언젠가는 이 낭

특이에 아무도 오지 않을 수 있다는 생각을 나도 했다. 304번
의 낭독회를 해보자고 제안한 순간부터 했던 것 같다. 그땐 나
도 양경언 평론가와 같은 생각을 했다. 아무도 오지 않으면 내
가 가면 되지… 말하고 보니 내 불성실함이 또 미안하기는 하
지만, 내가 마지막 한 사람이 되지는 않을 거라는 믿음이 늘 있
다. 그게 불성실의 이유이기도 한 것 같고. 어쨌든 304낭독회
에 관해서라면 나는 늘 대기 상태인 것 같다.

양경언　　언젠가 우리가 이런 얘기를 나눈 적이 있다. 우리가
낭독회를 하는 중에 예를 들어 백 몇 번째, 이백 몇 번째에 진상
규명이 되었다고 하자. 그러면 우리는 어떻게 할까, 그만둘 거
야? 이런 이야길 나눴었다. 그때에도 우리는 이 낭독회의 의미
를 전환해서 304회는 채워야 하는 것 아니냐는 이야기에 동의
했었다. 진상은 규명되었더라도 그와 같은 일들이 이 사회에
계속 벌어지고 있으니, 304회까지 계속 나아가자고 했었다.

김현　　맞다. 우리는 계속할 것이다. 사회적 참사가 반복되
어서는 안 되지만, 그 일을 기억하기 위해서라도 혹시나 반복
될 수도 있는 일을 막기 위해서라도. 무엇보다 참사의 진실이
제대로 규명되는 미래를 생각하면 계속할 수밖에 없다.

황정은　　304번째 낭독회 이후로도 낭독회는 이어진다. 그
렇게 상상하니 좋다.

김현   (낭독회를) 304번 하자고 그랬던 분이 오늘 다시 낭독회가 계속 이어질 것 같다고 말씀하시니⋯ (다 같이 웃음) 그런데 304번을 채우고 정말 또 안 할까? 305번째 304낭독회, 왠지 좋지 아니한가?

양경언   아, 다시 이렇게, 문을 열고 있는 건가.

황정은   304낭독회라는 이름의 기원을 생각하면 '305'라는 숫자는 있어서는 안 될 일이지만, 낭독회로서 305번째를 생각하니⋯ 마음이 따뜻해지네. 일꾼으로든 낭독자로든, 낭독회에 참석한 사람들이 지난 10년 동안 만들어낸 성과인 것 같다. 304낭독회를 상상하면 이제는 마냥 슬프지만은 않다. 같이 기억하고, 같이 웃는 사람들을 생각하게 된다.

양경언   이제, 우리가 어떻게 살 것인가로 귀결되는 것 같다. '어떻게 살래, 지금?' 정말 개인적인 이야기지만, 난 정말 좋은 어른이 되고 싶다. 잘 늙고 싶다. 내가 보고 실망했던 어른들이 아니라 304낭독회에서 만났던, 낭독회 자리를 통해 어른의 역할과 책임에 대해 몸소 일러주신 많은 선배들이 계시지 않나. 그런 어른이 되고 싶다는 생각이 특히나 요새 간절하다. 낭독회가 '어떻게 살 것인가'라는 질문을 던지는 자리라는 걸, 이렇게 대화를 하며 느낀다.

한정은   양경언, 김현, 두 분 이야기를 들어서 좋았다. 여전미 니 생린 사림늘블 만나서 나성안 대화를 나눴다. 더 밀을 나누고 싶은 욕심도 있지만 배도 고프니, 이제 집에 가야겠다. 오늘 이 자리는 이만 마치고 우리는 다음에 또 보자. 금방 또 봅시다.

**나는 그것을 믿는
당신을 믿기로 했다**

작가들은 참사가 일어난 해인 2014년 9월부터 '사람의 글과 말'로써 이 참사를
이야기하고자 했고, 낭독회라는 형식을 토대로 '앞으로 304회를 채워보자'고
결심했다. 매월 한 차례씩 낭독회를 치르고 있으니 304회를 치르려면 26년간 해야
한다. 그 무모한 일을 하고자 나선 이들 중 몇 사람에게 낭독회 후기를 받아보았다.

그날(들) 이후, 앎과 믿음 사이의 커다란 심연을 그려보곤 한다. 그 깊은 자리에 가라앉은 것이야말로 정말 중요한 무엇이 아닌가 생각한다. 중요한 것은 무거운 것, 그래서 자꾸만 깊은 곳으로 떨어지고…… 그런 생각을 하면 망연해진다. 깊다. 소리 내어 말하면 어두워지고, 어둡다고 말하면 추워지고, 춥다고 말하면 외로워지고, 외롭다고 말하면 두려워지는데, 그렇다면 중요한 것은 두려움 속에 있는 걸까? 알 수 없고 믿을 수 없는 것을 인간은 두려워하여 그 사이에 알아야 하고 믿어야 할 것을 감추어두는지도 모르겠다. 그리하여 사람이 만든 구조에 사람이 죽는 일이 반복된다. 그날(들)을 이야기하는 서술어는 현재진행형이 된다. 구조(救助)를 하지 않는 구조(構造)는 견고한 채로, 진실이 침몰한다. 진실은 투명하기까지 하여 쉬이 보이지 않는다. 그럼에도. 투명한 것을 선명하게 보기 위해 애쓴 흔적을 나는 알고 있다. 말과 글로 세계를 닦는 사람들을 본 적이 있다. 다 덧없다 싶다가도 정수리를 툭 치고 가는 고래의 하얀 배에 놀란 때가 있다. 304낭독회는 10년을 왔고, 15년을 더 간다. 진실은 가라앉지 않는다. 나는 그것을 안다. 그렇게 믿는다.

— 강석희

2024년은 세월호참사 10주기다. 그리고 2023년은 대구지하철 참사 20주기였다. 2003년 2월 18일, 엄마와 나는 중앙로역 근처에 있었다. 우리는 평소처럼 지하철을 타고 이동하려다가 모처럼 택시를 탔다. 나는 그날 그곳에서 경광등의 붉은빛, 방송국 로고가 붙은 카메라의 움직임, 사람을 비집고 걷는 사람, 거대한 검은 연기가 끊임없이 피어오르는 순간을 목격했다.

아직도 종종 대입 정시 실기 시험을 치르던 날의 풍경이 떠오른다. 나는 '주인공'을 시제로 정해진 시간 내에 글을 완성해야 했고, 건너본 창 너머로는 진눈깨비가 흩날리다가 말았다. 그때 나의 고사장이었던 안산시 단원구의 경안고등학교는 걸어서 이동할 수 있을 정도로 단원고등학교와 가까웠다.

304낭독회에 일꾼으로 한 번, 낭독자로서 두 번 참여하는 동안 나는 이따금 2월 18일과 4월 16일, 10월 29일에 있었다. 어떤 순간은 장소가 되어, 나는 가끔 집이 아닌 날짜로 귀가했다. 돌아갈 집과 돌아올 사람, 기다리는 마음을 자주 생각하곤 했다. 목소리를 겹치고 문장을 나누는 경험, 눈물을 참거나 참지 않는 얼굴들과 함께할 수 있어서 지금까지 포기하지 않을 수 있었다. 그러니 나는 잊지 않고 오래 싸울 것이다. 무엇에 대해서든, 누구를 위해서든.

— 권누리

처음 304낭독회에 참여한 날, 저는 광화문의 큰 무대에 올랐습니다. 그날의 기억은 온통 눈물과 떨리는 목소리로만 남아 있습니다.

아직 흘릴 눈물은 남아 있지만, 처음보다 좀 더 편해졌습니다. 그러니까, 생활이 된 기분입니다. 여러 공간을 돌아가며 낭독회를 하며 우리 곁을 떠난 사람들을 추모하고 기리는 것이 내 일부가 되었습니다. 산책하고 누군가를 만나는 것처럼, 그런 일상이 된 것입니다. 우린 늘 닿을 곳을 잃은 사랑과 슬픔을 안고 어쩔 줄 몰라 합니다. 그걸 나눠 가질 수 있어 좀 가벼워진 기분입니다.

그러나 304낭독회가 다만 슬픔을 달래는 곳이었다면, 일상이 되진 못했을 것입니다. 글을 쓰고, '문단'이라는 곳에서 활동하며 여러 답답함과 울분이 있었습니다. 304낭독회가 이어지는 것을 보며 그 중심에 있지 않음에도 많은 위로를 받았습니다. 더 나은 공동체를 가까이 둔 것 같아서요. 연대의 마음을 알게 해주어 고맙습니다.

아이러니하지만 우리를 충격했던 사고가, 남은 사람이 더 나은 길을 걷게끔 해주었습니다. 나는 어떻게 살아야 할까요? 늘 그런 고민 속에 있습니다. 늘 우왕좌왕합니다. 그러나 이 자리에선 좀 또렷한 목소리로 전합니다. 먼저 세상을 떠났거나 아직 함께 있는 모든 착한 사람들에게 정말 감사하다고요.

— 권민경

2014년 가을, 열 개의 우산을 샀다. '잊지 않겠습니다'라는 문구가 적힌 노란색 우산. 그중 다섯 개는 주변인에게 선물을 했고, 다섯 개는 내가 사용하기로 했다. 장우산이 셋, 단우산이 둘.

가장 잃어버리기 쉬운 물건 중 하나가 우산이 아닐까. 역시나 난 우산을 하나하나 잃어버리기 시작했다. 버스에 두고 내리기도 했을 것이고, 술집에 두고 오기도 했을 것이다. 편의점 우산꽂이에 꽂아둔 채 나오기도 했을 것이고, 택시에 두고 내리기도 했을 것이다. 그래서 이제 내게 노란 우산은 하나도 없다.

잃어버렸다고 말할 수도 있겠지만, 이제 그렇게 말하지 않는다. 그 우산을 습득한 누군가, 비 오는 날 그 우산을 펴든다면, 난 그 우산을 잃어버린 게 아니다. 의도 없이 그 우산을 빌려준 셈이다. 그는 우산을 펴들고 "잊지 않겠습니다"라는 문구를 보게 되겠지. 그렇다면 잊지 않는 사람이 한 명 더 생긴다. 그리고 그가 펴든 우산을 보고, 잊지 않는 사람이 여럿 더 생긴다.

매번 기억하지는 않는다고 해서 잊은 것은 아니다. 내가 기억하고 있으면 너는 깜빡했을 것이며, 내가 잃으면 네가 들고 있다. 어쩌면 그런 마음으로 304낭독회는 계속 진행되어왔다. 이달엔 누군가가 우산을 펴고, 다른 달엔 또다시 누군가가 우산을 편다. 내가 읽으면 네가 듣는다. 그리고 네가 읽을 땐 내가 들을 것이다. 그러면 잊지 않는 사람이 더 생긴다. 여럿 더 생긴다.

— 권창섭

그는 세월호를 떠올렸다고 했다. 자기 노래 실력이 아이유만큼이 안 돼서 그냥 가사만 낭독하려 했지만 용기를 내보겠다고 했고 우리는 모두 와, 하면서 박수를 쳤다. 노래를 기대했다, 모레가 무사히 아이유의 고음을 잘 넘기기를. 그러면서도 잘할 필요 없이 나가서 노래를 부른다는 사실만으로도 대단하다고 생각했는데 노래는 너무 훌륭했다. "오래 기다릴게, 반드시 너를 찾을게, 보이지 않도록 멀어도, 가자 이 새벽이 끝나는 곳으로"라고 노래를 마쳤을 때 정말 누군가의 손을 잡고 일어설 수 있을 것처럼 마음이 열렸다.

낭독회 처음부터 엄마와 함께 자리를 지키며 옹알이로 환호를 보태던 어린 아기, 꼬리를 말고 조용히 인간들의 추모를 지켜봐주었던 강아지, 사람들의 목소리와 기타소리, 웃음소리, 그 모든 것과 함께 낭독회는 따뜻한 고양감과 함께 무르익고 있었다. 낭독이 다 마무리되고 청중들의 소감을 들어보자는 말이 나왔고 한 남자 어른이 일어섰다.

"저는 어떻게 하다 보니 팔 년째 세월호 유가족으로 살고 있는 아이 아빠입니다." 나는 너무나 놀랐고 그건 그 자리에 있었던 사람들도 마찬가지였을 것이다. 그분은 제주에서 304낭독회가 열린다는 소식을 듣고 찾아왔다고 했다. 기억해줘서 고맙고 같이 울고 웃어줘서 고맙다고, 이 자리에서 들은 모든 말들이 다 좋았다고.

세월호참사 이후 시작된 폭력의 말들, 인간이기를 포기한 괴물들의 말들을 우리는 아직도 기억하고 있을 것이다. 하지만 그 말을 걷어내고 이겨내려는 사람들 또한 그 마음을 지키며 긴 시간을 버텼다. 타인의 고통을 대하는 조심스러움, 신중함, 갈등과 고민들이 304낭독회에 참여하는 모든 이들의 마음에 있었다. 그러다 유가족에게 듣게 된 말, 이 슬픔에 대한 당신들의 말이 좋았다는 대답은 가능하다면 두 손으로 받아들고 싶을 정도로 소중한 말이었다.

처음 참가자들이 한 문장씩을 적어 시작한 304낭독회는 이제 8년, 100회를 맞는다. 그사이 낭독회는 단원고 교정에서, 안산의 추모공원에서, 곳곳의 도서관과 광장에서 길거리에서 매달 한 번씩 이어졌다. 말하는 행위가 곧 기억의 행위라는 것을 간절히 믿는 사람들이 이 오랜 여정에 함께했다. 그렇게 해서 우리가 듣게 된, 울어도 괜찮다는 말, 때론 웃어도 된다는 말. 이렇듯 단순하고 당연한 '승인'은 참사가 일어난 그때 우리 공동체가 세월호 유가족들에게 전해야 했을 '사람의 말'일 것이다. 혐오와 폭력, 반목의 말들이 얼마나 수치스러운 것인가를 환기하는 이러한 말들의 힘으로 앞으로도 낭독회는 계속 나아갈 것이다. 사람으로 돌아가 사람의 말로써 살기를 원하는 누군가들을 위한 304낭독회로 돌아올 수 없는 사람들을 매번 다시 기억할 것이다.

— 김금희 (웹진 〈비유〉 64호 발표된 원고 재수록)

2024년은 세월호참사가 일어난 지 10년이 되는 해이다. 304낭독회도 9월에는 10년째를 맞는다. 이 움직임을 '304낭독회'라는 이름으로 정하게 되었을 때, 이렇게 긴 시간 이어가게 되리라고는 누구도 생각하지 못했을 것 같다. 하지만 어느덧 '10년의 후기'라는 주제로 지난날을 회고하는 시간이 되었다. 그런데 문득 '후기'라는 이름을 나중으로 미루고 싶다는 생각이 든다. 약속한 삼백네 번의 낭독회를 다 하기 위해선 앞으로 스무 해가 조금 안 되는 시간을 더 함께해야 한다. '후기'라는 이름은 그 이후에 쓴 글에 어울리지 않을까 하는 생각이 든다.

그럼에도 이 자리에 시작에 관한 기억을 남기고 싶다. 2014년 8월 27일 사간동에서 세월호에 관한 행동을 논의하기 위해 작가들이 모였다. 처음에는 세월호에 관한 한 줄 문장을 모아 광화문광장에 모여 읽기로 했다. 그 준비를 위해 일꾼들이 다시 만난 날 모임의 이름을 '304낭독회'라고 정하게 되었다. 삼백네 번의 낭독회를 열어, 세월호에 관한 생각을 이어나가기로 했다. 그런 마음으로 광화문광장에서 첫 번째 낭독회를 함께했다. 시작에 앞서 청운동 주민센터 앞에 모인 유가족들을 찾아가 안부를 묻고 낭독회 소식을 전하기도 했다. 첫 낭독회 때에는 다양한 경로로 모인 이들이 차례대로 한 줄 문장을 나누어 읽었다. 그렇게, 304낭독회는 사람의 말을 이어오고 있다. 그리고 또 이어갈 것이다.

— 김태선

얼마 전 통화 중에 "너는 아직도 그 세계에 사로잡혀 있냐"는 질책을 들었습니다. 누군가는 더 자주, 더 쉽게 들어온 말이겠죠. 그 말은 여러 형태로 둔갑할 수 있고 때로는 합리성을 가장한 채 공기처럼 떠돌아다니며 가치를 전도시킵니다. '아직도/여전히'라며 따져야 할 대상을 잘못 잡았기 때문입니다. 세월호를 기억하고 희샌자를 추모하며 비극의 마땅한 책임을 요구하는 시민들이야말로 묻고 싶은 '아직도'와 '여전히'가 너무나 많습니다. 10년, 권한은 많지만 책임은 모르는 권력과, 그 편에 선 목소리의 무지와 비정이 고통을 외면하고 비극을 낙인화했습니다. 그러나 고통에 갇히지 않으려는 사람들은 눈물과 눈물을 연결하고, 의혹을 묻고 또 묻고, 슬픔을 노래해왔습니다. 304낭독회도 그 곁에 함께 있습니다. 아직도, 여전히.

— 배수연

4·16 세월호참사, 10·29 이태원참사를 관통하며 저는 자주 절망에 사로잡힙니다. 그런 와중에 김현 시인님의 초대로 몇 번의 304낭독회에 참여했습니다. 잠시나마 절망과 비관을 넘어 살 만한 세상을 꿈꿀 수 있었다면, 아마도 그곳에서 서로의 존재를 느끼며 문장을 읽고, 들어주던 얼굴들 덕분이었을 겁니다. 연대와 희망은 절망과 비관보다 어려운 일임을, 어렵기에 더욱더 함께해야 함을 배웠습니다. 문학은 어디에 있어야 할까요? 유현아 시인님께서 낭독하셨던 아티크 라히미의 「흙과 재」를 통해 "작가는 자기 시대를 대변"해야 함을 마음 깊은 곳에 새겼습니다. 어쩐지 저는 304낭독회에서 배우고 얻기만 했습니다. 제가 이제 할 일은 문학이 있어야 할 곳에서 계속해서 기억하고, 더 많은 사람이 기억할 수 있도록 이야기를 만들고 질문하는 일임을 알고 있습니다. 지칠 때마다 304낭독회에서 마주친 얼굴들을 떠올리겠습니다.

— 백가경

시인으로 데뷔하기 불과 몇 달 전 낭독자로 처음 참여를 했다. 불쑥 다수의 사람들 앞에서 목소리를 내는 일이 민망하고 떨리는 가운데에도 반바지를 입고 샌들을 신고 갔을 정도로 무더운 8월의 여름에서 내 기억 속 현장은 시작한다. 세월호에 관한 내용을 온전하고 효과적으로 담는 시를 쓰려고, 그것을 읽으려고 낭독회 당일 한참 전, 이틀 정도를 통째로 반납하며 고민했던 기억이 난다. 그리고 시는, 문학의 문법은 세월호 그 자체를 넘어설 수 없다는 걸 빠르게 체감했던 기억이 이 다음을 꼬리처럼 곧바로 뒤따라온다. 이후로 우연찮은 인연에 두 번째 낭독 참여 기회가 왔을 때부터 가장 마지막으로 참여했을 때까지 낭독회를 위한 시를 새로 쓰지 않았다. 기작들을 가져가서 읽었다. 앞서 언급했던 느낌 때문만은 아니다. 2022년 10월 29일 토요일의 할로윈, 한밤의 서울시 이태원 저지대 좁은 골목을 오가던 수십 명의 행인들이 압사 사고로 사망했다는 뉴스와 기사가 전국의 일상을 순식간에 깨워버렸다. 학생들과 어른들이 세월호 선박과 함께 바다에 가라앉아 죽고 8년 뒤의 일이었다. 시민들은 할로윈 당일, 상징과도 같던 이태원 거리에 인파가 운집될 것을 예상할 수 있었음에도 대응되는 통제 인력과 시스템을 적극 동원하지 않은 정부의 안일함과 무책임함에 대해 강력하게 분노하고 비판했다. 세월호 10주기를 2년 앞둔 해의 일이었다. 무방비한 죽음들이 해안에서 육지로 횡단해 오는 순간이라는 신호가 우리 한 사람 한 사람 사이에서 빛도 없이 켜지는 순간이었다. 당신과 내가 상식 속에서 알고 있는 국가의 범위는 영토에서 영해까지 뻗어 있었는데, 국가가 물[海]에서 자국인들을 보호하지 않고, 그다음은 땅[土]에서 자국인들을 보호하지 않았다. 세월호를 집어삼킨 심해의 바닷물이 내륙으로 점점 밀려들어 오는 걸 우리는 10년이라는 세월이 다 흐르도록 보고만 있어야 했다는 현실에 모두는 지쳐갔다. 그러나 한 가지의 믿음이 있었고 그 믿음만을 버리지 않았던 거다. 믿었기에 우리는 좁아져가는 땅 위에 까치발로 서서 여전히 목소리를 끄지 않았던 거다. 그 바닷물이 우리를 집어삼키기 전에 스스로 먼저 가라앉지 않을 것이라는 입장. 내가 나를 침몰시키지 않을 것이라는 입장. 304의 핵심 키워드는 '기억'이었다. 기억은 붙들지 않으면 영영 가라앉아버리지만, 한 사람이 붙드는 순간 창공 위로 부유한다. 기억은 끝없이 하강하는 물리적 성질을 갖지만, 한 사람 두 사람 세 사람 서른 명이 멈추지 않고 가하는 저항의 힘으로 사라지지 않는다. 우리 중 누구도 망각의 시간을 소거할 수 없지만 영원히 유예할 수 있다는 걸 안다. 나는 오래전에 죽은 너보다 긴 네 삶이야, 먼 미래에 올 너의 죽음을 원시부터 호위하던 사원이야. 커다란 노란 리본을 등진 채로 무엇을 읽느냐 이전에, 읽어야 할 글 속에 세월호를, 뭉쳐진 슬픔을 얼마나 투명하게 담을 수 있느냐 이전에, 마이크와 노란 리본 사이에 선 사람이 앞서 존재했다. 침묵에서 어떤 소리가 태어나느냐 이전에 침묵이, 침묵의 모태인 사람이 그 앞에 실존했었다. 기억의 무덤이 아닌 기억의 사원이.

— 서요나

"앉아계신 분들이 괜찮으시다면 돌아가면서 한 연씩 읽어볼까요?"
2023년에는 낭독회나 북토크, 여러 수업에서 종종 시 낭독을 함께해주기를 권했다. 부담스러웠을 수도 있을 제안이었지만 지금까지 중에 거절한 사람은 없었다. 나는 시분만 아니라 소설, 비평 등 읽기 자료를 여기 있는 모두가 돌아가며 읽기를 요청했고, 이를 남몰래 '나눠 읽기'이라고 이름지었는데, 그렇게 하게 된 나름대로의 이유가 있다. 진행자가 전부 읽어버리면 다른 참여자가 지루하거나 재미없다고 생각하게 될 것 같아서 활동을 독려한 것도 있거니와 올여름 백여섯 번째 304낭독회의 경험이 특별했기 때문이다.
304낭독회는 매달 마지막주 토요일 4시 16분에 낭독자가 준비해 온 글을 나누는 방식이었던 기존의 포맷에서 밑에 한 번 낭낭 발산이 구성한 콘셉트에 따라 자유로이 모임을 주관하는 형태로 바뀌었다. 백여섯 번째 304낭독회는 새로운 포맷으로 진행됐다. 두 명이 함께 낭독하는 '듀엣 낭독'이 콘셉트였다. 당시 낭독자로 참여했던 나는 '책임'이라는 키워드에 대한 서로 다른 글을 선정해 읽는 방식을 택했다. 이 낭독 속에서 '책임'이라는 말은 각기 다른 이해의 면면을 맞대고 있었다. 하나의 글을 번갈아 낭독하는 형태의 참여자들도 있었다. 그들의 낭독은 무척 인상적이었다. 한 편의 글에 두 명의 목소리가 섞이니 두 명의 이야기가 됐고 그 둘의 이야기가 한 명의 시선으로 읽었을 때와는 또 다른 하나의 이야기가 됐다.

하나를 여럿이 나눠 읽었을 때 무슨 일이 벌어지는가. 하나의 글에 다른 여러 목소리가 끼어든다는 것은 여러 사람의 마음으로 '하나'의 면면을 구성한다는 뜻. 오직 나만의 것이라 여겼던 것에 타인이 깃들 수 있음을 알게 된다는 뜻. 우리는 '하나의 공동체'에 살지만 저마다의 방식으로 존재한다. 마찬가지로 공통된 '하나의 경험'을 겪을 때조차 저마다의 슬픔으로 그것을 마주한다. 나아가 하나의 거대한 슬픔에 저마다의 목소리와 마음을 덧대어 그것을 나눌 수 있다는 것, 304낭독회에서 우리가 경험하는 연대 경험일 테다.

― 선우은실

여러 사람 앞에서 무언가를 읽으면 종이를 쥔 손부터 떨렸다. 낭독을 할 때마다 잘하지 못해 부끄러웠다. 능란한 낭독을 요하지 않는 자리임을 알면서도 괜히 죄스러웠다. 304낭독회에 모인 이들은 내게, 낭독도 하다 보면 잘하게 된다고 위로해주었지만, 나의 낭독 실력은 통 늘지를 않았다. 하지만 낭독을 듣는 실력만큼은 늘었다. 낭독회에 찾아온 이들은, 설사 낭독자라 할지라도 다른 이들의 낭독을 가만히 들어야 한다. 추모하는 목소리의 미세한 떨림을 느끼며, 타인의 아픔을 제 마음에 들이고, 울분과 의지, 슬픔과 용기에 엮여 들며 서로에게로 기울어간다. 경청하는 사람이 존재한다는 사실만으로 누군가는 서툰 목소리로도 슬픈 마음과 지지 않는 사랑을 고백할 수 있게 된다. 그 떨림까지 껴안아 들어주는 이들을 믿기 때문에. 어쩌면 이곳은 기억한다고 끊임없이 발화하기 위해서가 아니라 당신의 기억과 애도의 말을 듣고자 하는 이들이 여기에 있다고 알려주려 꾸려진 공간일지도 모르겠다. 경청(傾聽)이 '기울여 듣다'라는 의미인 것은 결코 우연이 아닐 것이다. 서로에게 기운 채로, 말하기 어려운 일들을 말할 수 있게 될 때까지 기다려주고, 더 많이 말하도록 독려하는 귀가 되어주는 자세, 여기에서 그것을 배웠다.

― 성현아

권창섭 시인과 나는 2020년 2월 예순일곱 번째 낭독회의 일꾼이었다. 팬데믹이 선포되기 전이었고 코로나라는 명칭보다 '우한폐렴'이라는 말이 더 익숙하던 시기였다. 염려가 되는 와중에도 우리는 전염병의 유행이 곧 수그러들 거라 지레 믿으며 준비를 이어갔는데, 결국 취소 결정을 할 수밖에 없었다. 2014년 9월 낭독회가 시작된 후 처음이었다.

3월은 3월대로 우왕좌왕이었다. 한 달을 더 건너뛸까. 다른 형태를 찾아볼까. 고민 끝에 우리는 일단 낭독회 방식을 온라인으로 변경하기로 했다. 그 다음달에 어떻게 할지는 미지수였다. 상황이 상황이다 보니 미리 계획을 세울 수가 없었다. 나는 조금 불안했던 것 같다. 이러다가 304회를 이어가기로 했던 약속이 흐지부지되는 거 아닐까.

나는 늘 걱정이 앞서는 편이었다. 누군가가 이 낭독회를 304회 이어가자고 우연히 말을 꺼냈을 때, 그 말이 공개적 약속이 되었을 때, 한 해 두 해 지나면서 참여자가 줄어들고 일꾼으로 나서는 이들도 적어질 때, 낭독회로 향하는 나의 발걸음도 뜸해질 때, 또 이렇게 예측 불가능한 사태에 부딪힐 때. 그러나 나보다 유연한 동료들은 걱정 앞에서 주춤거리지 않고 상황에 따라 규모와 형태를 바꿔가며 낭독회라는 기억의 장소를 십 년 가까이 꾸려오고 있다. 세월호의 기억이 세월호에 고립되지 않고 공유되어야 할 또 다른 재난의 기억들과 함께 머무는 장소를 만들어가고 있다. 그렇게 팬데믹이, 2022년 10월 29일의 이태원이, 바다 건너 가자지구의 참상이, 304명과 함께 기억되는 장소로 낭독회는 지속되고 있다.

304낭독회를 통해 나는 장소가 기억을 이어간다는 것을 배운다. 각자의 기억이 파편으로 단절되지 않게 하는 장소. 내가 잊을 만하면 네가 떠올리고 네가 잊을 만하면 내가 떠올리며 304명에 대한 기억을 이어가게 하는 장소. 장소를 통해 기억은 각인이 된다. 광화문광장, 서울시청, 어린이대공원, 단원고등학교, 옥바라지 골목, 이음책방, 하자센터, 두리반, 경의선 공유지, 전태일기념관…… 그동안 내가 다녀온 낭독회의 장소를 점으로 표시한 다음 선분으로 이어보면 어떤 무늬가 될까. 낭독회를 다녀간 이들마다 그 무늬는 다를 것이다. 따로 또 같이 새겨진, 기억의 타투일 것이다.

— 신해욱

비현실감이라고 하죠. 그 단어에 숨어 지내왔어요. 어떤 슬픔도 드러내지 못했죠. 2014년 9월 광화문에서부터 304낭독회에 특별한 일이 없으면 참여했죠. 맞아요, 특별한 일이 있으면 참여하지 않았던 거예요. 슬픔을 드러내기가 어렵고 어찌해야 하나를 늘 고민했어요. 이건 있을 수 없는 비현실로 다가온 사건이었으니까요. 마음을 내어 읽고 듣고 함께한다는 것은 그런 비현실감을 조금씩 현실 안쪽으로 데려오기 위함이었죠. 우는 법을 잃어버린 사람처럼 울지 않았는데, 연극배우로 활동 중인 한 엄마의 환한 얼굴을 보고 왈칵 눈물을 흘렸더랬죠. 나는 그런 사람이 아니었는데, 눈물을 그렇게 선뜻 흘리는 사람이 아니었는데요. 뜻밖의 눈물에 당황한 한 아이의 엄마였던 배우님은 나를 꼭 안아주었어요. 어떤 슬픔은 환하게 다가와 심장을 두근거리게 하죠. 3천6백5십4일째에 이 글을 읽는다는 것이 현실이라면 우리는 앞으로 15년 4개월을 함께 듣고 읽고 모이겠죠. 아니 그 이후도 그러겠죠. 비록 처음보다 슬픔과 분노가 묽어져도 비현실감을 사라지게 하고 현재에 다가가는 것이니까요. 기억은 그런 것이니까요. 내가 아니어도 말이지요. 소리 내어 함께한다는 의미를 우린 경험했으니까요.

— 유현아

2014년 4월 16일, 나는 한 대학교 강의실에서 시(詩) 수업을 듣고 있었다. 일부러 먼 곳에서 열리는 강의를 신청해 들을 정도로 시에 집중하고 있었다. 수업 도중 무심코 휴대전화를 보았다. 인터넷 포털 사이트 전면에 세월호의 침몰과 구조 상황에 관한 특보가 보였다. 다른 날과 다르지 않게 시 수업을 마치고 집으로 돌아온 나는 일상을 평범하게 살아가는 한편으로, 참사로부터 겨우 인지하기 시작한 각종 부조리로부터 복합적인 감정을 느끼며 지냈다. 참사 당시 내가 했던 일이 시 수업을 들은 것이라는 걸 떠올리면 개인적으로 허탈함이 밀려온다. 시를 쓰는 게 무의미하게 느껴졌다.

2022년 8월에는 폭우로 인한 반지하 거주 여성들의 참사가, 10월에는 이태원에서 참사가 발생했다. 세월호참사 당시 20대였던 나는 30대가 되어 있었고, 그사이 개인적으로 많은 일을 겪은 터였다. 담담하게 말하고 싶지만, 많이 휘청거렸다. 반복돼온 참사들 사이의 시간대 속에 많은 이들의 저마다 다른 시간이 혼재되어 있다는 걸 느끼기도 하면서, 내가 살아온 시간을 그 시간대 속 어딘가에서 더듬어 찾아보게 되곤 했다. 두려움 없이, 후회 없이 지킬 것을 지켜내고 돌보며 사랑하고 싶다는 생각이 들었다. 세월호참사 때에 전적으로 애도하지 못했다는 어려운 마음이 개인적으로 남아 있었다고 적어둬야 할 것 같다. 할 수 있는 일을 하고 싶다는 마음이었다.

부조리한 구조, 그리고 책임을 면피하려는 행각들은 또 다른 허망한 죽음으로, 사회 전체가 오래 함께 아파할 상실과 상처로 이어진다. 부당한 일을 외면하지 않으려는 사람들이 있으면 함께하고 싶었다. 저마다의 이야기와 일상을 간직한 채 어딘가로 모이는 이들이 있다는 것을 확인한다. 모여보려는 마음들의 이야기를 서로 듣기. 그런 듣는 자리가 지속적으로 필요하다. 일상을 서로 듣는 중 이야기에는 중력이 생긴다고 믿게 된다. 시간의 혼재 속에서 서로를 발견하고 증언할 자리가 있다면 그런 곳일 것이다.

— 윤은성

데뷔하고 얼마 지나지 않은 때였습니다. 슬픔마저도 어리둥절한 시간이 더디게 흘렀습니다. 그러는 동안 아무것도 쓰지 못하는 상태로 시간을 보냈던 것 같습니다. 그리고 2014년 9월부터 304낭독회에 함께했습니다. 함께할 수 있다는 안도감이 온몸을 휘감았던 그 순간을 기억합니다. 그렇게 보태어진 마음들이 서로를 토닥이며 100회를 훌쩍 넘어왔네요. 어떤 달은 생업에 바빠서 어떤, 달은 온몸으로 앓느라 어떤 달은 소식을 놓쳐 함께하지 못한 자리들이 많았습니다. 그래도 304낭독회는 멈추지 않았습니다. 우리가 낭독의 마지막에 외치던 문장은 '멈출 때까지 멈추지 않겠습니다'입니다. 저는 이 문장 앞에서 언제나 새로이 다짐할 수 있었습니다. 멈출 때가 따로 있는 것이 아니라 멈추지 않는 마음이 아직 남아 있다면 함께 멈추지 않겠다는 마음에 힘껏 기대었습니다. 제가 기억하는 304낭독회는 마음을 보태면서 마음을 강요하지 않는 사람들로 가득했습니다. 한 사람이 지고 가기 힘든 슬픔을 조금 떼어 간 사람들이 슬픔을 내려두고 돌아와 다시 남은 슬픔을 떼어서 갑니다. 그것이 여러 번 반복되는 동안 옆에 있어주셔서, 옆에 있게 해주셔서 감사합니다.

— 이소연

먼저 고백할 것이 있다. 지금까지 한 번도 낭독자로 304낭독회에 참여한 적은 없다는 사실. 사람의 말로 세월호를 기억하려는 모임에, 일꾼이라는 이름으로 함께하면서도 정작 나의 말을 더하진 못하고서 지금 이 글은 쓰고 있다는 사실이 나를 부끄럽게 한다. 하지만 그럼에도 이 글을 쓰고 싶다. 10년 전 304낭독회의 일꾼이 되고자 했던 것과 같은 이유로. 지극히 나를 위해서.
변명은 이렇다. 나는 눈물이 많은 편이고, 304낭독회에서는 여지없이 눈물바람이다. 아무리 짧은 글이라도 의연하게 읽을 자신이 없다. 낭독회의 여는 말은 당시의 상황을 정리해 그달의 일꾼이 쓰고 읽는데, 나는 그 글을 읽는 내 목소리가 떨리는 것이 싫었다. 내 마음을 담기는커녕 현실을 나열한 문장들조차 버거워하는 스스로의 나약함이 부끄러웠다. 낭독회를 마무리하며 참석자들이 다 같이 낭독하는 시간에도 소리를 잘 내지 못했다. 감히, 나의 울음 따위로 무언가를 갈음하려는 것 같이시.

첫 번째 304낭독회가 열린 자리에서, 모임의 이름만큼 304번의 낭독회를 할 것이라는 이야기를 들었다. 한 달에 한 번씩 25년이 걸리는 일. 그 시간 동안 낭독회 장소를 구하고, 낭독자와 글을 모으고, 그들에게 다른 이들을 불러 달라 청하며 동심원이 퍼져나가듯 마음의 파동을 멀리까지 전하는 일. 그 일에 내 손을 보태고 싶었다. 도저히 말로는 자신이 없어서, 그렇다고 멀어지고 싶지는 않아서. 그래도 내심으로는 낭독회의 여정이 끝나기 전에 꼭 낭독을 하고 싶었다는 걸, 이 글을 쓰면서 깨달았다. 15년이 남아 있다. 부끄럽게도, 그래서 참 다행이다.

— 조우리

처음 304낭독회에 참여한 이후로 1년여마다 한 번씩 함께했습니다. 이제 일꾼 선생님들로부터 연락이 오면 달력을 넘기듯이 낭독회장으로 향하게 되는 것입니다. 10년 전에 저는 퇴학생이자 전역병이었어요. 아르바이트를 다섯 개씩 하면서 시를 쓰기 시작했습니다. 다른 사람에게 관심을 가질 만한 여유가 없었어요. 매일 밤 불을 끄고 바닥에 누울 때마다 내일이 오지 않기만을 빌었습니다. 그런데 어느 날 아침 뉴스에서 너무 많은 사람이 가라앉고 있었어요. 너무 많은 사람이 너무 많은 다른 사람의 내일을 바라는 것을 보고 들었습니다. 살면서 그토록 거대한 장면을 마주한 적은 처음이라 아득했어요. 그리고 우리의 마음이 할 수 있는 건 아무것도 없다는 사실에 오랫동안 무력했습니다. 저 배 하나 건질 수도 없는 시와 문학은 왜 존재하는 걸까?

10년이 흐르고 나서야 10년 전의 저에게 대답해줄 수 있을 듯합니다. 그 순간을 여전히 기억하는 사람들은 대부분 예술과 멀지 않다고, 우리가 아직도 이곳에서 다 같이 울고 웃으며 살아남아 있다고……

— 최백규

처음 참석했던 304낭독회가 떠오른다. 서울시청 시민청에서 열린 낭독회였고 낭독에 참여한 작가들이 목이 메어 낭독을 이어나가지 못했던 모습이 아직도 마음에 남아 있다. 그 공간을 채웠던 참석자들의 모습도. 그곳에 앉아서 나는 내가 세월호 사건에 대해서 충분히 슬퍼하지도, 충분히 화내지도, 충분히 생각하지도 않았다는 사실을 깨달았다.

이전의 나는 세월호 사건에 대한 죄책감조차도 그 참사에서 빗겨나간 사람의 특권이라고 생각했다. 그것이 어떤 생각이든 어떤 감정이든 나에게는 자격이 없다고 여겼던 것이다. 하지만 304낭독회에 처음 참여했던 날, 나는 나에게 어떤 자격도 없다는 생각이 깊이 상처받고 싶지 않았던 나의 그럴듯한 변명이었다는 것을 인정했다. 여러 기억이 있지만 무엇보다도 304낭독회를 꾸리고 운영해나가는 작가들의 모습이 내 마음에 가장 많이 남아 있다. 장소와 낭독자들을 섭외하고 책자를 디자인하고 만들고 낭독회의 전후로 몸을 움직여 일하는 작가들의 모습으로 나에게 304낭독회는 기억된다.

언젠가 어린이대공원에서 304낭독회 책자를 나눠줄 때였다. 책자를 건네받은 사람이 빈정거리면서 말했는데, 그 순간 나는 어떤 대응도 하지 못하고 굳어버렸다. 세월호 사건 이후의 폭력적이고 절망적인 일부 여론을 '인간'의 모습으로 대면한 것 같은 충격이었고 그 짧은 순간이 지나자 무력감이 밀려들었다. 그때 내 곁에 있던 한 시인이 그 사람의 손에서 책자를 빼앗고서 큰소리로 항의했다. 나는 그 시인 옆에 서서 나의 무력감이 뜨겁게 녹아내리는 경험을 했다. 그 마음이 아직도 내 안에 있다.

함께 기억하고 입을 열어 자기 생각과 감정을 나누는 일의 힘은 아무것도 할 수 없다는 절망보다 강했다. 304낭독회는 내게 그런 힘을 일깨워준 곳이었다.

― 최은영

304낭독회를 위해 애쓴 사람들이 많다. 나는 낭독회에 몇 차례 참여한 것 말고는 정말 한 일이 없지만…… 매일 세월호참사의 희생자를 생각하는 사람으로서 이 글을 쓴다. 나는 작년에 제주로 이사를 왔다. 고개를 들면 바다가 보인다. 창밖을 보다가, 청소를 하다가, 길을 걷다가, 일상의 틈과 틈 사이에, 세월호는 매일 떠오른다. 2022년 5월 28일, 제주의 강정마을에서 열린 아흔세 번째 304낭독회에 사랑하는 사람과 함께 다녀왔다. 강정까지 가는 동안 우리는 거의 대화하지 않았다. 낭독회 장소로 들어서는 우리를 보고 오랜만에 만난 반가운 사람이 "같이 왔구나"라고 인사를 건넸다. 건네받은 소책자 표지에는 '옆에 있어줄까?'라는 문장이 크게 쓰여 있었다. 낭독회 끝나고 돌아오는 길, 우리는 서쪽 바다와 노을을 바라보며 저게 수평선인가 하늘인가를 두고 이야기 나누었다. 하늘과 바다를 구분할 수 없고, 구분할 필요도 없고, 구분하고 싶지도 않은 마음에 대하여. 그날 나는 "같이 왔구나"란 말을 오래 곱씹었다. 그처럼 다행인 말. 같이 온다는 것, 같이 올 수 있다는 것…… '다행'의 사전적 정의는 '뜻밖에 일이 잘 되어 운이 좋음'이다. 나는 '운'이란 단어를 신뢰하지 않는다. 하지만 당신에게는 다행인 순간이 가득하기를 바란다. 내가 믿지 않는 것이 당신을 살릴 수 있다면, 나는 그것을 믿는 당신을 믿기로 했다.

― 최진영

니감을 **당신**의 형태를 이렇게 비투는가. 상실은, 상실 이후의 기억을 어떻게 바꾸는가. 비현실적인 참사가 일어났던 그날로부터 10년간, 삶에서 또다시 어떤 상실의 순간이 찾아올 때마다 속으로 빈곤한 질문만 반복했다. 성실하고 다정한 손들이 묵묵하게 이어온 304낭독회에는 낭독자로 몇 차례 나서 글을 나눴다. 기억하자는 말. 끝내 아주 오랜 시간 우리가 기억한다면, 세상을 조금은 부드러운 쪽으로 움직일 수 있지 않을까 하는 마음. 2016년, 처음 낭독자로 섰을 때 편지글을 썼다. 단원고 2학년 3반 한은지. 별명이 '두루미'였던 은지의 장례식장에는 은지를 좋아하던 소년이 주저앉아 오래 울다가 갔다. 그 한 줄 신문 기사를 보고서 은지의 이야기를 여기저기 찾아다녔다. 그러고 나서 소년의 마음을 감히 빌려 은지에게 쓴 편지였다. 은지와 소년의 이야기를 꼭 간직하고 싶었다. 그 글에 썼다. '기억이 안 나는데도 안 슬퍼지면, 이별한 줄도 모르게 되면, 그제야 이별인 걸까. 그러면 이별할 수 없는 사람들은 어떻게 해야 하는 걸까.' 아직도. 어떻게 해야 하는지 모르겠다.

끝내 극복할 수 없는 일도 있을 것이다. 어쩌면 부러 극복하지 않는 일도 사람에게는 있을 것이다. 다만, 상실의 안쪽과 바깥으로 이어진 길 위에서 혼자 두지 않으려는 마음으로 304낭독회는 여전히 어디선가 매달 열리고 있다. 외로움은 허기를 닮았으므로, 모여서 무언가 나누어 삼키는 일들이 아직 필요한 탓이다. 몸이 가지 못하는 날도 마음이 간다. 아직은. 아직 기억하고 싶기 때문이다.

— 최현우

한 달에 한 번 슬픔의 안부를 묻습니다. 나의 슬픔이, 당신의 슬픔이, 우리의 슬픔이 안녕한지 묻습니다. 304낭독회, 그곳에 모인 이들과 함께 얼굴을 마주 보고 온기를 나누며 서로의 슬픔을 말하고 듣습니다. 그곳에는 사람이 있습니다. 사람의 말이 있습니다. 사람의 말을 하는 사람이 있고, 사람의 말을 듣는 사람이 있습니다. 고백하는 사람이 있고, 다짐하는 사람이 있고, 분노하는 사람이 있고, 부끄러워하는 사람이 있습니다. 눈물을 흘리는 사람이 있고, 눈물을 닦아주는 사람이 있습니다. 그곳에서는 슬픔이 외롭지 않습니다. 눈치 보지 않고 마음껏 울 수 있습니다. 눈물의 이유를 설명하지 않아도 되고, 눈물이 그치기를 재촉하지 않아도 됩니다. 그곳에서는 울음이 길어져 목소리가 나오지 않아도, 모여 앉은 사람들이 자신의 목소리를 나누어 남은 이야기를 이어갑니다. 그리고 그만큼 자주 웃고, 떠들고, 노래를 부릅니다.

저는 가끔 그곳에서 이름도 얼굴도 모르는 당신의 안부를 묻습니다. 어떤 슬픔도 없는 세상은 미덥지 않을뿐더러 그다지 바람직한 세상도 아닌 것 같아서, 어떤 슬픔도 외롭지 않은 세상을 기도합니다. 문득 세월호참사가 10년이 되었구나 생각하다가, 이내 '잊지 않겠습니다'라는 다짐과 '잊지 않았습니다'라는 고백 사이에서 흔들립니다. 그러다 고개를 돌리면 바다 같은 얼굴을 가진 사람들이 곁에 있습니다. 여전히 사람의 말을 하고, 아직도 사람의 말을 듣는 사람들이 옆에 있습니다. 그곳에서 당신을 만날 수 있으면 좋겠습니다. 그때 다시 당신과 당신이 가진 슬픔의 안부를 물을 수 있으면 좋겠습니다. 요즘 어떻게 지내시나요. 당신의 슬픔은 무엇인가요. 외롭지 않게 묻고 답할 수 있으면 좋겠습니다. 오늘은 4월 16일입니다. 당신을 만날 그날도 4월 16일일 것입니다.

— 하혁진

누가 괴물이고, 누가 인간이고 정해놓는 일은 얼마나 쉬우면서도, 얼마나 복잡한 일인가 고민을 더 자주 하는 요즘입니다. 인간이라서 안일하게 저지르는 온갖 죄들이 어쩐지 생물처럼 바글거리며 지구 곳곳에 기어다닐 것만 같습니다. 괴물은 그런 것일까요? 오히려 괴물은 인간이 만들어놓은 모든 죄를 뒤집어쓰고 억울하게 놓인 것 같습니다. 사실은 인간이 저지른 일들로 말이지요. 제일 합리적인 이성을 가지고서 쉽게 타인을 죽음 앞에 데려다 놓는 것이지요. 죄책감도 없이 말입니다. 그들은 인간입니다. 그리고 저도 인간입니다. 괴물은 어디에도 없는 것처럼 보입니다. 세상은 그때 이후로 변할 수 있을 것처럼 보였지만 인간은 쉽게 바뀌는 게 아니니까요. 변함없이 참담하게 죽음 앞에 선 이들을 목격하게 되면서 자꾸 할 말을 잃어버리게 됩니다. 답답함이 목구멍을 틀어막고 있는데 말을 잘하지 못하니 새빨개지는 얼굴로 거기 서게 될 뿐입니다. 최선을 다해 말과 행동으로 세상의 꼴을 바로잡아보려는 존재들을 볼 때도 있습니다. 그들도 인간인데 말이지요. 달라도 너무 다른 이들. 괴물은 어쩌면 그들일지도 모르겠습니다. 곳곳에 목소리를 내주시는 그분들을 괴이하게 바라보는 세상에 의해서 말이지요. 그렇담 그분들이야말로 가장 시끌벅적하고 우직한 괴물의 집합체라 여기고 싶습니다. 세상을 살 만한 꼴로 치대고 있는 그 존재들에게 이렇게나마 감사함을 전하고 싶습니다. 정말로 대단히 훌륭하십니다.

— 한연희

304낭독회 회차별 소개

1회   2014년 9월 20일(토) 오후 4시 50분, 광화문광장

2회   2014년 10월 25일(토) 오후 4시 16분, 광화문광장

권여선—세 번째 맞는 계절 | 이진희—『두 도시 이야기』 일부
박진휘—싸워도 알 수 없는 진실 | 심보선—팽목항의 어둠을 직시하자
이영광—수학여행 다녀올게요 | 박혜원—당신은 그 배의 깊음을 아는가
진은영—그날 이후 | 황현산—잘 가라, 아니 잘 가지 말라

3회   돌아오라 사람이여 / 2014년 11월 29일(토) 오후 3시 04분, 광화문광장

이원—봄셔츠 | 신혜진—아빠 | 이대한—고통의 공동체 | 윤경희—잔해와 배회
권혁웅—마계대전 | 공은선—내 후배가 되었을지도 모르는 아이들아
이희원—성년의 고백 | 송승언—아직은 애도할 수 없습니다 | 장수진—사람이 사람에게

4회   없는 사람처럼 / 2014년 12월 27일(토) 오후 7시, 서울시청 지하 2층 이벤트홀

권지영—사월의 바다를 지키는 불빛 | 심진규—기도 | 조해진—남은 자의 고백
박형준—별빛을 핥다 | 김수려—별을 찾는다 | 최인석—소포클레스가 하는 말
함성호—팔레스타인, 용산, 세월호 90일 | 강정—音波 | 강정—물의 자기장
오서영—아이에게 | 정영효—사라졌다 | 김나영—손, 전화기
한지혜—무엇을 쓸 수 있습니까 | 윤소라—오래된 기도

5회   떠오를 것입니다 / 2015년 1월 31일(토) 오후 4시 16분, 마로니에 공원 다목적홀

최연택—슬픈 지도 | 박혜경—나비 | 조용미—가수면의 여름
김언—그녀가 한마디 하자 | 하윤옥—누군가 올 것 같은 날 당신이 와주셨으면 좋겠습니다
이영주—슬픔을 시작할 수가 없다 | 황혜경—태어납니다 | 장재원—어미의 바다
김성규—김이 나는 라면을 끓여 먹는 순간 | 천수호—4월 애(哀), 세월 애(哀)

임고은—기록 일지 : | 이경자—슬픔으로 덮어서는 안 된다
오은석, 최동준, 전영광—사랑하는 그대여(단원고 故이다운 곡) 외 (노래)

6회　듣고 싶은 말 / 2015년 2월 28일(토) 오후 4시 16분, 고려대학교 생활도서관

이진혁—진상규명은 우리 아들이 내준 숙제인데 안 할 수 없잖아요
윤성희—여기는 어디일까? | 김상혁—맞다, 아니다 | 이범근—슬픔을 갱신하며
여경—뒤집어쓴 얼굴 | 현기영—망각에 대한 저항 | 마건호—봄이 지나가버린 날들 밖에서
덕원—1/10, 유자차 (노래) | 임경섭—몽타주 | 황정은—어떻게들, 지내십니까

7회　초록이 너무 푸르다 / 2015년 3월 28일(토) 오후 4시 16분, 광화문광장

이은선—형은 오늘 저녁부터 어디서 자? | 임선기—팽목항에서 | 안현미—세월호못봇
최은영—왜 아직도 | 금은돌—마운도 씨 | 전수찬—어딘가에 있을 어머니께
여인서—빈집, 날아라 병아리 (노래) | 김안—불가촉천민 | 송종원—꿈이 아닌 나라
이병국—가위-우리는 잊기로 했다 | 최은미—팽목항 등대에 가서 이름을 부르면
최창근—세월-기다리는 사람들 | 하성란—자비를 베푸소서

8회　함께 대답을 들을 때까지 / 2015년 4월 25일(토) 오후 4시 16분, 연희문학창작촌

최요한—호성아, 우리 꼭 다시 만나자 / 나무 | 오정훈—강민규 선생님께 드리는 편지
김행숙—다른 전망대 / 1914년 4월 16일 | 서유미—다시... 별 헤는 봄
이기인—바닥에 피어있는 바다 | 황선희—밤에
성기완—꽃 / 웡이 자랑 / 꿈꾸는 나비 (노래) | 오은—법석이다
강혜빈—사춘기의 편지는 누가 다 버리나 | 성동혁—숨 | 이경수—슬픔의 힘으로 한 걸음
강영신—죽은 엄마가 아이에게 | 정세랑—함께 대답을 들을 때까지

9회　일 년은 별 하나가 태어날 시간 / 2015년 5월 30일(토) 오후 4시 16분, 광화문광장

유명상—세상에 딸하고 나, 둘만 남겨졌는디 그 아이를 잃었어유 | 김사인—일 년
유희경—없는 주소 | 김민지—동안에 | 정우석—이듬해 바다에 꽃이 피기를,
권민경—이름 부르기 | 이평재—위험한 아이의 인사법
김산아—아무 일도 일어나지 않았다 | 채현선—이름을 부른다
이재훈—용기를 주세요 / 열렬한 포옹 (노래) | 손현주—청거북을 타는 아이
신현수—정무 엄마 | 이소연—웅덩이에 비친 4월 | 송승환—에스컬레이터 IV
이민하—수인囚人—죽은 시간 속에서

/ 2015년 6월 27일(토) 오후 4시 16분, 서울어린이대공원 꿈마루 3층 다목적홀

박민정—사이가 좋지 않다가 헤어진 게 너무 가슴 아파 | 정소연—뼈와 살 사이로 돌아와
염동규—방패 | 권은미—시적화자 '나'의 낭독 | 진태원—세월호라는 이름이 뜻하는 것
김신—윈드 벨, 기억의 문을 열면 | 김혜란—남겨진 자의 마음 | 이우성—씨발
김미월—봄에 죽은 아이 | 장서원—당신의 감정을 지지합니다
안상학—174517과 140416 | 박연준—가라앉은 방 | 김대욱—침묵의 끝
백가흠—나는 우리 가족의 119, 부르면 언제든 달려옵니다!

11회 멀리, 아주 멀리 있다고 해도
/ 2015년 7월 25일(토) 오후 4시 16분, 연희문학창작촌 야외무대 '열림'

이경아—"거인이 되어 배를 끌어올리는 상상을 해요." | 이신조—새롭게 말해야 합니다
김여은—촛불의 힘 | 선민서—이 봄의 이름을 찾지 못하고 있었다
심보선—안산 순례길에 부쳐 | 김민우—물은 셀프 | 이만영—두 가지 통증에 관한 이야기
전성태—가족버스 | 이문재—백서(白書) | 신미나—들리세요? 제 목소리!
여름에—칠레에서 온 편지 / 하루(夏淚) (노래)

12회 2학년 교실 / 2015년 8월 22일(토) 오후 4시 16분, 안산 단원고등학교

한지혜—그러나 아직 이곳에 | 이만영—두 개의 공간 - 부안 그리고 안산 | 김사인—일 년
권여선—꽃이 해마다 피어나듯이 | 김정환—그날 이후
김성규—김이 나는 라면을 끓여 먹는 순간 | 이영광—슬픔이 하는 일 | 오서영—아이에게
도종환—화인火印 | 황정은—어떻게들, 지내십니까
김근수—세월호 희생자는 "이름 없는 순교자" | 김탁환—기억의 교실

13회 모두 본 것을 이야기한다 / 2015년 9월 19일(토) 오후 4시 16분, 대학로 이음책방

김현—"4월 16일 오전 9시 4분에 전화가 한 통 왔어요." | 정미희—깊은 슬픔
권지영—기억 속의 너 | 이재인—두고 온 집 | 김선향—아아, 무덤이여, 신방(新房)이여
서윤후—오늘의 편지 | 김현영—세상에 없던 빛 | 박승열—레이저
왕민정—투명한 미궁 | 구현우—붉은 꽃
김영오—텅 빈 10반 교실 유민이 자리에 편지가 놓여 있습니다
모최—번개와 같이 / 밝은 낯으로 만나자 (노래)

14회 다정한 약속이 곁에 있고
/ 2015년 10월 31일(토) 오후 4시 16분, 연희문학창작촌 야외무대

(   )—"아, 우리 아들 잘했어" | 진다솔—완충지대
이용임—가장 깊은 어둠 끝 찬란한 빛의 이름으로 | 장은영—타인과의 약속
최서진—음악시간 | 오늘—내 가방에 낙타를
임승훈—골키퍼 에릭 홀테의 고양이가 죽은 다음 날 | 이종민—주인은 힘이 세다
남승원—무엇보다, 인간이기 위하여 | 송지현—아이야 어디서 너는
조창규—열 번째 실종자 | 황현경—귀뚜라미 / 소낙비 (노래)

15회 우리가 얼마나 가까이 있는지 / 2015년 11월 28일(토) 오후 3시 4분, 광화문광장

김경희—"죽은 뒤 지킨 딸의 약속, 아빠와 함께한 하늘여행" | 이병일—우리의 비밀들
김은경—냉기가 도는 심장을 껴안고 잠이 들었다 | 전석순—물에 그슬린
길상호—잠잠 | 박설희—세상의 언어들은 다 어디로 갔을까 | 김근—물지옥 무지개
윤이형—가까이로 띄우는 편지 | 윤고은—블랙아웃 | 김영오—대통령께 권합니다
전영관—예감 | 임영호—갇혀있는 너희들에게 | 윤한로—슬퍼하지 마세요, ㅠㅠ
극단해인—쉬는 시간 (낭독극)

16회 지상으로 이어진 계단 / 2015년 12월 26일(토) 오후 4시 16분, 고려대학교 생활도서관

최윤영—거인이 되어 배를 끌어올리는 상상을 해요. | 기혁—주동자
석지연—팽목항의 나와 그대에게 | 안웅선—가라앉은 눈물들 | 김선재—이상한 계절
이경성—상(像) | 최호빈—블랙박스 | 조수경—승환이
신경섭—세월호참사 학생들과 특별 수업 '세월(歲月)' | 김소형—위
장수진—문에 기록된 삶

17회 함께 흔들려야 버틸 수 있는 / 2016년 1월 30일(토) 오후 4시 16분, 서울시청 이벤트홀

선우은실—"지성이의 모습을 안 보면 지성이의 아름다운 모습을 끝까지 가져갈 텐데"
권현형—무극의 전형 | 김희정—여기가 물속입니다 | 이근혜—「어느 소녀를 위한 기도」中
시/장이지 낭독/박세진—구원(久遠) · 10 - 시간 | (   ) —다시 살아남은 자의 슬픔
원종국—기억과 흔적 | 이잠—한 점 푸른빛이 | 박시하—새벽 | 쉬는 시간—(노래)

18회 우리 모두가 일어설 봄날이 옵니다
/ 2016년 2월 27일(토) 오후 4시 16분, 한남동 테이크아웃드로잉

임승훈—"평생 알 수 없는 아이의 마지막에 대해 늘 생각해요." | 김일영—팽목
백민석—시민으로서 하는 말 | 백수린—곧 봄날입니다
손보미—가만 잊지 않을게, 절대 잊지 않을게 | 이은지—너희가 약탈당한 것을 약탈하라
이선미—돌고래라 | | 정우주—무덤 없는 영혼 | 최진영—울지 말아요, 나 여기 있어요

심지섭―"세월호 세대의 배려가 필요해요"
진은영―천칭자리 위에서 스무 살이 된 예은에게 | 하린―목소리
한연희―폭풍우 속 모자 | 박혜지―마지막 말 | 이설빈
안희연―상상 밖의 모자들로 가득한 | 안미옥 ―아이에게 | 김연필―검은 우산
양재훈―엄마야 누나야 / Always (공연)

28회 물의 신발을 신고 당신의 심장으로
/ 2016년 12월 31일(토) 오후 4시 16분, 홍대 두리반

김화진―「엄마하고 나하고는 연결되어 있잖아, 그래서 아픈 거야」
김영선―다시 생생해진 기억 속에서 | 정진아―추석 무렵 - 세월호, 아픔 4
김봉곤―더 나은 쪽으로 | 정우신―일요일 | 김정인―아무것도 길지 않다
이장욱―깜빡임 / 움직이는 바다 | 정현석―소설이 아닌 것이 소설로 쓰일 때
홍지호―번개가 천둥을 기다리는 시간 혹은 천둥이 번개를
김금희―최소의 언어들 - 세월호참사를 기억하는 시민과 작가의 304낭독회
이근화―졸업식

29회 그 봄, 가장 깊은 일 / 2017년 1월 21일(토) 오후 4시 16분, 혜화 이음책방

이설빈―"채원이가 웃을 때는 돌고래 소리가 나요"
박세미―존 버거, 『벤투의 스케치북』 중에서
이설야―사월(死月), 대지와 바다의 열쇠를 훔쳐간 | 안명옥―왜, 왜!, 왜?
김민정―가장 강력한 희망, 가장 진정한 애도 | 서섬길―어떤 기억은 아물지 않더라도
양안다―여진 | 강효규―첫 번째 발작 | 은유―슬픔 주체로 살아가기 | 이혜미―금족령
조원규―슬픔과 온기를 지키는, 어둠 속의 터

30회 그래도 잡으라고, 손을 내밀었다
/ 2017년 2월 25일(토) 오후 4시 16분, 창비서교빌딩 50주년홀

권희철―"대통령과의 5분간의 통화 그리고 헤아릴 수 없는 긴 고통"
극단 종이로 만든 배―내 아이에게 (공연) | 구병모―달걀의 세계
김정진―그녀를 위해 오늘은 우리 잠들지 않기로 하자
임현―엠마뉘엘 카레르, 『리모노프』, 『나 아닌 다른 삶』 중에서
김나래―평범한 사람들에 대한 이야기 | 박상영―나는 모른다 | 양선형―해변생활자
조혜은―체온-손 | 정홍수―'광장' 이야기 - 사랑의 이름으로 열리고 깊어지는 푸른 광장
정일영―고백 | 꿈꾸는 합창단―어느 별이 되었을까, 사랑합니다 (노래)

31회 기억의 단단한 힘
/ 2017년 3월 25일(토) 오후 4시 16분, 월드컬처오픈 W스테이지_안국

임승훈ー"저는 아무 말도 안 듣고 그냥 아무 생각 없이 살고 싶었거든요"
박소희ー침묵의 끝 | 최창근ー2014년 10월 3일 진도 팽목항 | 이향지ー희생
장성호ー이상한 날입니다 | 박소화ー미라보 다리
강영숙ー최인훈, 『바다의 편지-인류 문명에 대한 사색』 중에서 | 민병훈ー77에서
유현아ー가려진 시간 속 열여덟 살 친구들과 함께 쓴 이야기 | 신철규ー소행성
위드유ーjump, 사랑이란 건 (공연)

32회 더 높이 두 손을 모아봅니다
/ 2017년 4월 29일(토) 오후 4시 16분, 고려대 생활도서관

황종권ー"사람들" | 임지연ー"나는야 친구들 고민해결사" 안산 단원고 2학년 1반 김수경
김명철ー그들은 그냥 갑니다 | 김선향ー박은미 씨 | 이성혁ー인양을 향한 항해
금은돌ー블랙리스트 / 검은 그림 속의 검은 | 오성인ー비로소 봄
방민호ー새 국민교육헌장-세월호 0122 | 박현수ー환청 | 최영건ー바다가 찍힌 사진
오영진ー사람이었네 (노래)

33회 슬픔 없는 나라로 너희는
/ 2017년 5월 27일(토) 오후 4시 16분, 이태원 테이크아웃드로잉

강지수ー"'정의를 위해 물러서지 말라'라는 답을 얻었어요" | 박소화ー화양연화花樣年華
피비ー어떤 메모 | 신경섭ー화개花開 | 최유리ー비밀
이승희ー이젠 집에 가자, 집으로 가자 | 김은지ー망고 | 이동우ー통점
은희경ー기억의 한 방법 / 그 일이 일어났을 때 나는 뭘 하고 있었는가
송승환ー검은 돌 흰 돌 | 극단 작은 방ー다만 한 사람을 기억하네 (공연)

34회 젖은 꽃잎들이 바람을 밀어올리고
/ 2017년 6월 24일(토) 오후 4시 16분, 연희문학창작촌 야외무대 '열림'

김지혜ー"오늘을 붙들어라, 되도록 내일로 미루지 말아라"
윤오ー여기까지 오는 데 오래 걸렸습니다 | 권창섭ー이월(移越)
류성주ー기별을 기다리는 꽃 편지 | 한연화ー바다에 갇힌 법 | 원성은ー안부
오창은ー세월호 3년, 고통의 무늬를 새깁니다 | 소진경ー내 책상이 있던 교실
박유민ー수면 위로, 수면 위로 | 조용미ー젖은 꽃잎들이 | 김원준(코가손)ー(노래)

35회 다시 약속하다 / 2017년 7월 29일(토) 오후 4시 16분, 서울시민청 동그라미방

양유정—"언니한테 카톡을 보내요" | 이선우—어둠이 던지는 질문
강은진—물속 깊이 꽃들은 피어나고 | 정진세—어딘가에 보내는 편지
윤해서—우리의 눈이 마주친다면 | tra—그럼에도 살아야 할 이유가 있다면
김승일—You can never go home again | 김성중—가장 소극적인 고해성사
김대식—(공연)

40회   우리가 오래전 나눈 말들
/ 2017년 12월 30일(토) 오후 4시 16분, 창비서교빌딩 50주년홀

염은영—"사람들이 기억해줬으면 좋겠어요" | 김이강—등대로
김해솔—그러나 애도는 반드시 나를 찾아내 이별의 대상과 다시 마주치게 하므로
김유진—말한다는 것 | 이보담—감각은 어떻게 실패했을까 1
이윤주—피청구인 대통령 박근혜를 파면한다 | 조원효—원령공주
윤고은—말의 연대 | 신용목—끝까지 주인이 아니면 좋겠습니다
김연수—저녁이면 마냥 걸었다 | 박준—숲 | 강아솔—매일의 고백, 그대에게 (공연)

41회   너는 이제부터 살아남은 사람이야
/ 2018년 1월 27일(토) 오후 4시 16분, 연희창작촌 미디어랩

김혼비—여름을 밀어내고 봄이 바다가 되었습니다 | 박소란—나의 거인
박지영—다만 한 사람을 기억하네 | 문보영—거북 등 평평한 접시 | 김수—음악 앞의……
박연준—다 쓴 마음 | 김복희—덮어쓰기 | 이정미—봄이의 생일엔 | 김대근—(공연)

42회   작은 파도를 따라가는 커다란 파도
/ 2018년 2월 24일(토) 오후 4시 16분, 공간 '강가의 숲'

김현—기쁨의 두부고로케 | 김사이—어떤 이유
강혜빈—돌아오려면 어디서부터 잘못된 이야기
신미나—말해봤자 이 아픔 줄어들지 않지마는 | 민구—우나기 | 임국영—나는 무관합니다
손미—박 터뜨리기 | 김유수—언니는 | 문동만—사월
문화예술협동조합 아이야 (김신아, 최자인)—(공연)

43회   나는 편지를 쓰러 자주 해변에 온다
/ 2018년 3월 31일(토) 오후 4시 16분, 아차산아래 작은도서관 놀자

강지혜—호명 | 김은경—응시 | 도재경—아부노 없나요 | 백은선—네온사인
변신우—무구 | 이영주—4월의 해변 | 장수양—빛의 운 | 지혜—마모되는 일
최지인—누럭하는 자세 | 싱이송라이터 다린—(공연)

44회 꿈들이 우두커니 서고 때마다 용무

/ 2018년 4월 28일(토) 오후 4시 16분, 복합공간 미인도

정재영―언제나 몇 번이라도 (연주) | 신지영―고양이 산책 / 안녕, 나의 사람들 (노래)
박소화―열대어는 차갑다 | 하명희―잘 지내니? | 김종연―마지막 오늘
서성란―다정한 아들이 될게요, 언제나 | 이용임―다시, | 이종민―졸업식
박은지―짝궁의 돌 | 하장호―공동체사회론의 철학적 재성찰 | 허은실―저녁의 호명

45회 우리는 어른이 되었다 / 2018년 5월 26일(토) 오후 4시 16분, 신촌 카페파스텔

신승재―그렇게 안 살기로 다짐했어요 | 조수윤―파도, 리셋 버튼으로 시작하는 새해
신경민―괜찮다고 생각하면서 그 사람은 기다리는 거야
권창섭―광화문 | 김혜경―아이에게 | 김주선―5월 27일. 304낭독회를 다녀왔다
가림중학교 동아리 영엔터―우리들의 봄 | 이승용―재춘이 엄마 | 이현정―개인전12

46회 이 앞으로 길이 생길 겁니다 / 2018년 6월 30일(토) 오후 4시 16분, 청맥살롱

최윤정―'세월호 이후'를 보는 하나의 눈 - 존엄성 中, '침몰 이후'
김솔―재앙에서 기적적으로 살아남는 방법 | 구현우―이토록 유약하고 아름다운 거짓
최서윤―슬픔의 효용 | 이은일―마운틴맨 | 우다영―밤의 징조와 연인들
안주철―아이가 아이를 들고 | 장성욱―무제 | 조윤진―블루 크리스마스
이서영―화랑유원지 내 추모공원 | 이지―세계의 시작

47회 이 이야기를 하고 싶다 / 2018년 7월 28일(토) 오후 4시 16분, 진부책방스튜디오

김원지―세월호 이전과 이후가 정말로 달라지려면 | 김영훈―사월의 날씨
석지연―영혼이 어부에게 말했다 | 윤지양―안경 코받침 | 서요나―불가능한 임종
주민현―투명한 우산 | 이현석―아픔을 끌어안고 가는 자, 누가 되어야 하나?
이소연―구겨진다는 것 | 이서하―후문
전영규―제2의 브이 포 벤데타(Verse For Vendetta)를 위하여 | 전세리―차와 식사

48회 잘 가라, 잘 가지 말라
/ 2018년 8월 25일(토) 오후 4시 16분, 서울시청 내 시민청 워크숍룸

유상필―스스로가 강했다는 사실을 잊지 않으려고요 | 유희경―그런 일이 있었다
장현―한, 번, 더 | 이슬아―이름들 | 김보미―내가 304낭독회를 찾는 이유
강경석―빛나는 눈동자 | 이동환―멈춰버린 사진 | 이선엽―가족어 사전
최정진―부르면 | 정현우―엔젤 / 안아줄게요 (노래)

49회　곧게 서서 이 너머를 보려고
/ 2018년 9월 29일(토) 오후 4시 16분, 연희문학창작촌 문학미디어랩

강석희—곡비(哭婢)가 되어 | 권민경—담담 | 김경후—코르크
김서령—또 비가 와, 너는 안 오고 | 김연덕—어느 시점엔가 호숫가에 | 이슬아—팽이
임하—노인은 가끔

50회　빈자리마다 주인이 있는 것을 알고
/ 2018년 10월 27일(토) 오후 4시 16분, 독립책방 PIT A PAT

김가연—이 형아가 너 살릴게 | 홍인혜—애묵었재 | 강진영—물압정
최윤빈—영의 제곱 | 조대한—악마의 존재 방식 | 임지은—무서운 이야기
한연희—두부에게 말할 수 없는 | 최창근—죽음 앞에서, 죽음을 딛고
곽문영—조랑말 속달 우편 | 이희형—그러다 보면 | 한인수—기억의 방법

51회　기억을 지키는 사람 / 2018년 11월 24일(토) 오후 4시 16분, 경의선 공유지

안준원—빛의 광장 | 조진주—이상한 날들 | 최유안—변곡
소유정—닿을 수 있단 믿음으로 | 김하나—눈동자 | 박신규—환상박피
김대현—외로운 사람들의 시대 | 장세정—수학여행 외 2편 | 박규민—경위서
정은귀—우리의 밤과 낮 | 소매—몽유산책, 홍시 (공연)

52회　별자리를 만드는 것처럼 / 2018년 12월 29일(토) 오후 4시 16분, 까페창비

이린아—마법의 성 | 김연필—계단 | 김지윤—도끼가 되도록 / 세월
최현지—빙하기의 역 | 박선우—우리는 같은 곳에서 | 신미나—다리 아래
장류진—별것 아닌 것 같지만, 도움이 되는 | 장성호—굴절 | 조찬연—슬픈 모자
조해진—올빼미의 없음 | 천수호—아침의 피아노
최세실리아—소나기 / Donna Donna (공연)

53회　모든 도착이 우리의 것임을
/ 2019년 1월 26일(토) 오후 4시 16분, 인천 나비날다책방 옆 요일가게

최가은—고트호브에서 온 편지 | 김수온—음, | 문은강—밸러스트
이지은—모래시계 | 청산별곡—낯설지 않은 '세월호들' | 김명남—흔들린다
박준혜—이별 없는 세대 | 박동억 | 임지훈—누나에게
금희—고래기 산다 / 지금, 봄 (공연)

김금희―너와 나의 안녕 | 남궁인―2015년 4월 16일 | 박승열―가만히 피어나는 하양
양안다―조각 꿈 | 유현아―이름표를 다는 시간 | 이용임―쇄빙선
임곤택―메이드 인 베트남 | 장수양―선풍기를 안고 있는 시 | 최백규―천국을 잃다
최우겸―노슈가 디저트 | 최지인―서른 즈음에
한창훈―유려한 강물의 기운을 타고 난 아이 김주아
단식광대―새벽달 / 우리들 베개 속에는 (공연)

55회   사라진 표정은 내일의 날씨가 되고
/ 2019년 3월 30일(토) 오후 4시 16분, 신촌문화발전소

부희령―영혼의 침몰 | 유수연―도리어 | 석조원―노력 | 최창근―허니버터칩의 유래
윤여진―진리에 대한 감각 | 한경희―선진국 | 이근화―눈은 붉고 날카롭다
박정은―요양 | 함태숙―잠든 너의 목덜미 | 박윤진, 태윤아―승희 언니에게
황강록―애가(哀歌) (공연)

56회   조금만 더 여기 있다가 가요
/ 2019년 4월 26일(금) 오후 6시 14분, 제주 무명서점

르망쇼―연주 | 손세실리아―비문(碑文) | 김경호―아직도 난 바다를 모른다
배아람―조금만 더 | 육호수―철야 | 이지연―그날 나는 | 조대한―봄의 미안
안희연―너를 보내는 숲 | 강지혜―걷는 사람들
전찬준―바다 / 모두 잘 있길 바래요 (노래)

57회   동박꽃 여적 돌아져시난 / 2019년 4월 27일(토) 오후 4시 16분, 제주 무명서점

최금진―우리 모두의 세월호 | 허유미―섬이 되고 싶어요 | 고주희―다시, 내 옆에 봄
현택훈―우리들의 수학여행 | 김신숙―유미(柳眉) | 제주도―경계
허은실―사월에서 사월로 | 노용철―청객 | 한영인―"다시 봄이 올 거예요"
박수환―햇빛보다 더 밝고 정겨웠던 성호야 | 싱잉앤츠―정직한 절망 / 바람 (노래)
요조―늙음 / 보는 사람 (노래)

58회   더 밝은 쪽으로 걸었다 / 2019년 5월 25일(토) 오후 4시 16분, 서울 레드북스

이현지―내 손을 잡아줄래요? | 노영―무지개가 뜨는 동안 | 김정은―봄날은 늘 상중
최정진―부른 사람을 찾는 얼굴 | 노창석―빛의 역할 | 오은교―인터폰, 합창, 농담
이승연―그날 이후 | 숲이아―밤의 명령 | 인아영―처음부터 다시 짖어야 한다

장준영—마음 1

59회　끊어진 길 위에 마주 앉아서 / 2019년 6월 29일(토) 오후 4시 16분, 전주 L의 서재

문신—슬픔을 부르는 저녁 | 김정경—불안꽃 | 임주아—등
유강희—오늘 밤도 천사들은 잠들지 못한다 | 하기정—발가락들 | 이재규—숟가락 무덤
정숙인—백팩 | 황보윤—물침첩 | 복효근—다시, 임의 침묵 | 김영춘—도보다리 위에서
유동만—봄날, 작은 사랑의 송가 (노래)

60회　이름을 잘 부르는 일
/ 2019년 7월 27일(토) 오후 4시 16분, 아름다운청년 전태일기념관

신해욱—청계천의 고독 | 이병국—물수제비
권창섭—나를 드러내는 용기가 만용이 된 시대, 자기 보호를 위한 사라짐은 정당한 것일까
김태선—우정 | 임승훈—내가 열두 살이었을 때, 내가 열네 살이었을 때
최지은—우리들 | 김기형—놀라운 목소리 | 배수연—살아 있어 줘서 고맙다
선우은실—사람이 사람에게 영향을 끼친다는 것에 대해 생각하고 있다
양경언—이름 | 신지영, 아영—나의 사람들 / 내일 부를 노래 (노래)

61회　잡은 손에 힘을 주었다 / 2019년 8월 31일(토) 오후 4시 16분, 까페창비

이해인—네가 멈춰도 나는 안 멈춰 | 이세찬—샤콘느(Chaconne) | 전세리—수색
강혜빈—시차 | 조시현—같은 기도 | 김건형—입술은 행동할 수 있다 / 무화과 숲
임승유—뭔가가 되어야겠다는 생각을 하지 않아도 된다면, 아마도 그게 가장 좋을 텐데
성다영—다중 슬픔 | 박세미—게니우스 로키(Genius Loci) | 최현우—총구에 꽃을
박소란—소요

62회, 63회　집으로 데려다주고 싶은
/ 2019년 9월 28일(토) 오후 4시 16분, 서점카페 자상한시간
/ 2019년 10월 26일(토) 오후 4시 16분, 한뼘책방

김효은—달은 열기구로 떠서 | 전영규—우리는 너무 늦게 깨닫고 너무 빨리 잊는다
류수연—애도를 위한 사회학 | 강주—지구라는 질문 | 박윤영—그 '삶'을 기억하라
김지윤—선(線) / 탄센의 노래 | 조율—불, 꽃놀이 / 슬픔이 터지고 말았다
김문경—체류자들 / 테이블탐정을 읽겠습니다 | 권지형—흰
김선향—나는 다 봤습니다

64회, 65회　그래도 네 이름을 되뇌면

권창섭―설날 | 김의경―남겨진 사람들 | 정사민―마리나 쿠발가이
설하한―너의 새를 부탁해 | 이원석―일기 - 2016년 12월 9일 금요일, 맑은 적 없음
정다연―나는 너를 찾는다 | 권박―보트가 필요하다 보트가

70회　사람의 이야기를 끝까지 듣고 싶었다 / 2020년 6월 27일(토) 오후 4시 16분, 더숲

고명재―북 | 김원지―혹 | 박지일―끝나지 않는 크리스마스트리와
김은지―블루투스 기기 1개가 연결되었습니다 | 유현아―이것은 의문형으로 쓰였다
서요나―더 롱 앤 와인딩 로드 | 조율―하얀 심장 | 이유리―둥근 방
임승훈―다시 봄이 올 거예요 | 이홍도―<사물함> 발췌

71회　사람이 되어가는 건 왜 이렇게 조용할까?
/ 2020년 7월 25일(토) 오후 4시 16분, 속초 완벽한 날들

강석희 ―그 안에는 슬픔이 얼마나 | 김선영―여기로 와
권누리―한 노래를 나누어 듣는 사이 | 박시하―빛은 영원히 영원한 어둠에게로 갔다
박시하―새벽 | 이영재―post- | 이유운―묘지
이하림―언제부터인지 모르게 자주 부끄럽다 | 조용우―마뜨료나처럼
최지수―좋은 뼈대 | 최지혜―안녕하세요

72회　너의 미래 너의 어른 너의 소설 / 2020년 8월 29일(토) 오후 4시 16분, 풀무질책방

김경은―2015년 10월 19일의 일기 | 김병운―미국 작가 되기에 관하여
김요섭―애도가 멈춘 자리에서 | 김현―호수 | 김희진―가끔의 정원 | 박규현―퀴즈
안태운―봄 | 이선진―면목 심기 | 한정현―인간의 시간

73회　노을이 떨어지는 방향으로 새로운 창문을 달았다
/ 2020년 9월 26일(토) 오후 4시 16분, 풀무질책방

김수진―세상에서 가장 슬픈 쓰레기 | 배수연―무리는 우리
숙희―산책하는 고래 | 이지아―순간과 영원
임승유―어떤 감정이입은 배워야만 하고, 그다음에 상상해야만 한다.
최리외―발화 연습 | 문장 - 떠나온 장소에서 | 최지은―나는 나라서
한여진―벌새 | 한재훈―방이 없는 사람

74회　삶이 멈추지 않아서 꽃을 들고 걸었다
/ 2020년 10월 31일(토) 오후 4시 16분, ZOOM 온라인 회의실

80회 모두의 낭독회 / 2021년 4월 16일

세월호 7주기인 2021년 4월 16일, 낮 12시부터 밤 11시까지 매시 정각에는 작가들이, 매시 30분에는 뮤지션들이 각자의 자리에서 낭독 및 공연 영상을 sns 계정에 업로드하는 방식으로 온라인 낭독회 진행.
참석자: 양경언, 정우, 조우리, 천용성, 김태선, 쓰다, 박시하, 한받, 김금희, 예람, 김현, 이혜지, 신해욱, 시옷과 바람, 안희연, 박소은, 이병국, 세이수미, 배수연, 오헬렌&최솔, 임승유, MC메타, 서요나, 김사월

81회 세상의 모든 이름인 너에게 / 2021년 5월 29일(토) 오후 4시 16분, 온라인

유현아―안녕의 노래 | 최나우―다음! | 권민경―번개 | 이태형―잊힌 비밀들
신경섭―가슴의 닻을 하늘에 내리고 | 박시하―항해의 끝 | 최백규―안식
윤유나―가장 건강한 삶의 한 조각 | 이용임―너의 안녕이 나의 사랑이야

82회 기억이라는 유일한 관계 / 2021년 6월 26일(토) 오후 4시 16분, 온라인

장미도―기억이라는 유일한 관계
최지혜―올해 4월 단원고등학교 3학년 학생들이 쓴 글입니다 #1 | 서호준―커브 온 더 락
김도윤―다이아몬드로 만든 파키케팔로사우루스 머리와 폭신폭신 찹쌀떡
최지혜―올해 4월 단원고등학교 3학년 학생들이 쓴 글입니다 #2
홍지호―가창력 | 김민식―호흡1 | 오경은―니겔라
최지혜―올해 4월 단원고등학교 3학년 학생들이 쓴 글입니다 #3
최성호 특이점―(연주)

83회 함께 비누방울을 볼래
/ 2021년 7월 31일(토) 오후 4시 16분, 온라인 + 속초 완벽한 날들

박대우―아녜스의 노래 | 윤치규―편지를 쓰는 일 | 최리외―산불 | 성현아―청소시간
이훤―Love me tender-304개의 이름에게 | 전승민―노을은 딸기를 으깨 놓은 것 같고
최세연―계기교육 | 이정은―잊지 않을게 0416 | 황정은―어떻게 지내십니까
이하나―비누방울 소모임

84회 누군가 반드시 돌아볼 거라는 믿음 / 2021년 8월 28일(토) 오후 4시 16분, 온라인

이준명―'아이가 없기 때문에 옛날의 나로 돌아갈 수 없어요'
표하연―왜 아직도 그대로인가? | 김복희―형대를 완성하기 | 긴영미―미리
이원석―오늘의 시가 | 임정민―형관 언어 | 이현석―식물의 한 살이

안태운―너는 이미 훌륭한 코뿔소야. 그러니 이제 훌륭한 펭귄이 되는 일만 남았네.
김기형―천사들이 나타난 것일까
황수영―제 서랍에는 목이 길고 두툼한 양말 한 켤레 남아 있어요

85회　편지는 늘 이곳에서 왔다 / 2021년 9월 25일(토) 오후 4시 16분, 온라인

한연희―본 대로 쓰고 쓴 대로 행동한다 | 김건영―위로는 위로가 안 돼
정미주―아침식사 | 주민현―진짜 어른이 되자, 어른이 되어보자
한정현―여름 | 김요섭―어떻게 사람이 사람에게 그와 같이 할 수 있지요?
권창섭―방역이 돌보지 않은 빈곤의 그늘 | 오은교―근처의 적막 | 진은영―아빠
이소호―알래스카에서 온 편지

86회　너의 무릎에 나의 무릎을 / 2021년 10월 30일(토) 오후 4시 16분, 온라인

비비르―입동 | 혜란―빨대 | 임지은―사건은 일어났고 따라서 또다시 일어날 수 있다
서요나―인간의 약속 | 유비채―한 개인의 의자 | 김현아―그렇게는 못 하겠습니다
재용―기억에 관한 생각 | 정민기―공터의 사랑 | 진혁―부스러지지 않는
진혁―소무의도 무의바다누리길 | 최지인―이번 여름의 일

87회　잠들어도 길을 잃지 않고 / 2021년 11월 27일(토) 오후 4시 16분, 온라인

심수현―나의 단어, 이야기 | 김선향―김초원 선생님 | 우다영―뷰티
최유안―살아내기를 미룰 수는 없다 | 오혜진―그와 내가 만나기로 한 곳은
윤지양―옥상토끼 | 정다연―나가는 날 | 임국영―마트에 갔다
선우은실―용기의 일일 것입니다 | 조시현―신에게 사랑받는 독실한 자들
한소리―아는 사람

88회　밤과 밤, 눈과 눈, 말과 말 / 2021년 12월 25일(토) 오후 4시 16분, 온라인

강진영―리스트, 모래알 | 김지은―밤과 밤, 눈과 눈, 말과 말
다름―졸면 죽음 | 백은선―평균대 위의 천사 | 송원빈―d
안현미―깊은 일 | 유현아―우리는 정말 실패했을까요
윤은성―인공 다북쑥과 야생 분수
이경은―첫 마음을 잃지 않아야 침몰하지 않습니다 | 차호지―문
차호지―아는 사람

89회　손차양을 하고 멀리 / 2022년 1월 29일(토) 오후 4시 16분, 온라인

이종민―가늠하다 | 서요나―떫은 몸을 두고 그대 어디를 가
심수현―겨울잠 | 솔―루지, 언더 트리
정재율―매미 소리와 빗소리와 망치 소리가 들리는 여름 | 조용우―매일 아침 견과
강혜빈―재구성 | 정다연―노크하지 말고 | 한연희―추운 계절의 시작을 믿어보자
양경언―진짜 이야기

90회　돌아오길 반복하는 빛 / 2022년 2월 26일(토) 오후 4시 16분, 온라인

봄봄―하지만 찾을 수가 없었다 | 김은지―차가운 밤은 참 | 서춘희―반복하는 빛
임승유―살아남기를 좋아하면 상처가 된다 | 윤유나―선물 | 임지은―잘잘못
원성은―세계인권선언문 | 김효은―4월의 기도 | 김수희―엄마와 잘 이별하는 법
한여진―오래 달리기

91회　새는 새 몸으로 날아온다 / 2022년 3월 26일(토) 오후 4시 16분, 온라인

김건영―맨드레이크 | 민구―한 사람 | 운이―부르바키
이병일―아름다운 영혼을 위한 소나타 | 이서하―가장 위험한 식물학자
이지아―커다란 집을 굴려 언덕을 넘어가는 사람의 촉매 반응 | 진기환―불가촉천민
청하―사라진 이모 | 최가은―숨은 귤 찾기 - 이선에게
황유지―타인의 죽음이 나를 살해한다

92회　함께 있음
/ 2022년 4월 30일(토) 오후 3시 04분, 안산 416민주시민교육원 미래희망관

김미화―그날을 말하다 | 김윤주―나는 걷고 싶다 | 권창섭―"공동체"행 수학여행
김태선―차별은 없다? | 최지인―숨 | 김현―정말 먼 곳 | 서요나―안개꽃을 위하여
최현우―적운을 두고 | 이영광―마음 1 | 최은영―시간의 자양
2022년―나는 태양에게 다시 인사하겠다 | 이서수―분실된 기록

93회　옆에 있어 줄까? / 2022년 5월 28일(토) 오후 4시 16분, 제주 전시공간미음 / 공간( )

인혜―마중 (연주) | 문경수―여기, 끝나지 않은 길 위에서 | 문경수―여삼추(如三秋)
김금희―깊이와 기울기 | Dasan―Permanent Marker(zeeann, 2017. 03.20.)
심수현―마른 세수를 하는 여자 | 강지혜―너를 기다리며
성계―세월호 도입 배후에 제주해군기지가 있었다 | 모레―이름에게
낭―팽목항에 가보자 | 희망―그날 | 유현아―읽지 않은 책에 대해 쓰는 일
최진영―생각하고 있어요 | 김현―고귀한 흰 빛
빈디, 성준― 내 사랑이 사랑이 아니라ㄱ는 말하지 말아요 (노래)

94회　빛은 있다고 누군가 말한다면
/ 2022년 6월 25일(토) 오후 4시 16분, 김근태기념도서관

송승환—다이빙Ⅳ │ 백필균—P는 그림을 걸고 싶었다
지하나—계략이 아니라 무시로 일어난 사건에 대하여 │ 문동만—사월의 넋두리
원보람—전언 │ 이용임—블루홀 │ 전영규—이 이야기가 절대 멈추지 않기를
이소연—초록을 흠향하고 │ 나희덕—어떤 목소리도 들리지 않는 것처럼

95회　여기까지 당신에 대해 쓴다
/ 2022년 7월 30일(토) 오후 4시 16분, 생활문화센터 서교

이원석—마스크 키즈+오이지 │ 장미도—겨울의 속도 │ 김리윤—관광객
정재율—개기일식 │ 원성은—나는 심해에 빠진 것 같아, 네가 말했다 │ 조해주—여력
라유경—내 책상이 있던 교실 │ 임민지—어째서 다들 노란 리본을 │ 최승윤—4월의 해변
강유나—기억의 방식

96회　귤은 언제나 불을 밝히고 있는데
/ 2022년 8월 27일(토) 오후 4시 16분, 속초 완벽한 날들

최정우—울음과 울림 │ 정고요—4월의 도서관 │ 백필균—나는 그림 편지, 주아예요
박성진—애간장 │ 유상필—어둠 속 들여다보기 │ 박시하—8월의 빛 / 사람을 찾습니다
유현아—언제나 너를 응원해 │ 오종길—비 │ 김현—자신을 위한 시
최정우—예술은 비일상적인 것이 아니라 │ 양경언—우리까지 포함한, 우리를 둘러싼
트루베르—목소리가 사라진 노래를 부르고 싶었지 / 이마

97회　우리에게 놀라운 시간이 탄생할 거야
/ 2022년 9월 11일(일) PM 4:16 (한국시각 23:16),
레 피아노 (26 Rue Robespierre, 93100 Montreuil, 프랑스)

박서우—2014년생 │ 이나비—잔잔한 마음 │ 로흐 바두프르—피에타
다니엘 랑베르—L'oubli, la mer (망각, 바다)
팔로마 피에르—어떤 목소리도 들리지 않는 것처럼 │ 박상민—알 수 없는 것들
지하나—이승에서 할 수 있는 것 │ 에밀리김—이름표를 다는 시간
레아 팡튀리에—8월의 빛 │ 김연화—이번 여름의 일
줄리아 페랑—상상 밖의 모자들로 가득한 │ 신혜진—사월의 넋두리
니콜라 쎄이에—4월의 해변 │ 김자경—질문들·3 │ 마르땡 푸와레—슬리핑백
김시진—안식 │ 유주영—사월 │ 최서영—그대로 너 (노래) │ 아나톨 윤, 임영리—이름

102회 · 정기상영 · 안매.... / 2023년 4월 28일(금) 오후 7시 30분, 더숲아트시네마

다큐멘터리 <장기자랑>(이소현 연출, 2023년 작) 상영 후 이소현, 박유신, 김명임, 김태현과 '관객과의 대화' 진행.

103회 빛을 가져오는 사람 / 2023년 5월 25일(목) 오후 7시 30분, Q.E.D

일꾼의 여는 글―"바람이 되어 살아낼게" | 안태운―우리의 해(年)와 용기
김연덕―오케스트라 | 권창섭―흰돌 검은돌 | 강우근―점선으로 만들어지는 원
전승민―기이한 날들 | 류강윤―나는 곧잘 304를 본다 | 세미―미열
백수린―위령의 날 | 한재범―아직 여기 | 백온유―사건 이후의 세계
남현지―하나의 문만 열린다면 | 성다영―안 보이는 우체부
강혜빈―미래는 허밍을 한다 | 강성은―빛을 가져오는 사람

104회 여름을 건너가는 마음 / 2023년 6월 23일(금) 오후 7시 30분, 밝은 책방

김민지―밀양 | 미미―바다의 매직 카펫 | 백승문―저것이 무슨 선생이야
성현아―망자들이 아는 진실 | 손유미―제자리 두기 | 엄유진―책갈피
유현아―질문들 | 윤현정―반복되는 것에 대하여 | 이충기―영원
전영규―시간이 아주아주 오래 걸리는 나를 견디는 일
전성은―거리에서 기도하는 손을 마주칠 때마다
정수―2015년 여름 시청역 | 정훈교―당신이 웃는 날 ; 雨期
한승현―호의 구성과 전개 | 희음―남아 있다면 남아 있다

105회 검어져도 투명한 빛 / 2023년 7월 29일(토) 오후 4시 16분, 책방 봄

정지향―자장가 | 권경욱―매듭 | 김민지―일상적인 삶 / 안식과 침묵
마윤지―黑 | 서요나―신림동, 환절기 | 임현석―엄하지만 맞장구 잘 쳐주던 '왕언니'...아이들 먼저 내보낸 최혜정 교사, 하늘나라 '임용 단짝' 곁으로…
강소영―지상에서 우리는 잠시 매혹적이다 | 최정화―열한 번째 경희

106회 둘 이상의 마음이 한자리에 / 2023년 8월 26일(토) 오후 4시 16분, 청맥살롱

장미도×권창섭―목소리들 | 박다래―그해 사월 젖은 꽃가루가 도로에 뒹굴었고
이예진―흔적 | 권승섭×민소연―그루터기에서 자라난
민소연×권승섭―머리맡에 펼쳐둔 | 박참새×정재율―축복은 무엇일까
성해나×김유나―얼굴들은 어딘지 모르게 닮아
김유나×성해나―물이 바닥으로 부서지는 것처럼 | 차유오―모르는 일들

여한솔―모르는 사람들 | 선우은실×김종연―책임에 대하여

107회   고개를 조금만 돌리면 / 2023년 9월 15일(금) 오후 7시, 광주 기억책방

Angelina Bong(안젤리나 봉)―Not Forgotten (잊혀지지 않는)
김현―가만히 있어봐 | 송기역―상처 입은 치유자의 내면 기록 | 백애송―샤브티
유현아―'평화'를 기억하며 | 이소연―페미니즘을 너무나 잘 이해해주는 남자라는 괴물
고영서―뽈깡! | 박진수―고개를 조금만 돌리면 | 신용목―가을의 유령들
전욱진―아름다운 도시

108회   우리도 여기에 계속 있다 / 2023년 10월 28일(토) 오후 4시 16분, 미아해변

고선경―오래된 기억인지 오래전 꾼 꿈인지 알 수 없어요 | 정다연―다소 이상한 사람
이동우―Victim blaming | 안미린―비미래 | 이재은―기르는 사람들
김지은―물의 감정 | 최주연―여름과 나 | 김혜린―타로연습 | 이종민―그릇 채우기
안지은―동심원 | 정한글―바다가 커지고 있다 | 최백규―신의 미래

109회   함께 읽어요 / 2023년 11월 21일(화) 오후 8시, 미아해변

단체 낭독 / 배삼식 희곡집 중 <먼 데서 오는 여자>

110회   나는 평생 이런 노래밖에는 / 2023년 12월 23일(토) 오후 4시 16분, 지구불시착

신이인―하루미의 영화로운 날 | 권창섭―내가 죽어야 한다면
김연덕―사랑을 초청하고 밤낮으로 살펴 | 성해나―파란 돌 | 연일―한밤의 연안
김현―이름에 담긴 것에 관하여 | 안희연―긍휼의 뜻 | 유현아―오늘의 일기
민가경―단 한 사람 | 한요나―열매달 열매 | 이소연―굿뉴스 | 한정현―불운

111회   오늘은, 4월 16일입니다 / 2024년 1월 17일(수) 오후 7시, 미아해변

단체 낭독 / 1회 304낭독회 '한 줄 문장' 중 100개 발췌

112회   이제 이다음은 모두가 아는 그대로 / 2024년 2월 24일(토) 오후 4시 16분, 카페 핀드

여한솔―상상의 입자 | 설현민―눈물이 나요 | 김보나―김송이를 위한 자장가
이용임―세계는 불완전해서 아름다워, 너노 그렇고 | 차유오―침투 | 오산하―빈 병 줄기
이소연―머그컵 | 전욱진―키친 | 류희석―먹던 것을 먹고 하던 일을 하고
김현―거리 두기 | 강재영 / 작은 자유 외 1(노래)

* 2016년 10월, SNS를 통해 '#문단_내_성폭력' 해시태그 운동이 시작되어 피해생존자들의 목소리가 세상에 나오기 시작했습니다. 이에 문제의식을 공유하며 304낭독회에서도 반성폭력 문화 조성을 위한 공식 창구(304femi@gmail.com)를 구성하고, 피해생존자와 연대하며 낭독회와 직간접적으로 연계된 문제 상황에 목소리를 내고자 결의하였습니다. 이런 상황 속에서 명백한 가해 사실이 드러났거나 법적 조치에 들어간 가해지목자들의 이름을 낭독 명단에서 삭제합니다. 피해생존자에게 또 다른 가해가 될 수 있다고 판단하였기 때문입니다. 다만, 그 자리를 공란으로 비워두어 우리의 망각을 경계하고자 합니다. 우리는 잊지 않고자 하는 사람들의 모임이기 때문입니다.

사람이 사람에게, 사람의 말을 이어갑니다
304낭독회 2014~2023 선집

지은이 / 강성은 외 67인
엮은이 / 304낭독회
편집 / 박대우
디자인 / 박대성
자료정리 / 홍지애

초판 1쇄 발행 2024년 3월 15일

ⓒ 강성은 외 67인, 304낭독회
ISBN 979-11-979126-9-6   03810

온다프레스
24756 강원도 고성군 토성면 아야진길 50-3
전화. 070-4067-8645
팩스. 0303-3443-8645
이메일. onda.ayajin@gmail.com
인스타그램. @onda_press